三四郎

さんしろう

【日】夏目漱石 著

なつめ そうせき

竺家荣 译

一

時代文藝出版社
SHIDAI WENYI CHUBANSHE

图书在版编目（CIP）数据

三四郎 / (日) 夏目漱石著；竺家荣译. -- 长春：时代文艺出版社, 2019.2（2025.9重印）
ISBN 978-7-5387-5447-6

Ⅰ. ①三… Ⅱ. ①夏… ②竺… Ⅲ. ①长篇小说－日本－近代 Ⅳ. ①I313.44

中国版本图书馆CIP数据核字(2018)第114673号

三四郎
SANSILANG
[日] 夏目漱石 著　竺家荣 译

出 品 人：吴　刚
产品总监：郝秋月
责任编辑：李荣鉴
装帧设计：陈　阳
排版制作：隋淑凤

出版发行：时代文艺出版社
地　　址：长春市福祉大路5788号　龙腾国际大厦A座15层　（130118）
电　　话：0431-81629751（总编办）　0431-81629758（营销部）
官方微博：weibo.com/tlapress
开　　本：640mm × 910mm　1/16
印　　张：17.75
字　　数：189千字
印　　刷：三河市万龙印装有限公司
版　　次：2019年2月第1版
印　　次：2025年9月第12次印刷
书　　号：ISBN 978-7-5387-5447-6
定　　价：38.00元

1

三四郎迷迷糊糊地睁开眼，见那女子不知何时跟同座的老者聊上了。这老人肯定是上上站上车的那个乡下人。火车将要起动时，他大叫着跳上车来，立刻脱成了光膀子，露出满后背的灸痕，所以三四郎对他印象深刻。直到那老人擦干了汗，穿好衣服，在这女子旁边坐下，三四郎还在打量他。

那女子是从京都上车的。从一上车，她就引起了三四郎的注意。因为她肤色偏黑。三四郎从九州换乘山阳线后，随着列车逐渐接近京都、大阪一带，看到女人们的肤色渐渐变得白皙起来，不觉生出了越来越远离故乡的伤感。因此，当这女子一走进车厢，三四郎不禁感慨这回可遇到一位异性同乡了。看这女子的肤色，无疑是九州人。

根据是她和三轮田家阿光姑娘的肤色是一模一样的。直到临出发之前，三四郎还厌烦阿光姑娘，庆幸这回可以离开她了。可是此时的三四郎发觉，阿光那样的女人也挺好的。

只是从相貌上比较，这女子要秀丽多了。她抿着嘴唇，眼睛很有神，额头也没有阿光那么宽，看着就舒服。因此，三四郎差不多隔五分钟就抬眼朝那女子瞅一瞅，时而他和女子的目光会撞上。当老人在这女子身边落座时，三四郎尤为仔细地长时间观察了女子的神情。当时，女子对老人柔柔一笑，说了声“就坐这儿吧”，给老人让出了旁边的位子。那之后不大工夫，三四郎眼皮发沉，便睡着了。

看样子，是在自己睡觉的时候，那女子和老人渐渐熟悉了，聊起来的。三四郎醒来后，一直默默地倾听他们的对话。女子正在讲述这样一件事：

“要说小孩子的玩具，比起广岛来，还是京都的又便宜又好。趁着在京都办事儿，我就下了趟车，顺便到蛸药师[①]旁边买了玩具回来。好久没有回家乡看孩子了，我特别兴奋。也很是不安，因为丈夫好久没有汇钱了，不得已才回娘家的。丈夫从前在吴市[②]的海军工厂里干了好长时间，战时[③]去了旅顺那边。打完仗曾回来过一次，没多久，他说那边能挣到大钱，又到大连去打工了。起初还常写信来，每个月也都准时给家里寄钱，还挺好的，可是从半年前开始，就没了音讯，钱也断了。他不是个薄情的人，倒不会怎么样，可是我不能在家里干等下

---

① 京都的药师如来寺。

② 位于日本广岛西南部的一个城市，临近濑户内海，自古以来即是海军重镇。

③ 指日俄战争。

去呀。没办法，在打听到丈夫的确切消息之前，不得不回娘家去等他了。”

看样子老人不知道何为蛸药师，对玩具也没有兴趣，开始的时候只是“是啊”“是啊”地应和着，当女人谈起丈夫去旅顺的事以后，他突然产生了同情，开口说道：“真是太可怜了。”还说起自己的儿子也在战争中被征了兵，最终死在那边了。“我真搞不懂打仗到底是为了什么，打完了仗，要是日子能好过，也就罢了，可是我心爱的儿子战死了，物价也上涨了，简直太愚蠢了。世道太平的时候，谁愿意外出谋生呀？这都是战争造成的！可再怎么说，也不能丧失信心噢。你丈夫肯定还活得好好的，干活挣钱呢。再耐心等些时日，他一定会回来的。”——老人说了好多，不停地安慰那女人。不久，火车到站了，老人向那女人道了声“那就多保重吧”，便精精神神地下了车。

有四个人跟在老人后面下了车，上车的只有一个人。原本车厢里乘客就不太多，这下子更冷清了。也许是天快黑了，站员咚咚咚地踩着车顶，将点亮的油灯从上面一盏盏放进各节车厢里。三四郎像是忽然才想起来似的，拿出在上一站买的盒饭吃起来。

火车开出后约莫过了两分钟，那女子轻盈地站起身，走过三四郎身旁，出了车厢。此时，三四郎才注意到了女子腰带的颜色。三四郎嘴里咬着焖香鱼头，目送着女子的背影。大概是去上厕所吧，三四郎边想边狼吞虎咽着。

不多会儿，女子就回来了。这回三四郎看到了她的正面。

他的盒饭快吃完了，低着头用筷子快速扒拉了两三口，总感觉那女子还没有回到原来的座位上。“她莫非……”三四郎这么想着，稍稍抬眼一瞄，女子果然还站在自己眼前呢。就在三四郎抬眼看她时，那女子又迈开了步子。只是她从三四郎身边走过去后，并没有回到自己的座位，而是走到离他最近的窗边站住，侧过身子，将头伸出车窗，静静地向外面眺望起来。她的鬓发迎风飘动的样子映入三四郎的视野。这时，三四郎把吃完的空饭盒用力抛向了窗外。女子伸出头的窗口同三四郎扔空饭盒的窗口只有一排座席之隔。当三四郎看见那个被迎风抛出去的白色饭盒盖，好像又被风刮回来时，意识到坏事了，赶紧偷窥了女子一眼，恰巧她的头正伸在窗外呢。但那女子只是默默地缩回头，用花手帕仔细地擦起额头来。三四郎想，不管怎样还是主动道歉比较稳妥。

“真是对不起！”

“没关系。”女子回答。她仍然在擦脸。三四郎只好默不作声了，女子也不再说话，然后又把头伸出了窗外。其他三四个乘客都在昏暗的油灯下昏昏欲睡，没有一个人说话。只听见火车发出巨大的轰鸣声，向前奔驰着。三四郎闭上了眼睛。

不知过了多久，三四郎听到一个女人的声音：

“快到名古屋了吧？”他睁眼一看，不知何时，那女子已转过身子，面对他弯下腰，脸凑到他眼前。三四郎吓了一跳。

“应该是吧……”三四郎虽然回了一声，可他自己也是第一次去东京，什么也不知道。

“照这速度，火车会晚点吧？”

“兴许会晚点吧。”

“你也在名古屋下车吗？”

“是啊，下车。”

这趟列车的终点站是名古屋，这番问答实在平常。那女子只是默默坐在三四郎的斜对面，因而之后一段时间，仍旧只听到火车哐当哐当的行驶噪音。

当列车到了下一站时，女子终于开口对三四郎说：

“不好意思，到了名古屋以后，烦劳你帮我找个旅店，我孤身一人，实在有些害怕。”

女子一再地恳求，三四郎也觉得她说的不无道理，可是，和这女子素昧平生，他不愿意那么痛快地答应帮忙。虽踌躇良久，仍没有勇气断然回绝，便含糊其辞地应答了一句。说话间，火车到达了名古屋。

大件行李都已经托运到新桥了，不用费心。三四郎只提着一个不大的帆布包和一把伞走出了检票口。他头上戴着高中生的夏帽，只是为了表明自己已经毕业，他把帽徽摘掉了。白天看上去，只有拿掉徽章的那块地方颜色尚新。女子一直跟在他后面，三四郎觉得这顶帽子让他颇不自在。无奈这女子非要跟着自己，也只得由着她了。其实在那女子眼里，这帽子不过是一顶普通的脏帽子罢了。

本应九点半到站的火车晚点了四十分钟，此时已经是十点多了。只因正是盛夏，街上还像傍晚时分那般热闹。三四郎一眼看去，不远就有两三家旅店，他觉得住那样的店太奢侈了，便像没看见似的，从灯火通明的三层旅店前溜达了过去。这地方人生地不熟，三四郎也不知该往哪里去，只是一味朝着暗处走。女子什么也不问地跟着他。走到一个比较僻静的小路拐角处，看到前面第二家的门上挂着一块“住店”的招牌。这块寒酸招牌对三四郎和那女子似乎都适合。三四郎微微侧过头，问女子：“这里行吗？”女子回答：“可以。”他便鼓起勇气径直往里走。到了楼梯口，还没等他声明“我们两人不是一起的”，就响起了一连串招呼声：“欢迎光临……请进请进……带路……梅四号间……”这么着，二人无可奈何地被人领进了梅四号间，一路上默默无言。

女佣去端茶水的时候，他们俩只是木然地相对而坐。女佣端茶进来，请客人入浴时，三四郎已经没有勇气声明“这女子和我不是一起的”了。他索性拎着手巾，说了声“我先去洗了”，便去了浴室。浴室在走廊尽头，挨着厕所。浴室里面很昏暗，看着不干不净的。三四郎脱去衣物，跳进浴桶，一边泡澡一边琢磨今天遇到的事，觉得这女子就是个累赘。他这么想着，哗啦哗啦洗澡时，听见走廊上响起了脚步声，好像有人进了厕所，不一会儿就出来了，又哗哗地洗手。洗完手，那个人吱的一声把浴室的门打开了一半，正是那女子。她在门口问道：“我帮你搓搓背吗？”三四郎大声拒绝：“不劳你了。”可女子非但没有离开，反而走进浴室来了。甚至还解起了浴衣带子，看这意思是想和三四郎一同入浴，丝毫不见难为情之态。三四郎慌忙跳出浴桶，匆匆擦了擦身子，回了房间。他坐在坐垫上，正心神不定时，女佣拿着登记簿进来了。

三四郎接过登记簿，如实写上了“福冈县京都郡真崎村小川三四郎，二十三岁，学生”。可是，该如何填写那女子的情况，三四郎实在挠头。本想等她洗浴回来再填写，可是那女佣一直候着不走。万般无奈，三四郎只好自己瞎编，填写了“同县同郡同村同姓，名花，二十三岁”，递给了女佣，然后一个劲儿地扇着团扇。

不久，那女子回来了，对他说：

“真是对不起。”

“没什么。”三四郎回道。

三四郎从提包里取出日记本，开始写日记。其实并没有什么可写的事。倘若没有女人在旁边，便有千言万语可写似的。这时女人说了声“我出去一下”，就离开了房间。三四郎愈加写不出来了，不禁猜测起来：她去哪里了呢？

这时，女佣来铺床了。三四郎看她只抱来一床宽大的被子，便对她说：“必须给我们铺两床被褥。”可那女佣借口房间太小、蚊帐太窄什么的，磨磨叽叽的，也可能她是嫌麻烦。最后她说：“掌柜的刚刚出去，等他回来，我再问他要一套，给你们拿来。”说完，固执地将那床被褥铺满蚊帐后走了。

没过多长时间，女子就回来了。她对三四郎说：“回来太晚了，不好意思。”随后就钻进蚊帐里鼓捣着什么，发出嘎朗嘎朗的声音。多半是给孩子买的玩具发出的。最后，她好像又把包袱重新系好了。女子在蚊帐里头说“我先睡了”，三四郎只回了声“好”，仍然坐在门槛上，呼啦呼啦扇着扇子。他甚至想，索性就这样坐到天亮算了。无奈四周蚊子嗡嗡作响，在蚊帐外面根本待不住。三四郎蓦地站起来，从提包里拿出棉布衬衣和衬裤贴身穿上，外面再系上藏蓝色的兵儿带[1]。然后拿了两条毛巾钻进蚊帐。女子还在被子另一头摇着团扇。

“对不起，我有洁癖，不愿意睡别人的被褥，所以……我还得清除一下跳蚤，不好意思！”

三四郎这样说着，将自己这半边的床单朝女子躺的那边卷了过去。这样一来，就在被子里头形成了一道白色的隔断。女人翻了个身面朝里躺着。三四郎展开毛巾，将两条毛巾在自己这半边铺成一长条，然后直挺挺地躺在上面。那天晚上，三四郎的手脚一寸都没有伸出这条狭窄的毛巾之外。女子也没有对他说一句话，一直面朝墙壁一动不动地躺着。

终于熬到了天亮。三四郎洗完脸，准备吃早餐时，女子微微一笑说：“昨夜没有跳蚤骚扰你吧？”三四郎一边认真地回答：“是的，多谢了。托你的福。”一边低下头不住地夹小碟子里的酱豆吃。

二人结了账，走出旅店，来到车站时，女子方才告诉三四郎，她要坐关西线去四日市。不一会儿，三四郎乘坐的车进站了。女子乘坐的车还要等候一会儿，她就把三四郎一直送到检票口，很有礼貌地鞠躬道别：

“给你添了不少麻烦……祝你一路顺利！”

三四郎一只手拿着提包和雨伞，另一只手摘下那顶旧帽子，只说了“再见”两个字。

---

① 和服带子的一种，带宽只有普通带子的一半左右。使用丝绸等较柔软的面料经过加工而成。

女子直视着三四郎的脸，然后平静地说了句：

“我看你是个没有胆量的人。”说完撇嘴一笑。

三四郎觉得自己就像被甩到了站台上似的。上了车之后，他的两耳愈加烧灼起来。低着头坐在座位上半晌没有动弹。这时，只听得乘务员吹响的哨声，从长长的列车这头传到了那一头。列车开动了。三四郎悄悄地欠身从窗户探出头去，那女子早已不知去向，只看到了大时钟。三四郎又轻轻坐回到座位上。乘客很多，但没有一个人注意到三四郎的举止，只有坐在斜对面的一个男人瞅了一眼重新坐下来的三四郎。

对面的男人这一瞥，让三四郎莫名地感到难为情。他打算看看书，好显得自然一些。打开提包一看，昨晚用的毛巾堵在最上面，他把毛巾扒拉到边上，伸手进去，从提包最下面随便揪出了一本书，结果拿出来的是一本根本看不懂的培根的论文集。这是一本单薄且装订粗糙得有些对不住培根的书。三四郎原本没打算在车里看书，只因大件行李里塞不下，收拾行囊时，才顺手把它和其他两三本书一起装进提包里了，谁想到这么背，让它捷足先登了。三四郎翻到了第二十三页。其他书尚且没心思读，更别提读培根的书了。然而，三四郎仍旧郑重其事地翻开第二十三页，一无遗漏地看遍了该页的每一个字。三四郎打算就这么对着第二十三页，好好回味一下昨夜的经历。

那个女子究竟是什么人呢？这世上真有那样的女人吗？身为女人，怎么可以如此厚颜无耻呢？是因为没有受过良好教育的缘故，还是胆子太大呢？要么就是太单纯了吧？关键是自己没敢跟她继续周旋下去，无法做出判断。鼓起勇气再往前走一步就好了。毕竟太吓人了。分手时，听到她说那句“我看你是个没有胆量的人”时，着实吓了一跳。觉得好像自己只有二十三岁的弱点被她一眼看穿了似的。即便是亲爹娘也说不出那样一针见血的话来呀。

三四郎想到这儿，更加沮丧了。觉得自己被一个不知来路的女子说得头都抬不起来，就连面对培根的第二十三页都令他惭愧难当。

当时自己那样狼狈不堪的，真是丢死人。这哪像个做学问的大学生呢？此事关乎人格，多少也该拿出点儿应对之策来呀。转念一想，倘若对方继续纠缠不休，受过教育的自己也只能如此应对了。由此可知，绝对不可轻易接近女子。要说自己也太没出息了，简直是作茧自缚，好像生来就有残疾似的。话又说回来……

三四郎旋即转换心情，想起了另外一个世界的事——我现在正前往东京，将要进入大学，接触著名的学者，与品学兼优的学生交往，坐在图书馆里钻研学问，著书立说，出人头地，让母亲为我而自豪。他漫无边际地想象着这样美好的未来，大大恢复了元气后，觉得没有必要再埋头死盯着第二十三页了。于是他立刻抬起头，恰好斜对面的男人也正瞧着他呢。这回三四郎没有移开目光，和那人对视起来。

男人蓄着浓密的胡须，面庞瘦长，颇有点儿神官的风貌。只是鼻梁挺拔这点像洋人。一直在学校读书的三四郎，一看到这样的男人，便认定是做教师的。那男人身着飞白染色外褂，内穿白色衬衫，脚蹬藏蓝布袜。三四郎从这身打扮判断，此人是中学教师无疑。在前程似锦的三四郎眼里，此人不免有些乏味。男人已有四十岁了，看样子以后也没多大发展了。

男人不停地抽烟，从鼻孔里喷出长长的烟雾，抱起胳膊时，显得颇为悠然自适。可他又频繁地去厕所，或是去做其他什么事。每当他站起身时，都会使劲儿伸懒腰。看样子他很无聊。坐在他旁边的人，将看过的报纸放在一边，他也无意借来看。三四郎不禁感到奇怪，把培根的论文集合上了。本想另外拿出一本书来，好好读一读，又觉得麻烦。倒不如跟面前的人借来报纸看看。偏巧对面的人正在呼呼大睡。三四郎一边伸手拿报纸，一边对留胡须男人明知故问"没人看吧"，男人坦然回答："没人看吧。你看吧。"倒是拿了报纸的三四郎不自在了。

三四郎打开一看，报上没有什么可读的新闻，一两分钟就看完了，他又把报纸整整齐齐叠好，放回原处时，朝那男人轻轻点点头，对方也点了点头，问道：

"你是高中生？"

三四郎很高兴男人看到自己戴的旧帽子上的徽章痕迹了，回答：

"是的。"

"东京的？"男人又问。

"不是，是在熊本……但是……"三四郎没有说下去。他虽然想回答现在是大学生了，又觉得没有这个必要，就打住了。对方也只说了声"噢，是吗？"继续抽烟，并没有追问熊本的学生为何此时去东京什么的，好像对熊本的学生不感兴趣。此时三四郎对面睡觉的男人开口道：“嗯，是这么回事啊。”奇怪的是，此人的确在睡觉，并非自言自语。留胡须男人看着三四郎嘿嘿地笑了。三四郎趁此机会，问道：

“你去哪儿？”

“东京。”对方慢悠悠地回答后，没有再说话。三四郎越来越感觉他不像个中学教师了。不过，既然坐三等车厢，足见不是什么了不起的人物。三四郎因此结束了交谈。留胡须男人抱着胳膊，不时用木屐前齿有节奏地敲击地面，可见相当无聊。但是这个男人的无聊是不想与人交谈的无聊。

火车抵达丰桥站的时候，一直在睡觉的男人猛地站起来，揉着眼睛下车去了。三四郎很佩服他居然能够这样准时地醒过来。他会不会迷迷糊糊地下错了站呢？三四郎担心地从车窗往外张望。可这担心完全是多余的，那人好端端地通过了检票口，像清醒的人一样走出车站去了。三四郎放下心，换到了对面的座位上。这样他就和留胡须男人并排而坐了。而留胡须男人此时正把头伸出窗外，在买水蜜桃。

买完后他把水蜜桃放在两人中间，问他“吃桃吗”，三四郎道声“谢谢”，吃了一个桃子。留胡须男人好像很喜欢吃桃，一个接一个地吃起来，还让三四郎再吃些，三四郎又吃了一个。二人吃水蜜桃时，亲近多了，东拉西扯地聊了起来。

据那个男人说，桃子在水果中是最像仙人的，其味道好吃得不可思议。首先，桃核的形状就是笨笨的，而且满是小坑，模样可爱至极。三四郎虽然第一次听闻这种说法，还是觉得此人是个喜欢说些无聊闲话的人。

接下来男人说起了子规[①]嗜好吃水果的逸闻。

“……而且他一次能吃很多水果。有一次，一连吃了十六个熟柿子，竟然没有吃坏肚子。像我这样的，简直没法跟子规相提并论。……”

三四郎一直笑着听他说话，发觉自己只是对子规的逸闻感兴趣。三四郎以为他还会说些关于子规的故事，谁知他说道：

“一般来说，见到喜欢吃的东西，人就会不由自主地伸手去拿，没有办法。像猪这类动物，不能用手拿，就得靠鼻子了。据说先把猪捆住，不让它动弹，然后在它的鼻子前面摆上好吃的东西，由于身子不能动弹，猪的鼻子就会逐渐伸长，一直伸长到够到食物为止。这说明没有比执念更可怕的了。”说完，他嘿嘿地笑了。从他的语气，三四郎判断不出他是认真的还是在说笑。

“不管怎么说，咱们没有投胎为猪，乃是万幸。倘若像它们那样，朝着想要的东西一味伸长鼻子的话，现在鼻子就会长得连火车也坐不成了，那肯定烦恼死了。”

三四郎扑哧笑了出来，但是对方却平静如初。

“的确很可怕的。有个叫作列奥纳多·达·芬奇的人，曾经做过一个实验，给桃树注射砒霜，看其毒性是否会渗入果实

---

① 正冈子规（1867—1902），日本明治时代著名诗人、散文家。俳句运动倡导者。1888年考入东京第一高等中学，与同学夏目漱石（二人同年出生）结为挚友。1897年参加创办《杜鹃》杂志，同高浜虚子、河东碧梧桐、夏目漱石等诗人和作家一起，使《杜鹃》大有一统整个俳句诗坛之势，对后世产生很大影响。

中。不料有人吃了那棵树的桃子死掉了。太危险了！不留神的话，太危险！”他一边说，一边把吃剩的水蜜桃核和桃皮等归拢起来包在报纸里，扔出了窗外。

这回三四郎没有发笑。听到列奥纳多·达·芬奇这个名字，他有些畏缩，加上不知为何想起了昨晚那个女人，忽然不愉快起来，便收敛笑容，沉默下来。对方似乎毫不在意，隔了片刻，又问道：

“去东京哪里呀？”

“其实我是第一次来东京，不熟悉情况……打算暂时住在公费宿舍。”

“这么说已经从熊本……”

“今年刚刚毕业。”

“啊，这么回事啊。”男人只说了这句，却没有表示祝贺，也没有夸赞。只是说：“这么说是去东京上大学的了？”仿佛在询问一件极平常的事。

三四郎觉得有些失落，但也不想多说什么，只淡淡回答了“是的”两个字。

“学什么科呢？”他又问。

“是第一学部。”

“法学科吗？”

“不，是文科。”

“啊，这么回事啊。”还是这句话。

三四郎每次听对方说这句话，都会大惑不解。此人若不是个特别了不起的主，就是喜欢极力贬低别人的人，再不然就是与大学毫不相干、对大学全无了解的人。由于实在判断不出他属于哪种人，三四郎对于此人的态度也非常不明朗。

在浜松站，二人不约而同吃了便当。吃完之后，火车仍迟迟不开动。三四郎从窗户望去，看到四五个洋人在车前走来走去。其中一对好像是夫妇，天气这么热，他们还互相挽着胳膊。洋女人穿着一身白衣裳，非常美丽。三四郎迄今为止只见过五六个洋人。有两个是熊本的高中教师，其中一人偏巧还是个驼背。女洋人只见过一个传教士，尖尖的脸，活像白丁鱼。因此，当他目睹这般花枝招展的漂亮西洋女人，不仅觉得稀罕，更觉得高贵。三四郎目不转睛地看得出神，心里想，洋人这般美丽，也难怪趾高气扬了。他甚至想到，如果自己去留洋，置身于这样的人之中，肯定会自惭形秽的。洋人夫妇走过窗前时，三四郎拼命倾听二人的对话，可一句也听不懂。听着好像和熊本教师的发音完全不一样。

这时，那个男人从三四郎后面探出头，一边说着“车还没有开动的意思啊”，一边瞅了一眼刚刚走过去的洋人夫妇，小声赞叹道：

“好美啊。”随即轻轻打了个呵欠。

三四郎意识到，自己这样傻看洋人简直像个乡巴佬，便马上缩回了脑袋，落了座。男人也紧跟着坐下来。然后说道：

“要说还是洋人好看啊。”

三四郎也不好回答什么，只是“嗯”了一声，笑了笑。于是留胡须男人开口道：

“咱们都很可悲啊。长了这么一副面孔，身子骨这么瘦弱，纵然日俄战争打胜了，升格为一等强国也没有用啊。虽说无论是建筑物或是庭园，都和咱们的长相似的，没什么好看的，但是——你既然是第一次来东京，一定还没有看过富士山吧。马上就能看见了，你好好看看吧。它可是日本首屈一指的名山啊。除了它，日本就没有其他值得自豪的东西了。可是，那富士山是大自然造就的，自古以来就有，并不是我们造出来的呀。”说完又嘿嘿笑起来。三四郎万万没想到，在日俄战争以后还会遇到这样的人，只觉得此人根本就不像个日本人。

“可是，今后日本也会越来越好的。”三四郎这样辩解。于是那个男人一脸严肃地说：

“早晚会亡国的。”

要是在熊本说出这种话，马上会挨顿揍的，搞不好会被当作卖国贼对待。三四郎是在头脑中丝毫没有这种思想侵入余地的环境里长大的，因此，总觉得这家伙说不定是欺自己年轻，愚弄自己呢。男子仍然笑眯眯的，语调却有条不紊。三四郎实在看不透对方，便不再附和，默不作声了。这时，男人说出了这样一番话：

“比起熊本来，东京更广阔。比起东京来，日本更广阔。比起日本来……”他停顿了一下，看了一眼三四郎，见他在侧耳倾听，又接着说：

“比起日本来，头脑里更广阔吧。绝不可以受人蛊惑。即便是为日本着想，到头来也只能害了日本。”

听到这番话，三四郎感到自己真的离开熊本了。同时还醒悟到，在熊本时，自己的确是非常怯懦的。

那天晚上，三四郎抵达了东京。直到分别，留胡须男人也没有说出他的姓名。三四郎相信，只要到了东京，像他这样的人随处可见，也无意打听他的姓名。

2

三四郎在东京真是开了眼，令他吃惊不已的东西实在太多了。首先，电车发出的丁零丁零的声音就让他觉得新鲜。还有在丁零丁零的响声之间，有好多人上车下车，也让他觉得奇妙。在丸之内也是如此。最教他吃惊的是，不管走到哪里，都是清一色的东京风景。而且无论大街还是小巷，到处都是成堆的木材和石头。新盖的房屋都距离马路五六米远，房屋前面，岌岌可危地立着被拆除了一半的旧仓房。所有的一切都在破坏之中，与此同时，所有的一切又都在建设之中似的。东京的变化让人目不暇接。

三四郎太吃惊了。他吃惊的程度和性质，不亚于乡下人第一次置身于都市中心时的感受。以往所学的知识，在预防自己如此惊奇上，就连药物的效果也没有起到。三四郎的自信随着这种震惊而减少了四成。他感觉很不愉快。

如果这些急剧变化本身即现实世界的话，只能说明自己迄今为止的生活与这个现实世界丝毫没有接触了。这就如同事不关己，在大白天闷头睡大觉一般。那么，从今天开始不睡大觉了，是否就能对此变化负起自己那份责任来呢，那是很困难的。眼下自己虽然处在变动的中心，不过是被置于不得不目睹前后左右发生的变动之中而已，作为一介书生的生活并没有改变。世界这般激烈动荡着，自己眼睁睁旁观这动荡，却不能够参与其中。自己的世界和现实世界尽管在同一平面上，却没有一点儿接触。而且现实世界这般激烈动荡着，将自己丢在原地，渐行渐远了。这令他甚感不安。

三四郎伫立于东京的中心，看着电车、火车、穿白衣服和黑衣服的人们，感慨万千。然而对于学生生活中尚存在的思想界动向并无丝毫察觉。——明治时期的思想，是以短短四十年时间，重现了西洋历史上经历的长达三百年之久的变化。

三四郎被封闭在日新月异的东京市中心，独自烦恼的时候，接到了母亲从故乡寄来的信。这是他来东京后收到的第一件东西。打开一看，母亲这个那个地写了好多事情。先从“今年是丰收年，真是可喜”开头，接下来叮嘱他要注意身体，东京人都狡猾，心眼儿不好，得防着点儿。还说学费每月月底会寄给他，不必担心。最后写了“听说胜田家阿政的表弟，大学毕业后在什么理科大学教书，你可以去找找他，请他多方关照你一下”。母亲好像是把最关键的那个人名字忘写了，所以在信笺的空白处补写了“野野宫宗八先生”。就在这空白处，还写了两三件事情：“阿作的青马得急病死了，阿作特别难过。

三轮田的阿光送来香鱼，因为寄往东京中途会坏掉，就留在家里吃了。”等等。

三四郎看着这封信，恍惚觉得是从落后的旧时代寄来的。他甚至觉得无暇读这样的信，尽管这么想对不起母亲。虽说这么想，他还是反复读了两遍。不管怎样，如果说自己与现实世界有所接触的话，眼下除了母亲之外，没有其他人了。母亲又是个旧式妇女，住在落后的乡间。此外就是在火车上遇到的那个女人了，她是现实世界中的一道闪电，只是这接触，未免太短暂、太刺激了。三四郎决定遵照母亲的嘱咐，去拜访那位野野宫宗八。

第二天，天气比平日更加炎热。三四郎想，现在正放暑假，即便找到理科大学去，野野宫君恐怕也不在。可是母亲没有交代他的住址，姑且去一趟看看，顺便打听一下。下午四点左右，三四郎沿着高级中学走到弥生町的那个大门，进了大学。马路上的尘土足有二寸厚，木屐齿印、鞋印、草屐印清晰可见。车轮和自行车辙有多少条，就数不清了。虽说这街道脏得叫人受不了，但一进入校园，便是一派繁茂绿荫，心情一下子舒畅了。三四郎去门房打听，门锁着，绕到后面去也没人。最后来到旁门，试着推了推，竟然把门推开了。在走廊的十字拐角处有个勤杂工正在打盹儿。三四郎对他说明了来意，勤杂工望着上野的树林发了好一会儿呆，终于清醒过来后，突然说出一句“也许在吧”，就走进里面去了。真是个清静的地方。那个杂役很快又出来了。

“在呢，请进来吧。”他说话的口气，像是见了老朋友。

三四郎跟着勤杂工，经过拐角处，沿着混凝土的廊子往下面走去。四周霎时变暗了，犹如被烈日晃了眼睛时那样，好一会儿瞳孔才慢慢适应，看清了四周。原来是进了地窖，难怪这么凉快。左面有一扇门，门敞开着，从里面走出来一个人，此人前额宽阔，眼睛很大，一副与佛有缘之相。他穿着绉绸衬衫，外套西装，西装上点点污渍。看他个头很高，清瘦的身材与这炎热的天气十分契合。他将头和脊背笔直地向前伸出，向三四郎鞠躬致意。

“这边请。”

说罢，他转身回了室内。三四郎走到门口，向里面张望。只见野野宫君已然坐在了椅子上。他又说了一遍“这边请”。他所说的“这边”，是个铺着木板的台子，下面用四根方子支撑着。三四郎在台子上坐下来，道了“初次见面”，又说了“请多多关照”等等。野野宫君只是“好，好”地应着，看他的做派，有点儿像火车上那个吃水蜜桃的男子。说完这番寒暄话之后，三四郎便没什么要说的了，野野宫先生也不再说“好，好”了。

三四郎环顾屋内，正中央放着一张又长又宽的栎木桌子，上面摆着一件看似很复杂的用粗铁丝制作的器械，旁边的大玻璃盆里盛着水。此外，还有锉刀、小刀和一条领带。最后，三四郎将目光投向对面的角落，那里有一张三尺来宽的花岗石台子，上面放着一个有什锦酱菜罐子大小的复杂器械。三四郎注意到这个罐子的侧面有两个小洞，如蟒蛇眼睛般闪闪放光。野野宫君笑着问：“很亮吧？”然后对三四郎做了如下的说明：

“我在白天做好这些准备，到了夜晚，等来往车辆以及其他响声逐渐消失后，便在这个幽静昏暗的地窖里，用望远镜观察那两个眼珠似的小洞，就是这样测试光线的压力。这个工作从今年正月里就开始了，但是由于器械太复杂，还没有获得理想的结果。夏天还比较好对付，可到了寒冬腊月，夜里实在难熬，即便穿上外套，裹上围巾，还是冷得受不了……”

三四郎大吃了一惊。不单是吃惊，对于光线有什么样的压力，这压力有什么用处，完全是一头雾水。这时，野野宫君对三四郎说：

“你也瞧瞧吧。”

三四郎有些好奇地走到石台前面五米远的望远镜旁，把右眼贴上去看，可什么也看不见。

“怎么样，能看到吗？”野野宫君问。

“什么也看不见啊。”

“可不是，镜头盖还没摘掉哩。”

野野宫君说着，从椅子上站起来，把罩在望远镜镜头上的盖子取了下来。

这回三四郎再一看，看见一团轮廓模糊的亮光里有尺子的刻度，刻度下边出现了一个“2”字。

“怎么样？”野野宫又问。

“看到了‘2’字。”

“马上要动了。”野野宫君边说边转到镜头前面鼓捣着什么。

不一会儿，那刻度在光亮中转动起来。“2”字消失了，接着出现了“3”字，又出现了“4”字、“5”字，一直到“10”字。然后，刻度开始往回转动，“10”字消失了，“9”字消失了，从“8”到“7”，从“7”到“6”，依次消失，最后到“1”停了下来。

“怎么样？”野野宫君又问。三四郎十分吃惊，从望远镜上抬起了头，无心再问那刻度数字是什么意思了。

三四郎恭敬地道了谢，从地窖上来，走到人来人往的大街上一看，地面上照例是艳阳高照。尽管天气很热，但他还是深深地吸了一口气。西斜的太阳映照着宽阔的斜坡，斜坡上面，两侧矗立的工科专业楼的玻璃窗红光闪耀。天空深邃而清澈，在那清澄的天色中，从西边尽头燃起的火焰被风吹过来，变成了浅淡的红色，仿佛炙烤在三四郎的脑袋上方。三四郎走进了左边的树林，侧面的夕阳照射着他的半边后背。这座树林也同样半边后背被夕阳照射着。墨色的层层绿叶间，仿佛染上了一层嫣红。蝉儿在粗大的榉树上鸣噪着，三四郎走到水池①边蹲了下来。

四周寂静无声，连电车的噪音也听不到。原本经过赤门②前的电车，在学校的抗议下，绕道小石川了，这个报道，三四郎在家乡时从报纸上看到过。三四郎蹲在水池旁边，忽然想起

---

① 即东京大学校园内的“心字池”。夏目漱石写作《三四郎》后，此池也随之闻名，因此又称“三四郎池”。

② 东京大学本乡校区在本乡街道的一个大门，现已成为东京大学的象征之一。

了这件事。连电车都不经过的大学，可见是相当远离社会了。

偶然踏入大学之中，三四郎方知还有如野野宫君这种人——关在地窖里，花半年多时间埋头进行光线压力实验。野野宫君穿着十分朴素，若是在校外相遇，会被人看作是电灯公司的技工师傅。然而他却以地窖为根据地，欣然而不懈地专注于研究实验，令人肃然起敬。不过，望远镜里的数字不论怎样转动，都与现实世界无涉，这是显而易见的。野野宫君或许一辈子都不打算接触现实世界。说到底，正是因为他每天呼吸着这种宁静的空气，才会自然形成了那样的心态吧。我也索性不再三心二意，一辈子与这活生生的俗世无涉如何？

三四郎定睛凝视着池面，看见好多棵大树倒映在水底，在那些大树的深处，有着蓝蓝的天空。三四郎此时恍惚觉得超越了电车，超越了东京，也超越了日本，变得遥远而缥缈。然而须臾之后，在那缥缈的心境之中，薄云般的寂寞渐渐弥漫开来。他由此感受到了进入野野宫君的地窖，孑然独坐般的寂寞心情。在熊本上高中的时候，三四郎也曾经登上过比此地更为清净的龙田山，还独自在长满月见草的运动场上睡过，不止一次地将这个世间彻底抛之脑后。然而，这种孤独之感却是此刻刚刚萌生的。

是因为看到了巨变之中的东京吗？或者是——三四郎的脸腾地红了，他想起了在火车上遇到的那个女子。看来自己还是需要现实世界的。可是，又感到现实世界太危险，难以靠近。三四郎想赶紧回住处去给母亲写回信。

三四郎无意中抬起头，看见左面的山丘上站着两个女子。

女子的脚下就是水池，对面是高高山崖上的树林，树林前方是一座华丽的红色哥特式建筑。即将落山的太阳，从这一切景物那边横射过来。两位女子面向夕阳站着。从三四郎蹲着的低矮树荫处仰望，山丘上非常明亮。其中一个女子大概觉得阳光刺眼，用团扇遮挡着前额，容貌看不清楚，但是衣服和腰带的颜色十分鲜艳，连白色的布袜都看得见。从木屐带的颜色还能看出她穿的是草屐。另一个女子一身纯白，没有拿团扇，只是微微皱着眉头，眺望着从对岸如华盖般将枝条高高伸展到水面上来的一棵古树深处。手拿团扇的女子站得稍微靠前些，穿白衣的女子离土堤边缘退后一步站着。从三四郎的角度望去，两人的身姿是斜对着的。

此时三四郎只觉得眼前一片艳丽的色彩。不过，自己是乡下人，这色彩究竟如何好看，他嘴里道不出，笔下也写不出。三四郎的脑子只能想到那白衣女子是个护士。

三四郎看得出了神。这时，白衣女子开始走动了，毫无匆忙之态，就像是不知不觉地走起来似的。再一看，拿团扇的女子也不知何时走动起来，两人如同说好了似的迈着松弛的步子走下了斜坡。三四郎仍然目不转睛地望着她们。

坡下有一座石桥，如果不过桥，她们可以一直走到理科专业楼去，过桥的话，沿着水池边可以走到他这里来。两个女子走过了石桥。

那女子已经把团扇放下来了。她左手拈着一朵白色小花，一边嗅着花香一边走过来。由于她一边看着眼前的花儿，一边闻着花香走路，所以一直是低着头的。当她走到距离三四郎五六尺的地方时，忽然站住了。

“这是什么树啊？”她说着仰起脸来。她的头顶上是一棵参天的大米槠树，枝叶繁茂，遮天蔽日，圆圆的树伞一直伸展到了水池边。

“这是米槠树。”护士说道。她的神情就像在教小孩子。

“是吗，这树不结果吗？”女子边说边收回了仰着的脸，顺势扫了一眼三四郎。三四郎捕捉到了那女子乌黑的眼眸流盼的瞬间。此时，他对于色彩的感觉荡然无存，却与某种不可言状的东西不期而遇了。那个火车上的女人说他“是个没有胆量的人”时的感觉，与此似有相通之处。三四郎不禁畏缩起来。

两个女子打三四郎面前走了过去。较年轻的女子将刚才嗅过的白花扔到三四郎跟前。三四郎一直呆呆地望着她们二人的背影。护士走在前头，较年轻的女子跟在后边。他看到那女子的绚丽衣裳，配了一条染有白色芒草花纹的腰带，她的头上也插着一朵雪白的蔷薇花。在米槠树荫衬托下，别在乌黑头发上的这朵蔷薇花，显得格外醒目。

三四郎有些茫然若失，过了片刻，才喃喃自语道：“真是矛盾。”到底是大学的空气和那个女子有矛盾呢，还是那衣裳的色彩和女子的眼神有矛盾呢？是看到那女子，联想起火车上的女人是矛盾的呢，还是自己对于未来的设想是两条相互矛盾的道路呢？抑或是对于令人无比愉悦之事抱有恐惧是相互矛盾的呢？这个乡下青年全然想不明白，只是朦胧感到有什么东西是矛盾的。

三四郎拾起那女子丢弃的鲜花，闻了闻，并没有什么香味儿。三四郎将花扔到池子里，花儿漂浮在水面。这时，突然听到对面有人在喊自己的名字。

三四郎把视线从那朵花上收回，抬头一看，原来是高高的野野宫君站在石桥对面。

“你还没有走吗？”他问道。三四郎回答他的问话之前，站起身来，慢腾腾地走过去，来到石桥上，才“嗯”了一声，多少有些心思恍惚。野野宫君则丝毫不以为然，问道：

“这儿凉快吗？”

“嗯。”三四郎又应了一声。

野野宫君望着池水发了会儿呆，把右手伸进衣袋寻找起了什么。从他衣袋里露出半截信封来，看上面的字像是女人写的。野野宫君好像没有找到自己要找的东西，便又将那只手垂了下来。

“今天那个装置有点儿不正常，所以晚上就不做实验了。现在我想去本乡那边散散心再回去，你也一同走走吧。”

三四郎愉快地答应了。两人沿着斜坡登上小丘。野野宫君在刚才女子站立的地方稍稍驻足，环视对面绿树掩映的红砖小楼，以及那个在山崖的对比下显得水面很低的池子。

“景色不错吧？只是那座楼的边角凸出了些。从树林间望过去，对吧。很美吧，你注意到了吗？那座红楼盖得相当漂亮。工科大楼当然也不错，但相比之下，还是那座红楼更出色。”

三四郎对野野宫君的鉴赏力有些惊讶。老实说，自己根本看不出哪座更好。因此，这回轮到三四郎“唔，唔”地应付起来。

“还有就是，这些树和这水池给人的感觉很幽静吧。虽然没有什么特别之处，不过这里可是东京的市中心啊。不在这样的地方，就无法搞学问嘛！近来东京太喧嚣、太闹心了。这是御殿[①]。”野野宫边走边指着左面的一座建筑说，“这里是教授会召开会议的地方。当然，像我这样的人可以不参加，我只要在地窖里做研究就够了。近来学术界的发展突飞猛进，稍一松懈，马上就会落伍的。在别人眼里，在地窖里搞研究就像是闹着玩儿，但是我这个研究者的脑子却在高速运转呀。或许比电车的运转还要快得多呢。所以，夏天我连避暑旅行都舍不得去呢。”他边说边仰望着广袤的天空。

阳光已经不那么热辣了，湛蓝的天空一片静谧，淡薄的云翳犹如被刷子刷过一般，长长拖曳在天际。

“你知道那是怎么回事吗？”野野宫问。

三四郎仰头望着半透明的云彩。

“那些白云其实都是雪霰。从下面看去，好像没有移动，其实它们正以超过地面上刮起的飓风的时速在流动呢。你读过罗斯金[②]的著作吗？”

三四郎有些怃然地回答：“没有读过。”

野野宫君只说了声“是吗”，停顿了一会儿，才接着说：

---

① 通称“山上御殿”的建筑物，是1893年到1923年东京大震灾为止，修建在如今山上会馆位置的和式建筑。

② 约翰·罗斯金（John Ruskin，1819—1900），英国作家，美术评论家。

“把这天空的模样写生下来多有意思啊……我得跟原口说说。”

三四郎当然不知道这位姓原口的画家。

两人走过贝尔兹[①]的铜像前面，顺着枳壳寺一侧来到通电车的马路上。走到铜像跟前时，野野宫君问三四郎，这座铜像怎么样，三四郎还是回答不上来。校门外面非常热闹，电车来往不停。

“你不讨厌电车吗？”野野宫君又问。三四郎觉得，说讨厌电车，不如说畏惧电车，只是“嗯”了一声，算是回答。于是野野宫君说：“我也讨厌电车。”却丝毫看不出他讨厌的样子。

“不向乘务员打听的话，我一个人都不知道在哪里换车。这两三年电车陡然增多，出行方便了，反倒烦恼了，和我搞学问是一回事。”他说完呵呵笑起来。

新学期伊始，戴着新帽子的中学生随处可见。

“来了不少新生啊。”野野宫高兴地望着这些学生说，“年轻人就应该朝气蓬勃的。对了，你今年多大啦？”三四郎依照住宿登记簿上写的年龄回答了他。野野宫君说：

“这么说你比我年轻七岁呢。有这七年时光，人何愁干不成事。只是光阴似箭啊，七年时间一转眼就过去了。”三四郎

---

① 贝尔兹（Erwin von Bälz，1849—1913），德国著名内科医生，1875年应邀赴日讲学，在东京大学医学部任教，为日本近代医药学打下基础。为纪念他的功绩，东京大学校园建有他的铜像。

弄不明白哪一句才是他的真心话。

走到十字路口附近时，马路两边有多家书店和杂志店。其中的两三家店里人头攒动，都在阅读杂志。人们读完了就一走了之，没有人买。

“这些人都够狡猾的！”野野宫君笑着说。不过，他自己也翻开一本《太阳》[①]杂志看了看。

来到十字路口，靠马路左手边有一家西洋女士化妆用品店，对面是一家日本女士化妆用品店。电车在这两家店铺之间兜了个圈，飞快地驶了过去，铃声叮叮当当地响着。街头熙攘杂沓，通过路口并非易事。

“我到那边去买点儿东西。”野野宫君指着对面那家日本女士用品店说道，然后就从叮当作响的电车之间跑过马路去了。三四郎也紧随其后，穿过了马路。野野宫君径直走进店铺。在外头等着的三四郎仔细一看，橱窗里的玻璃货架上陈列着梳子、花簪之类的东西。三四郎不禁好奇起来，野野宫君在买什么呢？走进店里一看，野野宫君手里拿着一条薄如蝉翼的绸子发带。

“这条发带怎么样？”野野宫君问他。

三四郎也想买点儿什么送给三轮田的阿光，以谢她馈赠的香鱼。可是转念一想，阿光收到这礼物，不会认为是送香鱼的酬谢，多半会一厢情愿地胡乱揣测，便打消了这个念头。

① 1895年创刊的日本第一个综合月刊杂志。1928年停刊。

往前走到真砂町，野野宫君请三四郎吃了西餐。听野野宫君讲，这家餐馆的料理是本乡地区最好吃的。对于三四郎来说只是尝了尝西餐是什么味道，不过，他全都吃光了。

三四郎在西餐馆前跟野野宫君分了手，本应直接回追分去，可他原路返回先前那个十字路口，向左边拐去。三四郎想买双木屐，走到一家木屐店外往里瞧了一眼，只见在白炽灯下，坐着一个脸涂得煞白的姑娘，犹如一个石膏做的妖怪。三四郎顿生厌恶，不想买了。回家的路上，三四郎满脑子想的都是在学校水池旁看到的那个女子的脸色——就像烤焦了的年糕片似的淡褐色，而且肌肤极为细嫩。三四郎断定，女人的肤色非如此不可。

3

新学年于9月11日开始了。三四郎准时于上午十点半去了学校，只看见在校门口的布告栏里贴着授课时间表，却不见一个学生。他只把自己必须听讲的上课时间记在笔记本上，然后去了教务室，办事员倒是来上班了。三四郎询问什么时候开始上课，回复是9月11号。看对方表情若无其事的，三四郎又问："可是，看每个教室里，好像都没有人在上课呀？"得到的回答是，那是因为老师没有来。怪不得没有人呢，三四郎这么想着走出了教务室，绕到校舍后面，从一棵粗大的榉树下仰望高高的天空，只觉得天空比往日明朗许多。他穿过山白竹丛下到水池边，来到上次那棵米槠树下，又蹲了下来。那女子若是再次从这里走过去就好了，三四郎暗自思忖着，不时向山坡上张望，可是那里连人影都看不到。这一点儿也不奇怪，尽管这么想，三四郎依然一直蹲在那里。待到午炮[1]咚的响了，三四郎吓得一哆嗦，才回了住所。

第二天，三四郎八点整去了学校。一走进正门，主路两旁栽种的银杏树便映入眼帘。长长的两行银杏树到了尽头处，顺着斜坡渐次而下，从三四郎站立的正门角度望去，只能看到位于高坡后面的理科学部二楼的一部分。太阳高挂在正前方，那座理科楼的屋脊后面，远远可以望见洒满朝阳的上野树林。这层次深邃的景色，令三四郎心情愉悦。

沿着靠这边的一排银杏树走到头，右手是法文学部，左手这边往下走几步就是博物学部的教学楼。两座建筑一模一样，细长的窗户上方覆盖着尖尖的三角形屋顶。这三角形边缘镶嵌的红瓦与黑色屋顶之间，是由细细的石条接缝的。那石条颜色发青，为其下面连接的亮丽红瓦平添了几分情趣。而且这种有着细长窗户和高高的三角形屋顶的建筑，依次排列着好几座。自从前几日听了野野宫君讲的那番话之后，三四郎忽然觉得这些建筑稀罕起来。不过今天早晨，他感觉那并非野野宫君的看法，仿佛一开始自己就是这么想的。特别是博物学部教学楼和法文学部楼并不是齐刷刷地排成一条直线，而是稍稍缩后了一些，三四郎觉得这种不规则的布局甚为奇特。下次见到野野宫君，一定把自己的这一发现告诉他。

从法文学部教学楼右侧向前凸出了五十多米的图书馆，也

---

① 正午报时，发的空炮。开始于1871年，停止于1929年。

让三四郎深为叹服。虽然他对建筑不太懂，但推测都属于相同风格的建筑。紧贴着那座建筑的红墙边上，种着五六棵高大的棕榈树，煞是好看。左手最里面的工科专业楼，像是模仿封建时代的西洋城堡建造的，四四方方的，窗户也是四方的，只有四个墙角和入口是圆的。这或许是采取了望楼的样式吧。城堡式建筑的确非常坚固，就好像是个头不高的相扑力士，不像法文学部楼那样摇摇欲坠的。

三四郎放眼望去，想到除了这些建筑之外，肯定还有许多建筑物没有看到，便油然而生出宏伟壮观之感。“这样才称得上是学府呢。只有在这样的建筑里，才能搞研究做学问。太了不起了！”三四郎觉得自己俨然成了大学者。

可是走进教室一看，虽然打了上课铃，先生却没有来，而且也没有一个学生来上课。下一堂课还是一个样。三四郎气恼地走出教室。为了碰碰运气，他又围着池子徘徊了两圈儿，才回了住所。

又过了十来天，终于开始上课了。三四郎第一次走进教室，和其他学生一起等候先生的时候，激动的心情委实难以描述。当神官穿戴好祭祀礼服，即将开始主持祭典那一刻的心情，想必就是这样的吧，三四郎这样评估自己当时的心情。他确实被学问的威严震慑到了。不仅如此，铃声响过后又过了一刻钟，教师仍然没有露面，这就愈加强化了因预期而生出的敬畏之念。终于一位文质彬彬的西洋老人打开门走了进来，用流利的英语开始讲课。三四郎这堂课学到了“answer”这个词来自盎格鲁-撒克逊语的and-swarn。接下来又学到了司各特曾经读过小学的村庄名字。他把这些词语一一记在笔记本上。

下一堂他去上文学论，先生走进教室，看了一眼黑板，看到黑板上写着Geschehen[①]和Nachbild[②]两个词，就说了句：“哦，这不是德语吗。”然后笑着唰唰两下擦掉了。三四郎觉得因此而对德语失去了些许敬意。然后，先生罗列了从古至今的文学家对于文学所下的二十来个定义，三四郎也都一字不落地做了笔记。

下午他来到大教室，那里面坐着大约七八十个听课的学生。因此先生也用演说的语气讲课。他一开口就来了一句诗“一声炮响，惊破浦贺梦”[③]，三四郎觉得挺有意思，可是听了半天，涉及了很多德国哲学家的名字，甚是费解。三四郎无意中看到桌子上面刻着很漂亮的“落第”两个字。可想而知刻字的人是多么百无聊赖，能在坚硬的橡木桌上刻出如此漂亮的字来，足见不是外行，有着相当的功底。

看邻座的男生一直在认真地记笔记，三四郎伸头瞅了一眼，哪里是记笔记，他是远远地给先生画漫画呢。三四郎刚一探头，旁桌的学生就马上把笔记本拿给他看。画儿画得很不

① 德语：事态，现象。

② 德语：医学用语，余像、残影。

③ 指1853年，美国以炮舰威逼日本打开国门的事件。1853年美国海军准将马休·佩里率舰队（黑船）驶入江户湾浦贺海面，向江户幕府递交美国总统米勒德·菲尔莫尔的国书，双方于次年（1854年）签订《神奈川条约》（《日美和亲条约》），从而打破了日本幕府的锁国政策。

错，只是旁边写的一句“万里云天子规啼”[①]，三四郎看不明白是什么意思。

下课后，三四郎感到有些疲倦，在二楼窗口，托着腮帮子俯瞰正门内的校园。那里只有一条铺着沙子的宽道，两旁栽种着高大的松树和樱树，没有过分修整，反而看着心情舒畅。据野野宫君说，以前这里可没有这么美，野野宫君的某某老师当学生时，曾经骑着马转到校门口，马不乖顺，故意从树下经过，结果老师的帽子被树枝钩住，木屐齿卡在马镫里了。正当他困窘不堪之时，正门外“喜多理发馆”的理发师傅们纷纷跑出来看他出洋相，一个个哈哈哈地捧腹大笑。那时候，有志者集资在校园内建盖起马厩，饲养了三匹马，雇了一名骑术教头。不料这位教头是个大酒鬼，最终将三匹马中最好的一匹白马卖掉换酒喝了。听说那是一匹拿破仑三世时代的老马。其实那马未必真的是拿破仑三世时代的。这也说明那个时候做学生还真是优哉游哉啊。三四郎这样感慨时，在课堂上画漫画的那个学生走过来，对他说：

“大学的课着实无趣吧。”

三四郎随口附和了一声。其实到底有趣还是无趣，三四郎根本就分辨不了。打那以后，他俩就算认识了。

那天，三四郎感觉心情郁闷，百无聊赖，便没有照惯例去

① 幕府末期儒者安井息轩，青年时代曾写过这样的座右铭：“君不见冈上子规不闻声，总有一天鸣太空。”表达自己总有一天会一鸣惊人的宏伟抱负。——转引自陈德文译的《三四郎》译注。

水池边转悠，直接回家了。晚饭后，他反复看笔记，既不觉得愉快也不觉得不愉快。他用言文一致体给母亲写了封信："开学了。以后每天都得去上课。校园很大很漂亮。建筑物也非常美。校园中央有个水池。绕着池子散步特别愉快。近来好歹习惯乘电车了。本想给母亲买点儿什么，但因为不知买什么好，所以没有买。母亲有什么想买的就写信来告知。今年的大米眼看要涨价，所以还是放着不卖比较划算。对三轮田家的阿光姑娘还是不要太近乎了。来东京以后才知道人多得是，男人也多，女人也多。"诸如此类，都是些零零碎碎的琐事。

写完信，三四郎翻开英语书看了七八页就厌倦了。他发觉这种书读上一本恐怕也不会长进的。于是干脆铺了床睡觉，却翻来覆去睡不着。要是患了失眠，得赶快上医院瞧瞧，这么想着的工夫就睡着了。

第二天，三四郎照常按时去学校上课。课间休息时，听别人谈论今年的毕业生在什么什么地方谋到了什么什么工作；谁和谁还没有找工作，是为了竞争官办学校的职位。三四郎茫然感受到了未来从远处逼近眼前般的沉重压力，但很快又忘了这一感觉。反倒是对议论升之助怎么怎么的颇觉有趣。于是，三四郎在走廊里跟一个熊本来的同学打听升之助是谁。对方告诉他是一位在曲艺场说书的年轻女艺人，还告诉他曲艺场的招牌是什么样的，在本乡的什么地方，并且邀约三四郎星期六一起去曲艺场。三四郎心想，这家伙还真是熟悉啊。谁料想，他说自己也是昨天晚上才头一遭去曲艺场的。三四郎也忍不住想去曲艺场见识一下那位升之助了。

三四郎正打算回寄宿处吃午饭，昨天那个画漫画的同学走来，叫住三四郎，拉着他去了本乡路的淀见轩，请他吃了咖喱饭。淀见轩是一家卖水果的店铺，刚刚整修一新。画漫画的同学指着这座房子的外形告诉他，这是努沃式[①]建筑。三四郎还是初次听说建筑中也有努沃式。回来时路过青木堂时，此人又指给三四郎看，说那里也是大学生们常常光顾的地方。

进了赤门，两人绕着池子散步。这时，画漫画的男生讲了这样一件事，已故的小泉八云[②]先生不喜欢去教员室，一上完课就在这个池子周边一圈圈地走。他说话的口吻就好像是小泉先生自己告诉他的似的。

“小泉先生为什么不喜欢进教员室？”三四郎问。

“那还用说吗，你听他们的课应该明白呀。哪里有人能和他聊得来呀？”

他居然若无其事地说出这么尖刻的话来，连三四郎都吃了一惊。

此人名叫佐佐木与次郎，据说是专科学校毕业后，今年又进了大学选修科。他说自己住在东片町五号的广田家里，请三四郎有空去玩儿。三四郎问他是不是寄宿人家，他回答是某

---

① 法文“nouveau”的音译，即法国新艺术运动（Art Nouveau），开始在1880年代。

② 小泉八云，原名拉夫卡迪奥·赫恩（Lafcadio Hearn，1850—1904），生于希腊，长于英法，1890年赴日，此后曾先后在东京帝国大学和早稻田大学开讲英国文学讲座，与日本女子小泉节子结婚，加入日本国籍，后改名为小泉八云。一生从事日本和日本文化研究。代表作《怪谈》。

位高中教员的家。

此后，三四郎每天准时去学校，循规蹈矩地上课。有时还去听必修之外的科目。可是，他仍感到不满足，以至于时常去听与专修科目互不相干的课程。一般都是听了两三次就作罢了，没有一门能持续听上一个月的。即便如此，每周也要平均上课四十个小时。尽管三四郎十分勤奋刻苦，但四十个小时毕竟太多了，三四郎常常感到有种压力，却又总是欲求不满。三四郎越来越不快乐了。

一天，他见到佐佐木与次郎，谈起了这件事。

"傻瓜！傻瓜！"一听说三四郎每周上四十小时课，与次郎眼睛瞪得老大，"你想想看，寄宿家里的破饭，你一天吃上十顿，会觉得满足吗？"与次郎劈头来了这么句精辟之语，三四郎如梦方醒，佩服之至，赶忙讨教：

"那该怎么做呢？"

"去乘电车好了。"与次郎说。

三四郎以为此话别有寓意，思索半天，仍不解其意，只好问道：

"你是说真的坐电车吗？"

与次郎哈哈哈笑起来：

"乘上电车，绕着东京转上十五六圈，你自然会感觉满足的。"

"为什么呢？"

"为什么？你想想看，倘若一个大活人的脑袋被僵死的课业给封闭了，就会憋死的。所以得出去呼吸呼吸新鲜空气嘛。

除此之外，可以让自己满足的法子多得是，乘电车是最初级的，也是最简便易行的。”

那天傍晚，与次郎拉着三四郎，从四丁目乘电车到新桥，又从新桥坐车返回，在日本桥下了车。

“怎么样？”与次郎问。

接下来，他带着三四郎从大街拐进狭窄的小巷，走进了一家挂着“平之家”招牌的饭馆，吃了晚饭，喝了酒。那家饭馆的女招待清一色的京都口音，嗲声嗲气，温柔娇媚。走出饭馆后，喝得脸红红的与次郎又问道：

“觉得怎么样？”

与次郎说现在要带三四郎到最地道的曲艺场去，又拐进了一条小胡同，来到一家名叫“木原店”的曲艺场，在这里听了名叫“小先生”的落语[①]艺人说落语。十点多钟，他们离开曲艺场，来到大街上。与次郎又问他：

“怎么样？”

三四郎没有回答“满足了”，但也并非感觉不满足。这时，与次郎大谈起那位“小先生”来。

“‘小先生’是个天才，像他那样的艺术家可不多见呢。只不过因为随时都能来听，觉得没什么稀罕的，未免可叹可惜！实际上，和他生活于同时代的我们是非常幸运的。生得早了就听不到‘小先生’说落语了，生得晚了也一样听不到。当

① 一种日本传统的曲艺表演，内容和表演形式都与我国的传统单口相声相似。

然圆游说得也不错，但是和‘小先生’的意趣有所不同。圆游扮演的丑角，因是圆游扮演的才搞笑；而‘小先生’扮演的丑角，则是由于脱离了‘小先生’而谐趣横生。如果圆游表演的人物遮蔽了圆游本人，人物就干瘪无神了；而‘小先生’扮演的人物，不论怎样遮蔽了‘小先生’，照样活灵活现的。这正是‘小先生’的过人之处。”

与次郎说到这里，再次问道：

“怎么样？”

说实在的，三四郎并不明白“小先生”说得好在哪里。况且，他还从未听过圆游说的落语，因此很难断言与次郎的说法是否妥当。不过，三四郎十分佩服与次郎这种颇具文学性的比较，很有见地。

两人来到某高中前分手时，三四郎表达了感谢：

“谢谢了，今天我感到非常满足。”

“看来，接下来就得去图书馆了，不然满足不了你。”与次郎扔下这句话，就朝片町方向拐去了。

听他这一说，三四郎才初次知道了去图书馆看书这码事。

从第二天起，三四郎将四十节课减了几乎一半，开始去图书馆看书了。这图书馆是一座又宽又长、天花板很高的建筑，左右两边开了许多窗户。书库只能看到入口，从正面向书库里面望去，似乎藏有数不尽的书籍。三四郎停住脚，盯着那里看，只见有人抱着两三册厚厚的书从书库里走出来，向左边拐去，他们是去教职工阅览室。也有人从书架上取下想看的书，在胸前打开，站在那里翻看。三四郎非常羡慕他们，恨不得一直走进最里面，登上二楼，再上三楼，来到比本乡还要高的地方，不让其他人打扰自己，闻着纸墨味读个痛快。说起来，对于读些什么书，他并没有明确的想法。不读上几本书，自然不会知道，但三四郎认定那里头一定是应有尽有的。

三四郎是一年级学生，所以没有资格进入书库。没办法，他只得弯着腰一张一张地去翻装在大木箱子里的目录卡片。不管翻看多久，新的书名仍旧源源不断地出现。最后累得肩膀都酸疼了，三四郎直起腰身休息，趁此工夫环看馆内。真不愧是图书馆，安静极了，尽管人很多。三四郎能一直看到坐在对面尽头的人黑黑的脑袋，虽然看不清模样。透过高高的窗户，可以看到外面树木林立，还能望见一小块天空。从远处传来街头的嘈杂声音。三四郎站着休息时感悟到，学者的生活是多么平静而深邃啊。那天，他看到这里就回去了。

第二天，三四郎不再胡思乱想，一进图书馆，就很快借了书。可是借错了，马上还了。之后借的那本又太难，完全看不懂，又立刻还了。就这样，三四郎每天必定借阅八九本书，当然也有偶尔能看懂一点儿的。当三四郎发现不管借哪本书，必定有人曾经看过时，无比惊奇。因为书中随处可见用铅笔写的眉批，所以他这样断言。有一次，三四郎为了确认这一点，试着借了一本作家阿弗拉·贝恩[①]的小说。在打开之前，他还

① 阿弗拉·贝恩（Aphra Behn，1640—1689），英国第一个女作家，少女时代在印度度过，后同荷兰富商贝恩结婚。丈夫死后，靠写作成名。写有许多剧本，最著名的是小说《奥鲁诺克》（1688），内容是英雄式的恋爱故事，也是英国最早的一本哲理性小说。

在想，这本书总不至于有人读过吧，谁知翻开一看，依然有用铅笔认真写的眉批。这回三四郎彻底死心了。这时一支乐队从窗外经过，他忍不住想出去散步，便来到街上，最后进了青木堂。

进里面一看，有两桌客人，都是学生。在远处的角落，有一个男子在独自喝茶。三四郎无意之中看了那人的侧脸一眼，觉得很像来东京时，在火车上碰到的吃了好几个水蜜桃的那个人。对方没有看到他，喝一口茶，吸一口烟，十分悠闲自在。他今天没有穿白色的单和服，穿的是西服，但绝不是好料子。只是那件白衬衫，比起测量光线压力的野野宫君来稍好一些。三四郎观察着那人的模样，最后断定他就是那个吃水蜜桃的人。自从在大学里听课以来，三四郎骤然觉得火车上那个男子说的话似乎也有些道理，因此他打算走上前去和那男子打个招呼。可是，对方一直目不斜视地喝一口茶，吸一口烟，吸一口烟，再喝一口茶，三四郎找不到开口的机会。

一直目不转睛地瞧着那个人侧脸的三四郎，突然把杯子里的葡萄酒喝干，飞奔出去，回到了图书馆。

那天，借着葡萄酒的兴奋劲儿和某种精神作用，三四郎头一次体味到了学习的乐趣，高兴得不得了。三四郎乐在其中地读了约莫两个小时的书，才意识到时间不早了，一边收拾东西，一边从借来的书籍里抽出最后一本还未阅读的书随意翻了翻，只见衬页的空白处，用铅笔潦草地写满了批注：

黑格尔在柏林大学讲授哲学时，毫无贩卖哲学之意。黑格尔的讲授并非关于探究真理的说教，而是领会真理之人的授课。并非卖弄唇舌，而是发自内心之授课。当真理与人融合醇化为一时，其所主张所谈论的，便不再是为授课而授课，而是为道义而授课了。哲学的授课至此境界方值得倾听。纵使巧舌如簧，玩弄真理，无非是用僵死之墨在僵死的纸上留下空洞无物的笔记而已，其意义何在？……眼下，我为应付考试，亦为了面包，饮恨吞泪阅读此书。切切牢记，摁着阵阵疼痛的脑袋，永远诅咒这可恶的考试制度。

自然没有署名。三四郎不禁露出微笑，仿佛受到了什么启示。他想，不光是哲学，文学也是如此。他又翻了一页，后面还有呢。“黑格尔的……”看来，此人对黑格尔颇有好感。

为了听黑格尔的讲演，从四面八方汇集到柏林的学生们，绝非抱着听此讲演以图换取衣食之资的野心而来的。他们只是听说有位哲人黑格尔，要在讲坛上传授无上普遍的真理，出于迫切的向上求道之念，欲于坛下寻求解答自己难解之惑的清净心之表现而已。因此，他们听了黑格尔的讲演，便可决定自己的未来，可改变自己的命运。倘若认为他们等同于你们这些糊里糊涂听课、糊里糊涂毕业而去的日本大学生，就太高看自己了。你们只不过是打字机，而且是欲壑难填的打字机。你们的所为、所思、所云，终将与生机勃勃的社会发展无关。恐怕你们至死都是糊里糊涂的吧，至死都是糊里糊涂的吧？

这样连续重复了两遍“糊里糊涂”这个词。三四郎默然陷入了沉思。这时，有人从背后拍了一下他的肩膀，原来是那位与次郎。在图书馆里遇到这位仁兄，实在难得。与次郎虽然主张上课无用，图书馆才重要，然而他很少言行一致地到图书馆里来。

“喂，野野宫宗八君在找你呢。”他说。三四郎没想到与次郎认识野野宫君，为了确认，问了一句：“是理科专业的野野宫君吗？”他回答：“是的。”三四郎立即放下书，来到门口的报刊阅览处，却不见野野宫君的影子。再走出大门，还是没有。三四郎走下台阶，伸长脖子四处张望，看不到一个人影，只好返回来。他回到原来的座位一看，与次郎指点着那段评价黑格尔的文字，笑着低声说：

“可真能扯啊。肯定是以前的毕业生写的。以前的那些家伙虽说狂放不羁，也有其可爱之处。此论不无道理啊！”显得颇有兴趣的样子。

“野野宫君不在呀。”三四郎说道。

“他刚才还在门口呢。”

“他找我有什么事吗？”

“好像是有事。”

两人一同走出了图书馆。这时，与次郎说，野野宫君是自己所寄居的那位广田先生以前的门生，经常来拜访广田先生。

野野宫君喜欢做学问，也勤于钻研，只要是和他同专业的人，连西洋人都熟知野野宫君的大名。

说到野野宫君的老师，三四郎又想起了从前那位在校门内被马耍弄的人，暗自揣测，说不定那人就是广田先生吧？三四郎把这事告诉了与次郎，与次郎说："很可能就是我那位房东先生，那种事他干得出来的。"他说着笑起来。

第二天正赶上星期天，在学校里自然见不到野野宫君。可是他昨天来找过自己的事，让三四郎不能不惦记。恰好三四郎还不曾去拜访野野宫君的新居，遂决定主动去他家一趟，问一问到底有什么事。

原本做出这个决定是早晨，可是三四郎看了会儿报纸，不觉磨蹭到了中午。吃罢午饭，正要出门时，一位好久不见的来自熊本的朋友来看他。好不容易打发走朋友之后，已经过了下午四点钟了。虽然时间晚了些，三四郎还是按预定计划出门了。

野野宫的家很远。四五天前他搬到了大久保。不过，乘坐电车的话很快就到了。三四郎听与次郎说，野野宫家在车站附近，所以很容易就找到了。说实话，三四郎自从上次去那个"平之家"饭馆以来，曾经坐错了电车，折腾得好不懊恼。他本打算到神田的高等商业学校去，从本乡的四条巷上了车，可是坐过了站，来到了九段，接着又被拉到饭田桥。在那里终于换乘了外濠线的电车，从茶之水来到神田桥后，仍旧没有意识到方向错了，沿着镰仓河岸急匆匆地向数寄屋桥方向走去。打那以后，三四郎就对坐电车开始发怵了。不过他事先听说甲武线是直线，才放心地乘坐。

三四郎在大久保站下了车，没有沿着仲百人大街朝户山学校方向走，而是从铁路岔道口拐过去，走上一条三尺来宽的小路。他沿着小路走到斜坡上，看见一片稀疏的孟宗竹林。在那片竹林这边和前边各有一户人家。野野宫的家就是这边的一户。小小的院门是斜着的，坐落在与小路朝向毫无关系似的位置上。三四郎走进大门一看，房屋的位置也与众不同。院门和房屋入口貌似都是后来安装的。

厨房一侧有一道繁茂的篱笆墙，但前院这边却没有任何遮拦。只有一大簇胡枝子，长得比人还高，还遮掩了一段会客室的檐廊。野野宫君把椅子搬到檐廊上，正坐在椅子上读西洋杂志。看到三四郎进来，就说了声："请到这边来。"和他在理科专业的地窖中接待三四郎时说的话一字不差。三四郎有些踌躇，不知该从院子直接进去，还是应该从玄关绕进来。

"请到这边来。"野野宫君又催促道。三四郎这才决意从院子直接登上檐廊。会客室也兼做书房，有八铺席大小，书架上以西洋书籍居多。野野宫君离开椅子，盘腿坐在了檐廊上。三四郎先是东一句西一句地说了些闲话，什么这里很安静啊，从这里去茶之水比较快捷呀，那个望远镜的实验怎么样了等等，然后才问道：

"听说你昨天来找我，有什么事吗？"

"其实也没什么事。"野野宫君有些过意不去的样子。

三四郎"噢"了一声。

"这么说你是特意为此事来的吗？"

"哪里，不是的。"

“是这么回事，你母亲从家乡给我寄来了贵重的礼物，说‘犬子要请你多关照一下’。所以我觉得也该向你表示一下谢意……”

“是吗？给你寄什么了？”

“是很不错的酒糟赤鱼。”

“大概是绯鲤吧？”

母亲怎么寄这种不像样的礼物来，三四郎心里埋怨。但野野宫君却对这种绯鲤颇感兴趣，这个那个地问了很多。三四郎着重给野野宫君介绍了这种鱼的吃法，告诉他酒糟不要洗掉，要一起烧熟，但在装盘时，要马上去掉酒糟，不然味道就差多了。

他们两个探讨绯鲤时，天渐渐黑了。三四郎觉得差不多了，正要告辞时，来了一封电报。野野宫君拆开一看，自语道：“怎么办呢？”

三四郎既不能故作不知，又不想贸然打听人家私事，只得硬邦邦地问了一句：

“出什么事了吗？”

“没什么大不了的事。”野野宫君说着，把手里的电报递给三四郎看，上面写着“马上来一趟”。

“你要去什么地方吗？”

“嗯，妹妹最近得了病，住进了大学的医院，她要我立即去医院一趟。”

野野宫君淡然回答，毫无着急之色，反倒是三四郎大为吃惊。野野宫君的妹妹、妹妹得了病、大学的医院，三者综合到一起，再加上在池畔见到的那个女子，这些信息一时间混杂交织，使得三四郎惊讶不已。

“那么，令妹的病很重吗？”

“估计不会的。其实我母亲一直在医院看护她——要是因为病情严重，母亲乘电车来一趟反倒更快些——肯定是妹妹跟我闹着玩儿呢。那个丫头没脑子，经常搞这种恶作剧。我搬到这里以后，还没有去医院看过她呢。今天是星期日，她以为我会去，结果没有等来，所以就……”说罢，野野宫君歪着头思考着。

“不过，还是去一趟比较好吧。要是病情有什么变化怎么办？”

“是啊，虽说只有四五天没去，不至于突然出问题，要不还是去看看吧。”

“最好是去看看。”

野野宫君决定去医院一趟。他做出决定之后，便对三四郎说：

“万一是因为病情有变打来电报的，我今晚就不能回来了。这样一来，家里就只有女佣一个人了。这女佣非常胆小，附近又格外不安宁。恰好今天你来了，如果不影响你明天上课，今晚可否请你在我家留宿呢？当然，如果没什么要紧的，我会马上赶回来的。早些知道的话，我就会拜托佐佐木来帮忙，可眼下怎么也来不及了。只是这一个晚上，而且还搞不清我是否会留在医院里，就给不相干的人添麻烦，实在太冒昧了，所以绝不强求……”当然，野野宫君并没有直言相托，但三四郎是个明白人，不用他把话说得那么透，就一口应承下来了。

女佣来问吃不吃晚饭，野野宫说“不吃了”，然后对三四郎说：

“很抱歉，回头你一个人吃吧。”说完，连晚饭也不吃就出去了。刚出院门，又隔着昏暗的胡枝子大声说：

“我书斋里的书，你可以随意读，没有什么有趣的书，没事就看看吧。小说也有几本。”

说完就不见人影了。三四郎把他送到檐廊道别时，那片三坪左右的稀疏的孟宗竹还清晰可见呢。

到了吃饭时间，三四郎坐在八铺席的书斋正中，对着小餐盘吃晚饭。看看餐盘里，如主人所说，果然有那绯鲤。三四郎好久没有吃到故乡的味道了，十分欣喜，米饭则不大好吃。三四郎瞧了瞧侍候自己的女佣，正如主人所言，看她的鼻子眼睛就是个胆小的女子。

吃完饭，女佣就退到厨房去了。只剩下三四郎一个人。一旦独自一人平静下来，他又突然惦念起野野宫君的妹妹来，担心她病情加重，还担心野野宫君去得太晚。而且隐隐感觉野野宫这个妹妹就是前不久见到的那个女子。三四郎再度回想那女子的相貌、眼神和衣着，想象着这女子躺在医院的病床上，野野宫君站在她身边的情景。他们说了两三句话，但是哥哥总是令她觉得不满足。因此，不知何时三四郎代替了她哥哥，尽心竭力地热心照料起她来。就在这时，火车发出一声鸣笛，擦着孟宗竹林旁驶过。不知是地板的龙骨铺得不够坚固还是土质的缘故，会客室好像在微微颤动。

三四郎不再幻想看护病人，环顾起了室内。这是一座很唬人的老旧房子，立柱看上去古色古香，但是隔扇拉不严实，天花板也是黑黢黢的。只有电灯放射着现代之光。这情景恰似野野宫君那样的新时代学者，喜好租住这样的老房子，每天瞧着封建时代的孟宗竹度日。有所嗜好当然是个人的自由，可如果是迫于某种缘故，不得不将自己放逐于郊外，则甚为可怜了。据说，像他这样的大学者，每月只能从大学领到五十五元的薪水，所以他才不得不去私立学校兼职吧。加上妹妹一住院，生活就更拮据了。野野宫搬到大久保来，或许就是迫于生计的问题……

虽然天刚擦黑，但由于地处偏僻，四周非常寂静，只听得院子里唧唧虫鸣。三四郎一人独坐，不禁倍感初秋时节的清寂。这时，听到远处有人说话。

"啊……马上就解脱了。"

这声音就像是从房后传来的，因离得远，无法确切判断方位。而且还没来得及辨清方位，就说完了。不过，三四郎的耳朵真切听到的这句话，就像是一个被一切抛弃的人发出的，不期望得到任何回答的内心独白。三四郎不禁害怕起来。这时又有一趟火车从远处轰鸣而来。那响声越来越近，驶过孟宗竹林边时，发出了比之前那列火车还要大一倍的响声。直到房屋的震动停止，一直怅然若失的三四郎脑子里突然划过一道电光，将刚才的那声叹息和列车的轰鸣，以某种因果关系联结了起来。想到这儿，他猛地跳了起来。这种关联实在太可怕了。

三四郎意识到这样一动不动地坐着是不堪忍受的，只觉得从后背到脚底都因疑惧的刺激而刺痒难耐，便站起来去了厕所。从窗户向外一看，夜空布满星辰，土堤下面的铁路线死一般寂静。但是三四郎仍旧把脸紧贴在竹格子上，长久地盯着暗处。

这时，有人提着灯笼从车站那边沿着铁路向这里走过来。听说话声音好像有三四个人。那灯笼通过岔道口后，消失在土堤下面。他们经过孟宗竹林下方时，三四郎只能听到说话声，听得十分清楚。

“再向前走一点儿。”

脚步声朝着那个方向渐渐远去。三四郎来到前院，趿着木屐，穿过竹林，爬下六尺多宽的土堤，跟在灯笼光亮后面往前走去。

走出十几米远时，又有一个人从土堤上跑下来。

“是轧死人了吧？”那个人问。

三四郎本想回答一句，可是发不出声音来。那个黑影很快就超过了三四郎，此人可能是住在野野宫君家后面的那户人家的男主人，三四郎这么想着，跟在他后面往前走。走了约五十米远，灯笼停住了，那几个人也停住了。几个人影遮着灯笼，都默然无语。三四郎默默地看那灯笼下面，只见地上有半具尸骸。原来是被火车从右肩沿着乳房下边碾过腰间，只剩下被斜切下来的半截身子，面部没有损伤。这是个年轻的女子。

三四郎至今还记得当时的感受。他想立刻回去，向后转身时，两腿发软，根本不听使唤。三四郎爬上土堤，回到会客室后，心脏怦怦怦地乱跳起来。他想喝水，喊来女佣，幸好女佣还什么也不知道。过了一会儿，后面那户人家骚动起来。三四郎估计一定是主人回家了。不多久，土堤下面也有人在吵吵嚷嚷，之后又归于静寂，静得叫人难以忍受。

在三四郎眼前清晰地浮现出刚才那个女子的面容。将那张脸和那无力的“唉、唉……”声，以及潜藏在二者后面的悲惨命运联系起来思考，就会发觉，人生这貌似扎实的生命之根，不知何时就会出现松动，随时可能漂浮到黑暗之中去。三四郎惊恐万分，深深感叹生命无常。那火车哐当一声，便毁掉了一个生命。在那之前，她还是活生生的。

三四郎此时忽然想起，火车上那个给自己水蜜桃吃的男子说的“很危险，很危险，一不留神就会有危险”。那人虽然说着“危险，危险”，却显得镇静自若。这就是说，如果自己置身于可以说“危险，危险”的不危险的境地，那么自己也能成为像他那样的人了。身在俗世之中，却冷眼旁观世态人情的人，或许可以乐在其中吧。三四郎总觉得那个在火车上吃水蜜桃，在青木堂目不斜视地喝茶抽烟的人，就是这类人物——即评论家。三四郎以特别的含义使用了“评论家”这个词汇。这个词选得如此贴切，连他自己都十分自得。不仅如此，他甚至开始考虑将来自己是否也要当一名评论家，在世间安身立命。看到那恐怖的死人脸后，三四郎竟然产生了这样的念头。

三四郎环顾了房间角落的书桌，桌前的椅子，椅子旁的书柜，以及书柜里码放得整整齐齐的洋书，觉得这间宁静书斋的主人和那位评论家一样平安而幸福。绝对不会因为研究光压就把女人轧死的。主人的妹妹得病了，也并非她哥哥造成的，而是她自己染上的。诸如此类的例子，三四郎一桩接一桩地漫然思考着，不觉间已经十一点钟了。开往中野的电车没有了。他又不安起来，莫非野野宫君因为妹妹病情严重不回来了？正在这时，野野宫君发来了电报："小妹无事，明早回来。"

三四郎安心地上床睡觉，却做了一个凶险的噩梦：那个卧轨自杀的女人，原来是和野野宫君有关系的女子，野野宫正因为知道此事才不回家的。只是为了让三四郎放心而拍来了电报。他说的妹妹无事是谎言。就在今夜发生这起事故的时候，他的妹妹也死了。而且，这个妹妹就是三四郎在池畔遇到的那个女子。……

第二天，三四郎破例早早起了床。

睡不惯的床铺已被收拾干净，三四郎凝视着这块榻榻米，吸了一支香烟，觉得昨夜发生的所有事恍如梦境。他走到檐廊上，仰望着低矮屋檐外面的天空，看得出今天是个好天气。世界刚刚呈现出明朗之色。三四郎吃完饭喝过茶，把椅子拿到檐廊上读报时，野野宫君按时回来了。

"听说昨夜火车在那里轧死人了。"野野宫君一见面就说。大概是在车站听说的。三四郎将自己目睹的情形一五一十地告诉了他。

"这种事可真少见。难得一遇。我要是在家就好了。尸体已经挪走了吧？现在去也看不到了吧？"

"恐怕看不到了。"三四郎干脆地回答，对野野宫君的淡然感到惊讶。三四郎断定，他这种麻木态度，完全是昼夜颠倒造成的。三四郎丝毫没有意识到，研究光压的人，即使碰到这样的场合也会是同样的态度。可见三四郎还是太年轻了。

三四郎换了个话题，问起病人的情况。野野宫君说，果然不出自己所料，病人没有什么异常，只因这五六天自己没有去医院探望，妹妹觉得不满，为了排遣烦闷，骗哥哥去看她。她生气地埋怨："今天星期日，哥哥也不来看我，太过分了。"于是野野宫君训斥妹妹是傻瓜，他似乎真把妹妹看成傻瓜了。他说："我这样忙，你还要浪费人家宝贵的时间，真是太愚蠢了。"

三四郎不明白野野宫为什么这样对待妹妹。妹妹既然想见哥哥，甚至特地打来电报，那么占用一两个周日的晚上去陪陪她，有什么好可惜的呢？应该说，去看妹妹花费的时间是真实的时间，而钻进地窖内研究光线度过的岁月，倒是游离人生的等闲生涯。换作自己的话，为了这样的妹妹而妨碍了自己的学业，反而会感到高兴呢。此时此刻，三四郎已经忘掉了那个被轧死的女子。

野野宫君说他昨夜没有睡好，头昏脑涨的。又说："幸好今天下午要去早稻田的学校上课，大学那边没有课，所以想睡它一个上午。"

"昨天很晚才睡吧？"三四郎问道。

野野宫君说，其实是因为高中时代的老师广田先生前来探望妹妹，大家聊得高兴，错过了末班电车，只得在医院住了一宿。本来应该去广田家借宿的，可是妹妹撒娇，非要他住在医院里不可，所以不得不挤着睡，睡觉不舒服，哪里睡得着。总之妹妹就是个蠢家伙。说着他又埋怨起妹妹来。三四郎觉得好笑，想为那位妹妹辩护几句，又不好开口，只好咽了下去。

三四郎问起了广田先生，加上这次，广田先生的名字他已经听到三四回了。他还私下给“水蜜桃先生”和“青木堂先生”安上了广田先生的名字。甚至还把那个在校门内被恶马折磨，让喜多理发店的职工看笑话的先生也安在广田先生头上。出乎意料的是，刚才一问野野宫，原来遭恶马折磨的人果真是广田先生。由此推论，水蜜桃先生也非广田先生莫属了。不过再一想，还是有些牵强似的。

三四郎告辞的时候，野野宫君托他午前顺路把一件夹袄送到医院去。三四郎高兴极了。

三四郎今天戴着崭新的四角帽子，能够戴着这样的帽子去医院不免有些得意。他满面快意地走出了野野宫的家门。

他从茶之水站下了电车，立即叫了一辆人力车。这是不符合三四郎一贯所为的。当他精神焕发地打开赤门时，法文专业的上课铃声响了。若是往日，此时他正拿着笔记本和墨水瓶走进八号教室。三四郎觉得少听一两堂课也无所谓，于是乘着人力车直达青山医院内科的入口。

“由入口一直向里走，从第二个拐角向右拐，走到尽头再向左拐，东面的房间便是。”三四郎按照别人指点的路线寻找，果然看见那个门上挂着一个黑色的牌子，上面用假名字母写着“野野宫良子”。三四郎看到这个名字后，仍然站在门口没有马上进去。他是个乡下青年，不会敲门后再进去这套礼数。

“住在这房间里的人是野野宫君的妹妹，是一个名叫良子的女人。”三四郎这么想着，一直站在门口。他想打开门看看她的模样，又怕见了她会感到失望。三四郎觉得自己头脑中萦绕的那个女子的相貌，实在和野野宫宗八先生挨不上边，因而踌躇不决。

身后一个护士走过来，草履声越来越近。三四郎硬着头皮把门推开了一半，不料刚好和室内的女子四目相对（此时他的一只手还握着门把手呢）。

这女子大眼睛，细鼻梁，薄嘴唇，前额犹如脑壳被撑开般宽阔，下巴尖尖，就是这样一副相貌。然而从她这张脸上闪过的瞬间表情，三四郎有生以来还是第一次看到。苍白的前额后面，是自然垂下来的浓密黑发，一直披到肩上。从朝东窗户射进来的朝阳，照在她的后背上，头发和日光交汇处闪烁着紫罗兰色的光芒，犹如背后有一轮生命的光环。不过，她的脸上和前额都暗淡无光，且十分苍白。那张脸庞上有着一双凝滞的眼睛——如同高高的云层躲在天空深处不轻易流动，却又不得不移动，只是斜着飘移那般。那女子看到三四郎时，就是这样一副眼神。

三四郎从这副表情里，看到了忧郁的倦怠和露骨的快活之和谐统一。这种统一感对三四郎来说，是人生最可宝贵的一个瞬间，也是一大发现。三四郎握着门把手，将半个脸探进门里，沉浸于这刹那间的美妙感觉之中。

“请进来吧。”

女子就像正在等三四郎似的开了口。她的语调里有着女子与人初次见面时感受不到的安详。只有天真无邪的儿童或是接触过各种男孩子的妇人，才会有这样的语气。这语调与亲昵有所不同，有种一见如故的感觉。与此同时，女子并不丰满的脸颊露出浅笑，于苍白的脸色之中营造出和蔼可亲的温暖感。三四郎的双脚不由自主地迈进了屋内。此时，这个青年的头脑里闪过远在故乡的母亲的面影。

三四郎的身体转到门背面，望向对面时，一位五十多岁的妇人正向他问好。看样子，这妇人在三四郎还未走进屋子之前，就已经站起来等着他了。

“是小川先生吗？”对方问道。她的面孔很像野野宫君，也很像这位姑娘，不过也只是相像而已。

三四郎把包裹递给了妇人，她接过包裹，道了谢，请客人坐到椅子上，自己绕到了病床的另一边。

三四郎看到床上铺的褥子是雪白的，盖的被子也是雪白的。这被子斜着掀开了一半，女子避开厚实的被脚，背靠窗户坐着，双脚够不到地面。她手里拿着编织针，毛线球滚到了床底下，一条红毛线从她手里长长垂下来。三四郎本想从床底下把毛线球拾起来给她，但看这女子对毛线球全然不在意，便作罢了。

这位母亲从病床那边，不停地为昨天晚上的事向三四郎道谢，还说了些“百忙之中，多有打扰”之类的话。

三四郎说：“不用谢，我也没什么事。”两个人对话时，良子一直沉默不语，对话刚一停，她突然问道：

“你看到昨夜轧死的那个人了吗？”

三四郎看见角落里有报纸，便回答："看见了。"

"当时特别害怕吧？"良子说着，微微扭着脖子瞧着三四郎。这女子和她哥哥一样脖颈很长。三四郎没有回答"害怕"或是"不害怕"，只是呆呆地瞅着那女子扭着的脖子。一半是因为她问的问题太简单，不好回答，一半是因为忘记回答了。女子似乎觉察到了，马上把脑袋扭转回来，苍白的面颊上泛起红晕。三四郎觉得自己该告辞回去了。

三四郎告辞后走出屋子，来到玄关，向对面一望，只见长长的走廊尽头的四方形入口处，豁然敞亮，绿色掩映，那位池畔遇到的女子正站在那里。惊讶之余三四郎立时乱了脚步。这时，宛如透明的空气画布中的剪影似的女子向前走了一步，三四郎也被她吸引着向前走去。两人越走越近了，势必在这条没有岔口的通道上擦肩而过。这时，那女子突然转过头去。明亮的空气中，荡漾着初秋的盎然绿意。三四郎顺着女子的视线望去，那四方空间中既没有出现什么，也没有什么在等待她回眸一望。趁她回头之际，三四郎打量了女子的姿态和服饰。

他说不上和服是什么颜色，宛如浓密的常绿树影倒映在大学池水里那样的色调。鲜艳条纹从上到下贯穿全身，而且那条纹还起伏不定，时而相互贴近，时而分离，时而重叠成粗线条，时而又分为两道纹路。虽不规则，却不显得凌乱。上身三分之一处束着一条宽幅腰带。腰带令人感觉很温暖，大概是颜色中带有黄色之故吧。

当女子回头眺望的时候，右肩稍稍后移，左手抚着腰扭转过去，左手里拈着一条手帕，没有捏在手指里的部分飘然展开，手帕想必是绸子的。她的下半身仍保持着原来的姿势。

女子不久又转过头来，垂着眼帘走到离三四郎两步远时，突然稍稍仰起头，直视着面前的男人。一对双眼皮的细长眼睛，目光沉静，眼眸在黛眉下面顾盼生辉。与此同时，女子轻启朱唇，露出一口洁白整齐的牙齿。这好看的牙齿和她的面色，在三四郎眼里形成令人难忘的对照。

今天，女子的脸上薄施了一层白粉，并非浓妆艳抹那样庸俗不堪，而是使得细腻的肌肤色泽自然美丽，看上去既不惧烈日照射，又遮盖了一层极薄的白粉，不显得脸上油光发亮。

她的面颊和下颚的肌肉都很紧致，除骨骼之外几乎没有赘肉，整个面部柔和妩媚。给人感觉并非肌肉柔和，而是骨骼本身就柔和似的。这是一副极有韵味的容貌。

女子向三四郎鞠躬施礼，三四郎感到很吃惊，与其说因为对方是个素不相识的人，不如说是为女子优美的行礼姿态而惊叹。女子的上半身宛如一张纸随风飘落在三四郎面前，而且动作敏捷。腰弯到某个角度时，很自然地收住了。当然不是专门习得的。

“请问一下……”这声音从洁白的牙齿间发出，清脆悦耳又优雅大方。如同在盛夏之时，向人询问米槠是否结了果实一般。三四郎当然无暇顾及这一点。

“哦……”他站住了。

“十五号房间在哪边呀？”

十五号正是三四郎刚刚去过的房间。

“是野野宫君小姐的房间吧？”

“是的。”女子回答。

“野野宫小姐的房间，拐过那个拐角，走到头再向左转，右面第二个门就是。”

“从那个拐角……”女子向前伸出纤细的手指。

“对，就是前边那个拐角。”

“非常感谢！”

女子走过去了，三四郎站在原地目送她的背影。女子走到拐角，即将往右拐时，突然回过头来。三四郎霎时面红耳赤，颇有些狼狈。女子莞尔一笑，脸上露出“是这个拐角吗”的神情。三四郎不由得点了点头。于是，女子的身影向右拐去，消失在白墙后面了。

三四郎信步走出玄关，心里琢磨着，她可能是把自己看作医科大学的学生，所以跟自己打听病房吧。这样走了五六步，他突然意识到，那女了向自己打听十五号病房在哪儿时，自己应该给她带路，再回一趟良子的病房才对。真是后悔莫及。

事已至此，三四郎没有勇气再返回去了，只得又向前走了五六步，冷不丁停住了脚步。三四郎的脑海里浮现出那女子头上扎的发带的颜色。那发带的颜色、质地都和野野宫君在兼安女士用品店里买的一模一样。三四郎的脚步一下子变得沉重起来。当他沿着图书馆一侧慢腾腾地走向大门口的时候，突然听到了与次郎的声音，也不知他是从哪里冒出来的。

“喂，你怎么逃课啦？今天讲的是意大利人怎么吃通心粉噢。”他一边说着一边跑过来拍了一下三四郎的肩膀。

两人并肩走了一段路，来到校门口时，三四郎问道：

“我问你，这个季节也可以扎薄薄的发带吗？那不是特别热的时候才扎的吗？”

与次郎哈哈哈大笑起来，随口敷衍了一句：

“你可以去请教××教授一下，他无所不知。”

两人走到大门口后，三四郎表示今天身体不舒服，就不去上课了。与次郎扭头回教室去了，看他的表情，就好像跟着三四郎走到校门口吃了亏似的。

4

三四郎的心变得浮躁起来，老师讲课的声音仿佛很远。稍不注意听，就会漏记关键的内容。严重的时候耳朵就像是租来的一样。三四郎觉得太荒唐了，只好朝与次郎抱怨近来的课上得实在没意思，与次郎的回答一如既往：

“上课怎么会有意思呢？你是从乡下来的，以为即将功成名就，所以一直耐着性子听到今天吧？真是愚不可及！他们讲的课自古以来就是这么无聊。你现在感到失望也改变不了啊。”

“倒也不像你说的那样……”三四郎试图辩解。与次郎的喋喋不休与三四郎的笨嘴拙舌形成了鲜明反差，非常好笑。

这样的对话重复了两三回，不知不觉半个月又过去了。三四郎的耳朵渐渐感觉到不像是借来的了。这回与次郎批评起了三四郎：

“你的表情怎么怪怪的呀？整个一副为生活所累的疲惫相。典型的世纪末面孔！”

“倒也不像你说的那样……”三四郎还是这句话。三四郎还没有接触到人造的空气，以致听到“世纪末”这种词语竟会感到高兴。他对于某些社会状况还没有熟悉到当作有趣的玩具来把玩的程度。只有“为生活所累”这句话，让他有所共鸣。正如与次郎所说，他的确感觉有些疲惫，并不归咎于拉肚子。然而，他的人生观还没有时尚到大肆标榜倦怠面容的地步。因而那天的谈话没有继续下去。

不多日迎来了秋高气爽的季节，三四郎食欲大增。这是一个二十三岁的青年，到底不是对人生感到疲惫的季节。三四郎开始经常外出了。大学里的水池一带，他转了不知多少圈，也没有再遇到那女子。他还来来回回从医院前面走过多次，可是碰见的都是些不相干的人。他还特意到理科专业的地窖去，向野野宫君打听，这才得知他妹妹早已出院了。三四郎本想把在医院玄关遇到那位女子的事告诉他，可是看他很忙，只好识趣地打消了此念。等什么时候去大久保，再跟他细聊，自然会搞清楚那女子的姓名、来历的，便不急不忙地告辞出来了。

就是这样，三四郎优哉游哉地四处闲逛。去了田端、道灌山、染井墓地、巢鸭监狱、护国寺等等，连新井的药师堂都去了。他从新井的药师堂回家时，本想绕道去大久保的野野宫家，谁知在落合的火葬场一带走错了路，结果到了高田，只好从目白乘火车回来了。在车上，他一个人吃了好多原本是给野野宫君买的栗子。剩下的第二天与次郎来，他们一起吃光了。

三四郎越是散漫逍遥，就越感到心情愉快起来。刚进大学时，由于听课时过分专注，导致耳朵听不清楚，笔记也记不全，近来不那么认真听了，耳朵倒恢复正常了。上课时，他总是喜欢胡思乱想，即使听漏了一些内容也不再感觉可惜了。仔细一观察，他才发现，与次郎和其他人都是这样的，三四郎领悟到原本就应该这样听课。

当三四郎思绪漫然时，那条发带就会时不时浮现出来。于是乎，便成了一件心事。他变得不愉快了，恨不得马上到大久保去一趟。但是由于想象的连续性，以及外界的刺激等等，过不了几日，这种冲动就淡下去了。所以，大体上算是无忧无虑的，还时常做做美梦。大久保那边就一直耽搁下来了。

一天下午，三四郎照常出外转悠。他从团子坂上面向左拐，来到了千驮木林町的宽阔大道。正是秋高气爽的时节，眺望东京的天空，也和乡下一样高远。单是想到在这样的晴空下生活，他的头脑就倍觉清醒。要是再跑去山郊野外，就更不用说了。他只觉得心情舒畅，心胸变得如天空一般辽阔。与精神相反，整个身体却紧绷起来，不似缱绻的春天那般慵懒。三四郎一边望着道路两边的篱笆墙往前走，一边尽情呼吸着初次迎来的东京秋天的气息。

在团子坂下面，菊偶人①店两三天前刚刚开张。走过团子

---

① 菊偶人，原文“菊人形”，是一种通过手工将菊的花和叶缀在人形（人偶）的衣装上的一种工艺。“菊人形”的形象以历史人物为主，从安政（1855—1860）到明治（1867—1912）年间，以本乡区（现在的文京区）的团子坂的“菊人形”最负盛名。

坂上时，能看见旗帜飘飘，现在只能听到咚锵咚锵的锣鼓声远远传来。这锣鼓声从下面逐渐升上来，扩散到澄澈的秋空中，最后变成了极其稀薄的声波。这声波的余波抵达三四郎耳朵里自然止住了。这声音非但不喧闹，反而令他心情舒畅。

此时，突然从左边的小巷走出来两个人，其中一人看见三四郎，就“喂”地招呼了一声。

今天与次郎的声音格外一本正经。原来他身旁还有个同伴。三四郎一看那个人，果然不出所料，那天在青木堂饮茶的人正是广田先生。三四郎和此人是由一起吃水蜜桃发端的奇妙缘分。尤其是此人在青木堂喝茶、吸烟，促使自己跑起图书馆以来，三四郎对他的印象更加深刻了。无论何时看此人，无不像一位长着西洋人鼻子的神官。今天，他仍然穿着上次那件夏装，却不显得单薄。

三四郎想跟他说些什么，表示一下问候，怎奈时间过去太久，不知道说些什么好。只得摘下帽子鞠了一躬。明知这一举动，对与次郎过于恭敬，而对于广田又稍嫌简慢，三四郎也只好采取这样不偏不倚的姿态。与次郎不失时机地介绍说：

“这是我的同学，从熊本高中毕业后第一次来东京……”没等广田发问，与次郎就先宣称三四郎是乡下人，然后对三四郎说：

“这位就是广田先生，高级中学的……”很自然地为双方做了介绍。

此时，广田先生连说了两遍“认识，认识”，与次郎露出疑惑的表情，但是他没有问出“是怎么认识的”之类烦琐的问题，马上朝着三四郎问起租房子的事：

“喂，这一带有没有出租的房子？又宽敞又干净的，租给学生的那种，有吗？”

“出租的房子嘛……有啊。”

“在哪里呀？太脏了可不行啊。”

“当然有干净的了，还有立着高大石门的呢。”

“那可太好了，在哪里？先生，有石门的不错吧。就应该找这样的地方，是吧？”与次郎非常积极。

“有石门的不行。”先生说。

“不行？那可就不好办啦，为什么不行呢？”

“不为什么，就是不行。”

“有石门多气派呀，像新封的男爵似的，有什么不行呢，先生？”

与次郎一脸认真。广田先生笑嘻嘻的，不回答。最后认真的一方胜出，二人决定先去看看再说，由三四郎给他们带路。

他们从刚才的小巷往回走，走到后街，然后向北走了五六十米后，前面出现了一条像是走不通的小巷。三四郎带着两个人进入那条小巷，一直向前走，便看到一个花匠家的院子。三个人在离大门十几米远的地方站住了。右边有一扇铁门，两边竖着高大的花岗岩石柱。三四郎说：“就是这里。”果然看见门上挂着“出租”的牌子。

“这家伙够唬人的啊！”与次郎说着用力推了一下铁门，上着锁呢。“请稍等，我去问问看。”与次郎说完便跑向花匠家的后门去了。广田和三四郎两个就像被甩在原地似的，于是二人聊起了天。

“觉得东京怎么样？”

“哦……”

“大是大，却是个很脏的地方吧？”

“嗯……”

“没有任何东西能和富士山媲美吧？”

三四郎早已把富士山的事忘得一干二净了，广田先生一提起，才想起从火车窗里初次见到的富士山，正如先生所言，其雄姿非常壮观。与充斥在自己头脑里的乱糟糟的世相相比，简直无法相提并论。三四郎为自己竟然不知不觉间忘记了那时的印象而羞愧。

“你翻译过富士山吗？”这时先生问了个出乎意料的问题。

“您所说的翻译是……”

“因为只要翻译自然景物，便都被拟人化了，所以觉得很有趣。比如崇高啦，伟大啦，雄壮啦……”

三四郎这才明白了“翻译”的意思。

“都是使用的人格化的修饰语。对于无法翻译成人格化词语的自然物，大自然丝毫不会赋予它人格化的感染力。”

三四郎以为先生还要往下说，默默地倾听。然而广田先生没有再说什么，朝花匠的后门那边瞅了瞅，自言自语：

“佐佐木干什么呢？这么半天。”

“要不我去看看吧？”三四郎问。

“不用，你去看看，他也不会出来的。不如就在这里等，省得白跑腿儿。”

先生说罢，便蹲在枸橘篱笆墙下，捡起一块小石头，在土地上画起来，颇为悠然自得。和与次郎的优游懒散比起来，完全不是一类，但程度相差无几。

这时，与次郎从院子中的松树后面大声叫喊：

“先生！先生！”

先生依然故我，继续画着什么，画的好像是一座灯塔。见先生没有回应，与次郎只得走了过来。

“先生，进去看看吧，房子很不错哩，是这花匠家的房子。让他打开大门也可以，不过从后门绕过去更近。”

三个人从后门进去，打开挡雨窗，一间一间地看起来。房子不错，中等之人住在这里，也不会觉得寒酸。房租开价四十元，外加三个月的保证金。三个人又走了出来。

“我问你，为什么要来看这么贵的房子？”广田先生问。

“没什么，只是来看看而已，有什么不可以呀。”与次郎说。

“又不想租它……”

“不是的，我本来打算租的，可是房东怎么也不答应二十五元租金……”

“那还用说吗！”广田先生说完这句就不说话了。于是与次郎讲起了这座石门的历史。他说，那石门前不久还立在他常出入的一座宅邸门口，这家人改建房子时得到了它，就马上立在那里了。也只有与次郎才会研究这种稀奇古怪的事。

然后，三个人又走回原来那条大街，沿着动坂向田端的洼处走下去。往下走时，三个人都埋头走路，把租房的事情忘了。只有与次郎一个人不时说起那座石门的事。什么把那个大家伙从鞠町拉到千驮木，运费就花了五元呢，还说那个花匠好像很阔绰，甚至说什么在那种地方盖四十元租金的房子，哪有人会当冤大头呀之类没用的话。最后，他得出了结论："等着瞧吧，没有人去租，房主很快就会降价，到时候再去谈一次，一定把它租下来。"广田先生似乎没有这种打算，对他说道：

"就因为你跟人家说了半天废话，才浪费了那么长时间。你应该赶紧说完，尽快出来啊。"

"等的时间很长吗？先生好像一直在画什么吧？先生也真是逍遥啊。"

"还不知道谁逍遥呢。"

"画的是什么呀？"

先生没有回答。这时三四郎一本正经地问：

"那是灯塔吗？"

作画者和与次郎都笑起来。

"灯塔也太离谱啦。依我看，画的是野野宫宗八君吧？"

"为什么？"

"因为野野宫君在外国光芒万丈，在日本则暗淡无光呀——几乎不为人所知，所以靠着微薄的薪水把自己关在地窖里——真是不划算的买卖。每当看到野野宫君，我就无比同情他。"

"你这种人，只能朦胧地照亮自己周围二尺左右的范围，所以说你就像个圆筒座灯。"

被比作圆筒座灯的与次郎突然转向三四郎问道：

“小川君，你是明治几年出生的？”

“我是明治二十三年。”三四郎回答。

“我就估计是这样。先生，一提起座灯、烟袋锅什么的，我总是觉得讨厌。也许是因为出生在明治十五年以后的关系吧，对旧式的东西总感觉厌恶。你觉得呢？”与次郎又问三四郎。

“我倒不觉得特别厌恶。”三四郎说。

“也许是因为你刚从九州乡下出来，所以脑袋和明治元年那时候的人一个样。”

对他的话，三四郎和广田都没有发表看法。又向前走了一段路，只见古寺旁边的杉树林都被砍伐了，在平整之后的地面上，新建起一座涂蓝色漆的西式洋房。广田先生来回看着古寺和涂漆的洋房。

“这是倒行逆施。日本的物质界和精神界统统如此。你知道九段的长明灯塔[①]吗？”广田又提起了灯塔，“那灯塔是从前留下来的古董，在《江户名所图绘》[②]里也可以看到。”

“先生，别开玩笑了。九段的灯塔就算再古老，也不可能出现在《江户名所图绘》里呀，那还了得。”

广田先生笑起来。因为他知道问题出在一本名叫《东京名

---

① 作为靖国神社正面的长明灯，建立于明治四年（1871），据说是为了祭祀亡灵而修建的。正式名称是高灯笼，也可叫作长明灯台。当时，因高耸于九段坂上，对于出入品川海面的船只，起到了非常醒目的灯塔作用。

② 是使用鸟瞰图的江户地志纪行图鉴，于江户时代后期的天保年间（1831—1845）出版，共七卷二十册，斋藤月岑编，长谷川雪旦插图。

所》的锦绘[1]上。据先生说，在这样古老的灯塔还留存之时，竟然紧挨着它盖了一座叫作偕行社[2]的新式砖瓦房，二者并排而列，看上去相当滑稽。但是人们都熟视无睹，没有人注意到这一点。这就象征着当今的日本社会啊。

与次郎和三四郎都点头赞同，走过寺院前，又走了一里半路，前面出现一个大黑门。与次郎提议穿过此门去道灌山。问他真的可以穿行吗，他说："没问题。这是佐竹的别墅，谁都可以穿行的。"其他二人也没再反对，进了门，穿过竹林，来到古池边时，看门的出来了，呵斥了他们三人一顿。"是，是。"与次郎鸡啄米似的向看门人赔不是。

然后他们去了谷中，再绕道根津，傍晚回到本乡寄宿处。三四郎感觉这半天过得近来少有的愉快。

翌日三四郎去了学校，与次郎没来上课。以为他下午会来，也没有来。三四郎又去图书馆找了找，还是不见他的影子。五点到六点是文科的公共课，三四郎去听了这堂课。这个时间记笔记，光线暗了些，但还不到开灯时间。细长窗户外面的粗大榉树枝深处已经渐渐黑下来了，因此不论是教室里讲课的老师，还是学生们的脸，全都朦朦胧胧的。就好比在黑暗中吃馒头一样，弥漫着神秘的气氛。三四郎发觉听不懂讲课反倒很有趣。支着下巴听着听着，脑子渐渐转不动了，犯起迷糊来。他竟然由此悟到，这才是教师授课的价值所在。然而当电

---

① 锦绘，特指多色套版印制的浮世绘。

② 旧陆军军官的交际场所，1877年创办，位于东京九段中央。

灯骤然点亮后，一切都变得清晰可见时，三四郎突然想回住处吃饭了。教师也察觉到大家的心情，草草结束了课。三四郎三步并作两步地回了追分。

三四郎脱去和服，坐在餐盘前，看到餐盘上放着蒸蛋羹和一封信。一看信封，他就知道是母亲的来信。说来惭愧，这半个多月来，自己居然把母亲忘在脑后了。从昨天到今天，满脑子都是什么倒行逆施啦、富士山的人格啦、神秘的讲义等等，就连那个女人的身影也没有浮现在脑海里一次。这让三四郎感到满足。他打算回头再慢慢看母亲的信，先把饭吃完，抽了支烟。望着烟雾，他忽然想起刚才的讲义来。

这时，与次郎突然跑来了。三四郎问他为何缺课，他说为了租房子的事，哪里有心情去学校。

“就这么急着搬家吗？”三四郎问。

“还说什么急着搬家呢，本来应该上月中旬搬家的，一直拜托房东拖到后天的天长节[①]，所以明天非得找到去处不可了，你有没有合适的地方给介绍一下呀？”

既然这么急着找地方，昨天何必闲逛了半天，也不知是散步，还是要找房子。三四郎完全摸不着头脑。与次郎解释说，那是因为和先生在一起的缘故。

“你以为先生会亲自去找房子吗？错！先生这个人绝对不曾找过房子。昨天先生不知怎么搞的，突然心血来潮地出去

---

① 天皇诞生日。

看房子。托他的福，贸然闯进了佐竹的宅子，挨了一顿数落，真是够倒霉的。——哎，我说，到底有没有合适的呀？”与次郎再三催促。看来与次郎此番来访，纯粹是为了找房子一事。三四郎问明缘由，才知道他们现在住的这家房东是个放高利贷的，总是随意提高房租，与次郎气不过，主动提出立刻退租。如此看来，与次郎还是负有责任的。

“今天到大久保去看了看，还是没有合适的。既然到了大久保，顺便去了一趟野野宫君家，见到了良子小姐。真可怜，她脸色还是不怎么好，藠头[①]一样的美人儿，她母亲托我问候你呢。对了，听说打那以后，他家那一带很平静，没有再发生过轧死人的事。”

与次郎东一句西一句地说着。他平时说话就不着边际，加上今天为找房子的事，心情有些焦躁。每当说话告一段落，他便像演奏过门似的问一句：“你知道什么地方有房子啊？”最后三四郎也忍不住笑起来。

渐渐地与次郎平静下来，还引用“灯火可亲[②]”这样的汉语典故，谈笑风生起来。话题不知怎么转到了广田先生身上。

“你借住的那位先生叫什么名字？”

“名字是苌，”与次郎用手指比画了几下，“这草字头是多余的，不知道字典有没有这个字，真是个怪名字。”

---

① 读音jiào tou，多年生草本植物，地下有鳞茎，鳞茎和嫩叶可食。

② 语出韩愈《符读书城南诗》：“灯火稍可亲，简编可舒卷。”意思是“正好可以趁着灯火，打开书卷来读”。

“他是高中的老师吗？”

“他一直在高中做老师，真是了不起！俗话说十年如一日，可他已经干了十二三年了。”

“有孩子吗？”

“别说什么孩子了，先生还是独身呢。”

三四郎有些吃惊，不相信他怎么能一个人生活到这般年纪。

“为什么不娶妻呢？”

“这正是先生之所以为先生之处，别看他那样子，可是个了不起的理论家呢。据说早在他不娶妻之前，就已经从理论上断言，妻子是娶不得的。多好笑啊。所以他始终活在纠结之中。先生说，没有比东京更肮脏的地方了，可是一看到那石头门，便惶恐起来，不是又说什么‘不行，不行，太讲究了’吗？”

“那么，还是试着娶个妻子比较好吧。”

“他没准会说出‘求之不得’之类的话呢。”

“先生曾说东京肮脏，日本人丑陋，难道他留过洋了？”

“怎么可能呢，先生就是那种冥顽不灵的人。不论什么事，头脑总是比事实要发达，所以才会变成那种人的吧。不过，对于西洋，先生也通过照片在研究呢。他有许多巴黎凯旋门、伦敦议事厅的照片。用那些照片来衡量日本，才受不了日本的。当然会觉得很肮脏了。可是他自己住的那地方，不论脏到什么地步，他都处之泰然，所以才说先生不可思议啊。”

“他乘过三等车厢呢。”

“他没有抱怨什么‘太脏啦，太脏啦’吗？”

“没有，倒没有听他抱怨什么。”

“先生是位哲学家嘛。”

“难道他在学校里也教哲学吗？”

“不是，他在学校只教英语。他这个人是无师自通的哲学家，有趣得很。”

“有什么著述吗？”

“什么也没有。虽然经常写点儿论文，却毫无反响。他那样的人写东西也是徒劳。因为他完全不了解这个社会，没办法。先生常把我比作圆筒座灯，可这位夫子自身则是伟大的黑暗。”

“还是应该努力出人头地吧？”

“话虽这么说，可先生自己却是个无所事事的人。你是不知道，要是没有我跟他一起住，他恐怕连一天三顿饭都吃不上呢。”

“你就吹吧。”三四郎不由得笑出了声。

“真不是我瞎吹，先生整天什么事也不做，简直到了令人痛心的地步。凡事都得我去吩咐女佣，让她照顾好先生。其实这些鸡零狗碎的事还是次要的，我还打算最近卖把子力气，帮先生弄个大学教授当当呢。”

与次郎显得郑重其事，三四郎闻听其大夸海口，惊诧万分。与次郎却不以为然，不顾三四郎惊得目瞪口呆，最后居然拜托三四郎：“搬家的时候，请务必来帮忙。”听他口气，就像早已租下了房子似的。

与次郎回去时，已经快十点了。三四郎独坐屋内，总感觉有股子寒意。忽然发现桌子前面的窗户还没有关上。他拉开隔扇，才看到外面是个明月夜。那棵每次看见都令他不快的桧树，在皎洁的月光照射下，墨黑的树影边缘看似雾色迷蒙。秋意降临桧树，着实稀罕，三四郎这么想着，关上了木板套窗。

三四郎立刻躺在了床铺上。说三四郎是个用功的学生，不如说他是个“低徊家”[①]，所以他不大爱读书。一旦遇到摄人心魄的情景，他总是一遍遍地在头脑中再现那情景，乐而忘返。他觉得唯如此生命才见深度。今天本来也会一如往日，反反复复回味那神秘的讲课进行之时，以及电灯突然大亮时的感受，倍感快乐的，只因母亲来了信，三四郎决定先处理了这件事再说。

信上写着：“新藏送来了蜂蜜，我把蜂蜜掺在烧酒里，每晚都喝上一杯。”这位新藏是家里的佃户，每年一到冬天，就会送二十袋贡米来。新藏虽是个老实人，但脾气暴躁，动不动就拿劈柴打老婆。三四郎躺在床上，想起了以前新藏养蜂的事情。大约是五年前的事了。新藏看到屋后的米槠树上落了二三百只蜜蜂，立即往稻米漏斗上喷了酒，将那群蜜蜂全数抓获，然后把它们装进木箱里，还开了个窟窿，让蜜蜂自由出入。他把箱子放在了向阳的石头上，结果蜜蜂渐渐繁殖起来，一只箱子装不下了，就分成两只，两只箱子装不下了，又分成三只。就这样越繁殖越多，如今听说有六七箱了。新藏说，每年要从石头上拿下一只箱子来，为蜜蜂取蜜。三四郎每年暑假

---

① “低徊”本意是低头徘徊，沉思默想的意思。“低徊趣味”一语出自漱石为高滨虚子短篇集鸡头所作的序言，意指不追究事理，用达观的心情看待和品味各种现象的人生态度。作者在小说中，有意将三四郎塑造为一个这样的人。

回家，新藏都说要给他蜂蜜吃，可是从未拿来过。今年大概是记性突然变好了，履行了多年来的许诺吧。

信上还说：

> 平太郎为他父亲立了墓碑，请我去看。走到那里一看，在草木全无的红土院落正中，竖着一块花岗石。平太郎以这块花岗石为荣呢。他说："把这块石头从山上采来就花了好几天，然后请石匠造成石碑花了十元。乡下人什么也不懂，你家少爷上了大学，一定知道这石头的好赖。下次写信时请顺便替我问问少爷。"他还说，让你夸赞一下这块为了他父亲花十元钱造的墓碑呢。

三四郎独自咏咏地笑了，看来这石碑比千驮木的石头门来头大多了。

信中还让三四郎寄一张身穿大学生制服的照片来。三四郎一边在心里盘算着什么时候去照一张，一边接着往下看。不出他所料，母亲谈到了三轮田的阿光姑娘。

> 前些日子，阿光的母亲来找我商量："三四郎少爷眼看就大学毕业了，毕业后把我家闺女娶了，好不好？"阿光姑娘模样好看，性格又温柔，家里还有很多田地。再加上两家多年的交情，要是能结亲的话，对双方来说都求之不得呢。

下面还追加了几句："阿光姑娘也会欢喜的。东京的人心眼儿太多，我可不喜欢。"

三四郎把信原样叠好，装进信封，放到枕头旁边，闭上了眼睛。老鼠骤然在天花板上面窜动起来，不久又安静了。

在三四郎面前出现了三个世界。一个在遥远的过去，这个世界即是与次郎所说的具有明治十五年以前的遗风。虽说天下太平，却都是昏昏欲睡的。当然回到那里去是轻而易举的。想回去就能立即回去，但是，不到山穷水尽，三四郎是不愿回去的。换句话说，那里如同他的避难所。三四郎把已经摆脱的"过去"封存在这个避难所里了。一想到连慈祥的母亲也将终老在这里，他突然觉得太可惜了。因此，只有读到母亲来信的时候，他才可以在这个世界上徘徊片刻，重温旧日亲情。

在第二个世界里，有着生满青苔的大瓦房，有宽敞得从这头望去看不清对面人模样的阅览室，有必须借助梯子才能够到堆得高高的书籍。它们由于磨损或手垢，都变得黑乎乎的，只因封皮上的烫金字而在发光。书有羊皮的、牛皮的，有二百年前的，所有书籍上都积了厚厚的灰尘。这些灰尘是历经二三十年的岁月逐渐堆积起来的可贵尘土，是能够战胜平静的明天般的寂静的尘土。

再看看生活在第二世界的人们，他们大都胡子拉碴，有的人脸朝着天走路，有的人低着头走路。服装一概很脏，生活都很贫穷，却神情晏如。纵然身处电车的包裹之中，仍能纵情呼吸太平盛世的空气而无所顾忌。进入这个世界的人，因不了解俗世而不幸，又因逃离火宅[①]而幸运。广田先生就在这里面，野野宫君也在这里。三四郎眼下也处于稍稍感受到此间气氛的阶段，要出去还是能出去的。但是，要舍弃好不容易尝到的个中趣味也不无遗憾。

第三个世界灿烂夺目，如春天般生机勃勃。这里有电灯，有银匙，有欢声，有笑语，有发泡的香槟酒，有冠盖万物的美丽女性。三四郎和这样的一个女子说过话，同另一个女子见过两次面。这个世界对于三四郎来说，是最令他心驰神往的世界。这个世界近在咫尺，却难以靠近。在难以靠近这点上，堪比天空中划过的闪电。三四郎远远望着这个世界，觉得很不可思议。他总觉得自己不进入这个世界的话，这世界某些地方就会出现缺陷似的。自己仿佛有着成为这个世界上某个地方的主人翁的资格。尽管如此，本应希求圆满发展的这个世界，却作茧自缚，阻塞了自己自由出入的通道。三四郎对这一点感到不可思议。

三四郎躺在床上，把这三个世界放在一起比较起来。然后又把三个世界混合为一体，从中得出了一个结论：归根结底，莫过于把母亲从乡下接到身边来，娶个漂亮的妻子，而后投身于做学问了。

这个结论相当平凡，但是在他得出这样的结论之前，是经过种种考虑的，所以，对一个习惯于用投入思索的劳力来调整

---

① 佛家语，喻烦恼的俗界。

结论价值的思考者来说，这个结果并不算平凡了。

然而这样一来，广阔的第三世界就被一个渺小的妻室代表了。美丽的女性数不胜数。若翻译美丽的女性，自然是各有千秋。三四郎学着广田先生，使用了“翻译”这个词儿。倘若能够翻译成人格化的语言，那么为了扩大由此翻译产生的影响范围，完善自己的个性，就必须尽可能接触更多的美丽女性。只满足于妻子一人，无异于自己使自己的未来变得不完美。

三四郎按照这一逻辑推演，发现多少受了些广田先生的影响。因为实际上，他并不那么痛切地感到不满足。

翌日来到学校，讲课内容固然照例枯燥无味，但教室的空气依旧是超脱俗世，因此直到午后三点钟之前，三四郎都是个彻头彻尾的第二世界的人。当他俨然以大人物自居，大摇大摆地走到追分的警察岗前面时，竟然迎面遇见了与次郎。

“哈哈哈，哈哈哈！”

因他这一笑，三四郎大人物派头骤然崩溃，连警察岗的警察都在窃笑。

“你笑什么？”

“没笑什么。我看你最好像正常人那样好好走路吧。简直就像浪漫的Ironic[①]。”

三四郎听不懂这句洋话的意思，只好转而问道：

---

① 德语：反讽。德国文学史上的术语，意思是为了求得艺术创作和批评中取材的自由，站在脱离一切的非现实的高度，凭借艺术家的自我意识，无视现实世界的不合理性，提倡精神上的绝对自由化。

“房子找到了吗？”

“我刚才就为这事去找你呢。明天搬家，你来帮帮忙吧。”

“搬到哪里？”

“西片町十区C三号。九点钟之前，你到那儿去打扫一下，就在那里等我。我随后就到。别忘了，是九点之前噢，十区C三号。回头见。”

与次郎匆匆走掉了，三四郎也急忙回了住所。当晚他又返回学校，到图书馆查阅了“浪漫的Ironic”这个词，才知道是德国的弗·施莱格尔[①]创造的词语。此人曾主张：所谓天才，都是没有目标，也不努力，终日无所事事的，非如此不可。三四郎总算放了心，回到住处后很快就睡了。

因与人有约，第二天虽是天长节，三四郎还是按时起了床，就当是去学校，走进西片町十区，找到 C 三号，原来是坐落在一条细细小巷正中的一所旧房子。

一个西式房间代替玄关凸出来，与此入口成直角处是会客室。会客室后面是起居室，起居室对面是厨房和女佣房间。此外，楼上还有房间，只是不知有几铺席大。

三四郎虽受人之托来此打扫，却发现没有什么打扫的必要。当然房间不算干净，但是也看不到什么必须扔掉的东西。如果硬要扔的话，也就是铺席之类的东西了。三四郎一边这

---

① 弗·施莱格尔（FriedrichVon Schlegel，1772—1829），德国哲学家、诗人、文艺批评家、德国早期浪漫派理论的重要理论家。

样想着，一边打开挡雨窗，坐在会客室的檐廊上，眺望起院子来。

院子里有一棵高大的百日红，但它的树根在邻家，所以只有树干上半截从杉树篱笆墙上面横着侵入了这边。还有一棵高大樱树，这棵树确实扎根在篱笆墙里面，不过，树枝有一半伸向马路，再伸长一点儿就碰到电线了。还有一株菊花，但好像是寒菊，一朵花也没有开。除此之外再没有什么了。真是个寒碜的庭院。只有土地很平整，土质也很细，煞是好看。三四郎久久凝视着泥土，这简直是为了观赏土地而建的庭院。

这时，在高级中学举行的天长节庆典的开始钟声响了。三四郎听着这钟声，心想说，到九点了。他意识到什么活儿也不干不合适，应该扫一下樱树的枯叶，又发现这里连一把扫帚都没有，于是重新坐在了檐廊上。刚坐下大约两分钟，庭院的木门吱呀一声开了。那位池畔遇见的女子竟出人意料地出现在院子里。

这个四方的庭院面积不到十坪，两侧有篱笆墙与邻居相隔。三四郎一看见那位站在这方寸之地的池畔女子，恍然醒悟到：鲜花是必须剪下来插在花瓶里观赏的！

三四郎从檐廊站起来时，那女子也走进了栅栏门。

“对不起，请问……”

女子先说了这么句话，微微施了一礼。她的上半身虽然照常向前弯曲，脸却没有低下去。她一边施礼，一边看着三四郎。从正面看，女子的脖颈抻得很长，与此同时，她的眼睛与三四郎对视了。

两三天前，三四郎从美术教师那里看到了格勒兹[①]的画。当时，美术教师讲解道："此人画的女人肖像，全都富于voluptuous[②]的表情。" voluptuous！形容池畔女子此时的眼神，用这个词最贴切不过了。那眼神仿佛在倾诉着什么。仿佛在倾诉什么风流韵事。这倾诉相当富有刺激性。不过这是一种能够穿透骨髓的倾诉方式。它是超越了能够忍受的甘甜感觉的程度，变为强烈刺激性的倾诉。与其说是甘甜，莫如说是痛苦。当然与媚态全然不同。那是被她注视的人无不拼命想要取悦她一般残酷的眼神。而且这女子与格勒兹的画，没有丝毫相似之处。她的眼睛比格勒兹的人物要小一半。

"广田先生新搬的地方，是这里吗？"

"嗯，就是这儿。"

和女子的声音、语调相比，三四郎的回答颇为粗鲁。三四郎也意识到了，可是又想不出其他的措辞。

"先生还没有搬过来吗？"女子说话很清晰，不像一般人那样句尾暧昧不清。

"还没有来呢。估计快到了。"

女子踌躇了一会儿，她手里提着一个大篮子。女子的衣着照例让他看不懂。三四郎只是发觉色泽不像以往那样鲜亮。衣

---

① 让·格勒兹（又译为格乐兹）（Jean—Baptiste Greuze，1725—1805），法国画家，擅长作风俗画和肖像画。他注重描绘市民生活习俗，从中表现道德情操，每幅画里几乎都要画一名美丽的女子。这女人是他钟爱的模特，后来成了他的妻子。

② 色情的，妖娆的。

料好像疙疙瘩瘩的，上面还印着条纹或是什么图案，看上去乱七八糟的。

樱树的叶子不时从上面飘落下来。有一片树叶竟然落到了篮子盖儿上，刚落上，又被一阵风吹走了。风包裹着女子，女子亭亭玉立在秋风中。

“你是……”当风吹向邻居那边的时候，女子对三四郎问道。

“我是受人之托来打扫房子的。”

三四郎说罢，忽然意识到刚才自己坐着发呆时的样子已被她看到，便不好意思地笑了。女子也笑了。

“那好，我也稍等一会儿吧。”

听她的口吻，像是在征求三四郎的同意，使得三四郎大为兴奋，就“嗯”了一声。三四郎本想说：“嗯，那就请等一会儿吧。”可是那女子依然站在院子里。

“请问，你是……”

三四郎没有办法，只好学着对方，反问了一句。于是那女子把篮子放到檐廊上，从腰带间取出一张名片递给三四郎。

名片上写着“里见美祢子”，住址是“本乡真砂町”，这就是说，她家就在一谷之隔的那边。三四郎瞧着这张名片的工夫，女子已经坐在檐廊上了。

“我见过你。”三四郎将名片塞进袖兜里，抬起头来。

“嗯，记得是在医院里……”女子说着也扭脸瞧着三四郎。

“还见过一次吧。”

“还有一次是在池畔……”女子立即回答。记得真清楚。三四郎这回无话可说了。

“实在不好意思啊！”最后女子这样客气了一句。

“哪里。”三四郎回答得十分简洁。两个人仰望着樱树枝，树梢上只剩下像是被虫子吃过的几片残叶。左等右等，搬家的行李还是迟迟不到。

“你找先生有什么事吗？”三四郎突然这样问。

正专心致志地望着高高的樱树枯枝的女子，立即扭头看三四郎，露出“哎哟，吓了我一跳，真是过分”的神色，但她的回答很温和。

“我也是来帮忙的。”

三四郎这才注意到女子坐着的檐廊上积满了沙土。

“那里有好多尘土，衣服会弄脏的。”

“哦。”她只是瞧了瞧左右两边，没有动弹。她扫视了一下檐廊，然后把目光转向三四郎，突然问道：

“你已经打扫完了吗？”话音一落，就咯咯地笑了。三四郎从她的笑声里发现了某种容易亲近的东西。

“还没打扫呢。”

“我来帮你，咱们开始打扫吧。”

三四郎立即站了起来。女子却坐着没动，问他扫帚和掸子在哪里。三四郎告诉她，自己什么工具也没有带来，所以没有打扫的工具，要不到街上去买吧。女子说，那太浪费，不如跟邻居借用一下。三四郎立刻去了邻家，很快就借了扫帚、掸子，还有水桶和抹布，匆匆回来了，见女子依旧坐在老地方，望着高高的樱树枝头。

“借来了？……”她只说了一句。

三四郎扛着扫帚，右手拎着水桶。“哎，借来了。”他理所当然地答道。

女子穿着白布袜，登上了满是尘土的檐廊，她往前一走，地上就留下了纤巧的脚印。她从袖兜里掏出白色围裙系在腰带外面。围裙边缘绣着蕾丝般的花纹，色彩很漂亮，系着这么漂亮的围裙来扫除，太可惜了。

“咱们开始打扫吧。”

女子拿起了扫帚，一边说，一边从袖子里伸出右手，把耷拉下来的袖兜撩到肩头，露出两只白嫩的胳膊。从搭在肩上的袖兜开缝，能看见美丽的内衣袖子。一直站着发呆的三四郎，这时才回过神儿来，立即拎着嘎吱嘎吱响的水桶，绕到厨房去了。

美祢子扫地的时候，三四郎跟在她后面，用抹布再擦一遍。当三四郎拍打铺席的时候，美祢子就掸格子门。好歹扫除了一遍之后，他们二人也熟悉多了。

三四郎拎着水桶到厨房去换水，美祢子拿着掸子和扫帚上了二楼。

“请你上来一下。”她在上面招呼三四郎。

“什么事啊？”三四郎拎着铁桶，在楼梯口问。女子站在暗处，只有围裙是雪白的。三四郎提着水桶登上了两三级台阶。女子一动不动地等着他。三四郎又向上登了两级，进入暗处后，美祢子和三四郎之间只相隔一尺远了。

“什么事呀？”

“太暗了，什么也看不清。”

“为什么？”

“我怎么知道。”

三四郎不想再追问下去，擦着美祢子身子过去，上了楼。三四郎把水桶放在昏暗的檐廊边，然后去开门。果然连门闩在哪儿都看不清。这时，美祢子也上来了。

“还是打不开吗？”

然后美祢子朝反方向走去。

“在这儿呢。”

三四郎默默地向美祢子那边靠过去。当他的手快要碰到美祢子的手时，不小心踢到水桶，发出哐啷一声响。好不容易才打开了一扇门，刺眼的阳光一下子射进来，晃得人睁不开眼。两人四目相对，不由得笑起来。

后窗也打开了。窗户上安有竹格子，可以瞧见房东的院子，院子里养着鸡。美祢子又像刚才那样开始打扫了。三四郎趴在地上，跟在她后面擦起来。美祢子双手拿着扫帚，瞧见跟在后面的三四郎，“哟”了一声。

干了不大会儿，她把扫帚扔在铺席上，走到后窗跟前，站在那儿向外面看。过了不久，三四郎也擦完了，他把湿抹布扑通一声扔进水桶里，走到美祢子身旁来。

“你在瞧什么？”

“你猜猜。”

“是看鸡吗？”

“不是。”

“看那棵大树吗？”

“不是。”

“那么你到底在看什么呢？我猜不着。”

“我一直在看那朵白云哩。”

三四郎抬头望去，果然看见一片白云正从广阔的蓝天上飘过。在碧蓝如洗的朗朗晴空中，宛如棉絮放光般的浓云疾速移动着。风好像很大，每当云端被风吹散时，云层就变得可以窥见碧空那样稀薄。有时云朵被风吹散后，却凝结成丝，犹如聚拢了无数根雪白细软的细针似的，毛毛扎扎的。美祢子指着那朵白云说：

“特别像鸵鸟的boa[①]吧。”

三四郎不知道“boa”这个词，便说不知道。

美祢子又“哟”了一声，马上认真地给他讲了一遍“boa”的意思。

“唔，那样的围巾我知道。”三四郎说道。然后把最近从野野宫君那儿听来的，鹦鹉学舌了一遍：

“据说那些白云都是雪霰聚合的，既然从地上看去，移动都那么飞快，说明其速度必须比飓风还要快。”

“哎哟，真的吗？”美祢子看着三四郎，然后不容置疑地说道：“要是雪的话，就没意思了。”

---

① 英文：长毛围巾。

“为什么？”

“当然了，云就得是云呀。不然的话，这么远远眺望，不就没有意义了吗？”

“是吗？”

“什么‘是吗’？你觉得即便是雪也无所谓吗？”

“你好像很喜欢仰望天空啊。”

“嗯。”

美祢子仍旧透过竹格子远望空中，白云连绵不绝地飞过来。

这时，远处响起平板车的声音。从响声可以听出，它刚刚拐进静静的小巷，正向这里走来。三四郎说了声“来啦”，美祢子只说了句“真快呀”，依旧待在原地。她侧耳倾听，仿佛那咕噜咕噜的车轱辘声同白云的飘动有什么关联似的。车子的响声打破宁静的秋意，越来越近了，很快来到门外停了下来。

三四郎丢下美祢子跑下二楼。三四郎走到玄关时，与次郎也同时进了门。

“很早呀。”与次郎先打招呼。

“你很晚呢。”三四郎回答，和对美祢子的态度正相反。

“还晚呀，得把所有行李一趟运过来，有什么办法。而且就我一个人，另外只有阿婆和车夫了，根本快不了。”

“先生呢？”

“先生去学校了。”

两人说话的工夫，车夫已经开始卸行李了，阿婆也进来了。与次郎叫阿婆和车夫搬运厨房的东西，他和三四郎把书籍搬进西式房间。书太多了，摆放书籍可不是轻松的活儿。

“里见小姐，还没来吗？”

“已经来了。”

“人呢？”

“在楼上。”

“在楼上干什么呢？”

“我也不知道，反正在楼上。”

“真是的。”

与次郎拿着一本书，顺着檐廊走到楼梯口，用一贯的声调喊道：

“里见小姐，里见小姐！请下来一下，帮忙整理书籍。”

“马上下去。”

美祢子拿着扫帚和掸子，轻轻地下楼来。

“你在干什么呢？”与次郎在楼梯口催促道。

“在楼上打扫呢。”她从上面回答。

与次郎急不可耐地等美祢子下了楼，领她来到西式房间门口。车夫卸下来的书籍都堆在门口，三四郎已经脸朝书堆蹲在地上，很有兴致地翻看起来了。

“哎呀，这么多呀，这可怎么整理啊？”听美祢子一说，蹲着的三四郎回过头来看她，嘿嘿直笑。

“什么可怎么整理呀？把这些书搬进屋里，摆到书架上啊。等一会儿先生也会回来帮忙的，不用发愁。喂，你老蹲在那儿看书可不成。回头借回去慢慢读好了。”与次郎抱怨着。

三个人分了工，美祢子和三四郎在门口把书整理成一摞一摞的，与次郎接过去摆到屋里的书架上。

“这样乱拿怎么行，这本书还应该有一本续集呢。”与次郎晃了晃手里一本很薄的蓝皮书。

“没有看到呀。”

“怎么会没有呢？”

“找到啦！找到啦！”三四郎说。

“给我瞧瞧。”美祢子探过头来，“History of Intellectual Development[①]。哎哟，还真找到了呀。”

“什么找到没找到的，快点儿拿过来！”

三个人卖力地干了约莫半个钟头，最后就连与次郎也不怎么催促了。只见他面朝书架盘腿坐着，闷声不语。美祢子戳了一下三四郎的肩膀。三四郎笑着问：“嗨，你怎么啦？”

“唉，你说先生也真是的，收集了这么多没用的书，到底想干什么呀？纯粹是折腾人。倒不如现在就把这些书全卖了，换成股票，兴许还可以赚到钱呢。简直是死脑筋。”与次郎叹了口气，仍旧面朝墙壁，盘腿坐着不干活儿。

三四郎和美祢子相视而笑。既然摆放书籍的骨干不干活儿了，他俩也都跟着歇了。三四郎翻看起了一本诗集，美祢子把一本大画册摊在腿上欣赏起来。厨房那边，临时雇来的车夫和阿婆一直争执不休，吵吵闹闹的。

“你来瞧瞧。”美祢子轻声说道。三四郎欠着身子，把脸

---

① 即《智能发展历史》，英国人克罗泽（1849—1921）所著。——转引自吴树文译的《三四郎》注释。

伸到画册上面。美祢子的头发散发出好闻的香水味儿。

这是一幅画着一条美人鱼的画，一个赤裸的女子，腰部以下是鱼身。鱼身扭成一圈，只在后边露出鱼尾来。美人鱼一只手用梳子梳着长发，另一只手托着长长垂下来的发梢，脸朝着这边，背景是辽阔的大海。

“美人鱼。”

“美人鱼。”

脑袋贴在一起的两个人，不约而同地说。此时，一直盘着腿发呆的与次郎，不知怎么也一边问着：“什么？你们在看什么呢？”一边来到檐廊上。三个人的脑袋紧贴着，一页页翻看着画册，七嘴八舌地评论着，全是随口乱说的。

这时，去参加庆祝天长节典礼的广田先生穿着双排扣长礼服回来了。三个人跟先生打招呼时合上了画册。先生吩咐尽快把书籍先整理好，于是三个人又耐着性子干起来。这回由于主人就在旁边，无法偷懒耍滑，一小时之后，走廊上的书籍总算全部被塞进了书架。四个人并排站着，瞧着码得整整齐齐的书。

“明天再仔细归整吧。”与次郎说，言外之意是让先生将就一下。

“您的藏书真不少啊。”美祢子说。

“先生，这些书都读过了吗？”最后三四郎问道。为了给自己看书做个参考，三四郎觉得很有必要把这个问题弄清楚。

“怎么可能都读呢，佐佐木倒是有可能都看过了。”

与次郎不好意思地搔着脑袋。三四郎认真起来。说道：

“之所以问这个问题，是因为从前一段时间开始，常常从学校图书馆借一些书回去读，可是不论借哪一本，必定有人看过。甚至试着借了一本阿弗拉·贝恩写的小说，照样有他人读过的痕迹，所以很想知道读书的范围到底有多大。”

“阿弗拉·贝恩的作品我也读过。”

对广田先生的这句话，三四郎也很吃惊。

“特别吃惊吧？说起来，先生就是爱读人家不读的书。”与次郎说道。

广田先生笑着走向起居室，可能是去换衣服吧。美祢子也跟着出去了。这时与次郎对三四郎说：

“正因为这样，我才称先生是‘伟大的黑暗’呀。他虽然无书不读，却一点儿也不张扬。他要是多少看看流行的读物，稍微高调点儿就好了。”

与次郎的话绝不是酷评。三四郎默默地望着书架。这时，起居室里传来了美祢子的喊声：

“有好吃的招待，二位快来呀！”

两人从书斋出来，顺着走廊进了起居室，只见房间中央摆着美祢子拿来的篮子，盖子已经揭开，里面装着很多三明治。美祢子坐在篮子旁，将篮子里的三明治分盛在小碟子里。与次郎和美祢子交谈起来。

“你居然没忘了把吃的带来呀！”

“当然了，这是我专门去预订的。”

“这个篮子也是买的吗？”

“不是。”

“是你家里的？”

“嗯。”

“这篮子真大个啊，你是带着车夫一起来的吗？顺便让他帮着干点儿活儿就好了。”

“车夫今天有差事出门了。别看我是女的，这点儿东西拿得动呀。”

“你当然拿得动，要是换成别的小姐，就不会自己拿喽。”

“是这样吗？早知道，我也不自己拿了。”

美祢子一边把食物盛到小碟子里，一边应对自如地和与次郎说话，表现得悠然而从容，几乎不看与次郎的脸，使三四郎很佩服。

阿婆从厨房端茶进来，几个人围着篮子开始吃三明治。短暂的安静后，与次郎忽然想起了什么似的，问广田先生：

“先生，顺便问一下，刚才那个叫作什么贝恩的人……”

“你是问阿弗拉·贝恩吧？”

“她到底是什么人啊，这位阿弗拉·贝恩？”

“她是英国闺秀作家，十七世纪的。”

“十七世纪太遥远了，杂志上是找不到的了。”

“是很久远。但她是第一位以写小说为职业的女作家，所以很有名。”

“就算有名，也不知道呀。我再请教一下，她都写了哪些作品呢？”

“我只读过她的一本名叫《奥鲁诺克》的小说。小川君，她的全集里有这本小说吧？”

三四郎已经忘得一干二净了，便向先生讨教该小说的情节。先生说，这部小说描写了一个名叫奥鲁诺克的黑人王族，受了某英国船长的骗，被卖身为奴隶，历尽重重磨难的故事。而且这个故事是作家亲眼所见的真事，后来的人们都深信不疑。

“真有意思啊。里见小姐，怎么样？你也写一本《奥鲁诺克》吧。”与次郎又转向美祢子。

“写倒是可以写，不过我没有那样的亲身经历呀！”

“需要找个黑奴主人公的话，这位小川君不是正合适吗？九州的男子，皮肤黑黝黝的。”

“嘴够损的！”美祢子的口吻就像为三四郎辩护似的，然后马上转向三四郎，“真的可以写吗？”

三四郎看着她的眼睛，想起早晨这女子提着篮子，从折门进来时的动人瞬间，不由得心荡神摇，只是这迷醉之中夹杂着畏缩之感。他当然说不出“请写吧”之类的答话来。

广田先生照例抽起烟来。与次郎将之评价为“鼻孔喷出的哲学之烟”。这也难怪，他喷烟的方式确实与众不同，两条又粗又浓的烟从两个鼻孔里悠然而出。与次郎瞧着那两条烟柱，半个后背倚靠在隔扇上，一直默然无语。三四郎的目光茫然投向院子的上空。这哪里是搬家，简直像个小型聚会，因而对话也很轻松。只有美祢子在广田先生后面，叠着先生刚才随手脱下来的西服。看来，先生换上和服也是美祢子帮着换的。

“刚才说的有关奥鲁诺克的故事，你这人一向不够踏实，搞错了就麻烦了，顺便再给你说说吧。”先生的烟柱中断了片刻。

“是，愿闻其详。”与次郎一本正经地回答。

“那本小说出版后，有个叫桑瑟恩[1]的人又把这个故事改编成了剧本，还是一样的名字，可不能弄混了呀。”

“哎，我不会搞混的。”

正在叠西服的美祢子，瞥了与次郎一眼。

“那个剧本中有一句名言，Pity's akin to love[2]……”只说了半句，先生又喷出好多“哲学之烟”来。

“日本大概也有类似的金句。”这回三四郎说道。其他人也都纷纷附和说“好像有的，好像有的”，可谁也想不出来。最后大家商定，那就试着把它翻译过来好了，于是四个人各自翻译，可总是达不成一致。最后与次郎发表了与次郎式的看法：

“这句话非得用民谣来翻译不可，这种警句的趣味就在于通俗上口啊。”

于是，其他三人全权委托与次郎来翻译。与次郎思索了一会儿，说道：

“多少有些难为在下啦，姑且这样翻译怎样？‘可怜就等于着迷’。”

---

① 托马斯·桑瑟恩（Thomas Southeme，1660—1746），英国剧作家。曾将《奥鲁诺克》改编为剧本《奥鲁诺克：一部悲剧》（1695）。

② 英文：怜悯近乎爱。

“不行，不行，这也太粗鄙啦。”先生立刻皱起了眉头。因与次郎说话腔调过于下作，三四郎和美祢子都忍不住笑起来。笑声还没止住，院子的木门吱呀一声开了，野野宫君走了进来。

“已经收拾得差不多了吧？”

野野宫君来到檐廊正面，打量了一遍屋里的四个人。

“还没收拾好呢。”与次郎赶紧应道。

“能不能请你帮帮忙呀？”美祢子附和着与次郎说。

野野宫君嘿嘿地笑着说：

“好热闹啊，有什么趣事吗？”然后转了个身，背朝他们坐在了檐廊边。

“我刚才的翻译，挨先生训了。”

“翻译？翻译什么呀？”

“译着玩儿的。我翻译的是‘可怜就等于着迷’。”

“噢——”野野宫君在檐廊上侧过身来，“这句话到底想说什么呀，我搞不懂。”

“谁也搞不懂呀！”这回先生开口了。

“要说，还是我译得过于简略了，正常翻译的话，应该是这样的：‘所谓可怜，就意味着着迷。’”

“哈哈哈，那句话的原文是什么呢？”

“Pity's akin to love。”美祢子重复了一遍。她的发音清脆好听。

野野宫君站起来，朝院子里走了两三步，然后又转过身来，面对房间站住。

“的确译得不错！”

三四郎不自觉地仔细观察起野野宫君的态度和视线来。

美祢子去厨房洗了个茶杯，沏上新茶，端到檐廊边来。

“请用茶。”她说罢坐在檐廊上，问野野宫君：“良子小姐怎么样了？”

“嗯，身体已经没事啦。”野野宫君说完又坐下来喝茶，然后微微转向先生说：

“先生，我好容易才搬到大久保去，看来又不得不搬到这边来了。”

“为什么？”

“妹妹说，她不愿意上下学经过户山原[①]，而且还说我晚上要做实验，她每天都等我到很晚，寂寞得受不了。当然，眼下我母亲还在，倒还不要紧，再过些时候，母亲回乡下，就剩下女佣了。两个胆小的人就伴，恐怕是没法忍受呀。真是烦死人了！”野野宫君半开玩笑地叹了口气。瞧着美祢子问：

“怎么样，里见小姐，能不能在你那儿安排一个食客呢？”

“随时恭候呀。”

“是安排哪位呀？究竟是宗八君呢，还是良子小姐呢？”与次郎插嘴道。

“哪位都可以。”

---

① 东京都新宿区中央部的地区。

只有三四郎一直默默无声。广田先生也认真地问道：

“那么，你怎么打算呢？”

“只要安排好了妹妹，我暂时租个地方住也行。不然，又得搬一次家了。我本想干脆让妹妹住到学校宿舍去的，无奈她还是个孩子，必须找个我能随时去，她也能随时来的地方才行。”

“如此说来，只有里见小姐家符合条件喽。”与次郎再次予以提醒。广田先生没有接与次郎的话茬儿，对野野宫君说道：

“按说可以让她住在我这里的二楼上，无奈有佐佐木这种人同住啊。”

“先生，请务必让佐佐木住楼上呀。”与次郎自己为自己说好话。野野宫君笑着说：

“我再想想办法吧。我这人徒有这么大个头，其实笨得很，真是发愁啊。她还想去看团子坂的菊偶人，叫我带她去呢。”

“应该带她去看看呀，连我都想看看哩。”美祢子说。

“那就一同去吧。”

“好啊，一言为定。小川君也去吧。”

“嗯，我也去。”

“佐佐木君也……”

“菊偶人我可没兴趣。有看菊偶人的工夫，还不如去看场电影。”

“菊偶人很好看噢。”这回广田先生插了话，“那样水准的手工制品，恐怕在外国也是看不到的。人的一双手竟然能做出如此精美之物，仅此一点就值得去看看。倘若那造型是普通的偶人，大概也不会有什么人专门去团子坂了。普通偶人的话，随便哪户人家都会有四五个，根本不值得跑到团子坂去了。”

“先生真乃高论。”与次郎赞道。

“过去在课堂听讲时，也常常被先生说得哑口无言。”野野宫君说。

“那么，先生也一道去吧。”美祢子最后来了一句。先生没有说话，大家都笑起来。

阿婆在厨房里喊：

“请哪位过来一下。”与次郎答应了一声，马上站了起来。三四郎仍然坐着没动地方。

“我也该告辞啦。”野野宫君站了起来。

“哟，你这就回去吗？真是待不住呀。”美祢子说。

“前些日子那件事，再耐心等些时候。”广田先生说。

“嗯，我知道了。”野野宫君答应了一声，从庭院出了门。看着他的背影消失在折门外后，美祢子忽然想起了什么似的，一边嘀咕“对了，对了”，一边蹬上摆在庭院入口的木屐，去追野野宫君。两人在外面说着什么。

三四郎仍旧默默地坐着没动。

5

一进门，三四郎就看见上次那棵胡枝子长得比人还高了，郁郁葱葱的，根部出现了树荫。这阴影沿着地面爬向院子深处，消失不见了。又好像是爬上层层叠叠的绿叶中去了。相比之下，院门外是一片火辣辣的阳光。洗手槽边种有南天竹，长得比一般人家的高，三根细高的竹子相互依偎着摇摇曳曳，竹叶在厕所的窗户上面晃动。

胡枝子和南天竹之间，可以看到一段檐廊。这檐廊是以南天竹为基点斜着往前延伸的。胡枝子的阴影直达檐廊的尽头。就是说胡枝子在院子最前边。良子就坐在这棵胡枝子阴影里的檐廊上。

三四郎站在胡枝子下面。良子从檐廊站起来，双脚踩在一块平面石头上。三四郎这才发现她个子很高，十分意外。

“请进来吧。”

她的口气仍然好像正等着三四郎似的。三四郎不禁想起了上次去医院的情景。他从胡枝子下面走到檐廊角上。

“请坐吧。”

三四郎穿着鞋呢，就顺从地坐在檐廊上。良子拿来了一个坐垫。

“请垫上吧。”

三四郎垫上了坐垫。从进大门到现在，三四郎还没有说一句话。看样子，这位单纯的少女只是怎么想的就怎么对三四郎说，并不要求三四郎给出什么回答似的。三四郎感觉如同来到天真无邪的女王面前，只要听命即可，没有必要说恭维话，哪怕说一句迎合对方之意的话，都会使自己立刻变得卑下。就像哑巴奴隶那样，唯命是从，女王才会愉快。三四郎虽然被孩子气的良子当作孩子对待，却一点儿不觉得伤了自尊心。

“是找哥哥吗？”良子接着问。

三四郎不是来找野野宫的，但也并非不是。究竟所为何来，其实连他自己也不知道。

“野野宫君还在学校吗？”

“嗯，他总是很晚才回来。”

这一点三四郎也是心知肚明，不知该怎样回应。他看到檐廊上放着颜料盒，还有一幅正在画的水彩画。

“你在学画画吗？”

“嗯，因为喜欢才画的。”

“老师是谁呀？”

“现在还没有达到拜师的水准呢。”

“我看看。”

“这个吗？这个还没有画完呢。”良子把还未完成的画递给三四郎。原来她正在画自家的庭院。画纸上只画出了蓝天，前面住家的柿子树和门口的胡枝子。其中，柿子树涂得红红的。

“画得很不错啊。”三四郎望着画面说。

“这张画吗？”良子有些惊讶。她是真的感觉惊讶，丝毫没有三四郎那样做作的语调。

事到如今，三四郎既不能说自己刚才是开玩笑，也不能改说实话了。因为不论哪种态度，似乎都会受到良子的轻视。三四郎看着画面，心里羞愧不已。

三四郎从檐廊环顾会客室，四周静悄悄的。餐室不必说，厨房里好像也没有人。

“你母亲已经回乡下了吗？”

“还没有，过几天就该回去了。”

“这会儿在家吗？”

“刚才出去买东西了。”

“听说你要搬到里见小姐家里去住，是真的吗？”

“你怎么知道？”

“前几天在广田先生家里听说的。”

“还没有决定呢，说不定会住过去的。”

三四郎多少明白了。

“野野宫君以前就和里见小姐很熟悉吗？”

“嗯，他们是朋友。”

莫非是那种男女朋友？可是总觉得不大像，三四郎也不好多问。

“听说广田先生曾经是野野宫君的老师呢。”

“没错。”

这个回答，使这个话题卡壳了。

“你觉得还是住到里见小姐的家里比较好，是吗？”

“我吗？是这样啊。只是太打扰美祢子小姐的哥哥了。”

“美祢子小姐还有哥哥吗？”

“有，他是和我哥哥同年毕业的。”

“也是理学士吗？”

“不是，专业不一样，他是法学士。他上面还有个大哥，是广田先生的朋友，可是早就去世了，现在只有一个恭助哥。”

“她的爸爸和妈妈呢？”

良子微微一笑，说：

“都不在了。”看她的表情，似乎以为美祢子父母还健在是很滑稽的。看来二老早就去世了，所以良子对他们毫无印象。

“因为这层关系，美祢子小姐才会经常去广田先生家的吧？”

“是的，听说她那个死去的哥哥和广田先生是好朋友。加上美祢子很喜欢英语，常常要到先生家里去补习吧。”

“她也会来这儿吗？”

良子不知何时又开始继续画那幅水彩画了。三四郎待在旁边，她也不嫌碍事，还认真回答他的问话。

“美祢子小姐吗？”她一边反问，一边给柿子树下的草葺屋顶涂上一些阴影。

“是不是黑了些？”良子把画伸到三四郎面前。

“嗯，是黑了点儿。”这回三四郎照直回答。于是，良子将画笔蘸饱水，洗去暗影，这才回答了三四郎刚才的问话。

“她也来呀。”

“经常来？”

“嗯，经常来。”良子依然盯着画面。三四郎觉得良子开始继续作画后，聊天轻松了好多。

三四郎默默地看了画作一会儿，发现尽管良子仔细洗去了屋顶的阴影，但由于蘸水过多，加上还用不惯画笔，那黑色反而向四方浸淫开来，精心画好的那些火红的柿子，也变成阴干的涩柿子颜色了。良子停下画笔，伸开两臂，头向后仰，尽可能远地审视华特曼画纸[①]上的画作。最后小声说：

“看来不行了。”的确是不行了，没有办法补救。三四郎为之惋惜，安慰道：

“这张就算了，再重新画一张吧。”

良子的脸对着画面，用眼角斜睨着三四郎。她有一双水汪汪的大眼睛。三四郎越发感到惋惜了。这时她突然吃吃地笑了。

---

① 英国进口画纸。

“我真笨哪，浪费了两个钟头。”

良子一边说一边在好容易画好的画面上涂了个粗大的叉子，啪嗒一声合上了颜料盒。

“不画了，请到会客室里去吧，我给你沏茶来。”她说着自己先从檐廊进去了。三四郎嫌脱鞋麻烦，依然坐在檐廊上。心里暗想，这位小姐真有意思，到现在才想起请客人喝茶。三四郎本来无意跟这位有点儿特别的女子找乐，可是突然听到她说请他喝茶时，竟也不由得快活起来。这种感觉并非必须接触异性才能得到的。

从餐室传来说话声，看来女佣在家。不久，隔扇拉开，良子端着茶具走了进来。三四郎从正面看她的脸时，忽觉在女性中她的容貌也是很有女人味儿的。

良子沏好茶，端到檐廊上，自己则坐在了会客室的榻榻米上。三四郎虽然想着该回去了，但是待在这个女子身旁时，就觉得不回去也没关系似的。上次在医院时，自己曾盯着她看，使她羞红了脸，所以赶紧撤了，今天倒是彼此相处自然。借着她上茶之机，二人各据檐廊和会客室，又聊了起来。聊东聊西的时候，良子忽然问了三四郎一个奇怪的问题，就是问他喜欢不喜欢自己的哥哥野野宫。乍一听完全是年幼无知的孩子问的话，但良子的问话却别有深意。

她认为特别喜欢钻研学问的人，习惯用研究的眼光观察万物，人情自然就变得淡薄了。然而从人情角度观察事物，世间一切事情只有好恶之分，不会产生研究的欲望。“我哥哥是一位理学家，当然不会研究妹妹的，因为越是研究妹妹，对妹妹的爱就越减少，对妹妹就会变得冷淡了。”她由此得出的结论，那么喜欢做研究的哥哥，还这般疼爱自己的妹妹，可见哥哥绝对是全日本最好的人。

听了良子这番话，三四郎觉得很有道理，又觉得有所不足，可究竟哪里有不足，他脑子里一团糨糊，说不清楚。所以，他没有对良子的说法给出自己的评论。但是心里羞愧万分，对这么个小女子的说法都提不出明确的点评，身为男儿委实太窝囊了。同时他还悟到，对于东京的女学生，是绝对不可小看的。

三四郎怀着对良子的敬慕之心回到住所，看到来了一张明信片。

明日下午一时去看菊花偶人，请到广田先生家会合。

美祢子

这明信片上的字和从野野宫君口袋里露出一半的信封上的字很相似，三四郎反复读了好几遍。

第二天是星期日，三四郎一吃过午饭，就马上出发去西片町了。他穿着新制服，脚上穿着发亮的皮鞋，顺着安静的小巷走到广田先生的住所外，听到里面有人说话。

先生的家，一进门左手就是庭院，打开栅栏门的话，不必走玄关，就能去会客室外面的檐廊。三四郎正要拨开透过石楠篱笆的缝隙就能看见的栅栏门闩，忽然听到院内有人说话，像是野野宫和美祢子正在说着什么。

“干那种事的话，只能掉到地上死掉了。”这是男人的声音。

“我觉得即便是那样死了，也是好事。”这是女人的回答。

“不过那种无谋之人，从高处掉下来摔死也是死得其所。”

“你这么说也太残忍了。”

三四郎在此时打开栅栏门，站在院子中央说话的两个人一齐往他这边看。野野宫君只是像平时那样“嗨”了一声，点了点头，他头上戴着崭新的茶色礼帽。美祢子忙问三四郎：“明信片什么时候接到的？”二人的交谈就此中断了。

广田先生身着西服坐在檐廊上，照例在喷吐“哲学之烟”，手里拿着西洋杂志。他旁边坐着良子，她伸直两腿，双手支在身后，撑着上半身，眼睛瞧着脚上穿的厚草屐。——三四郎由此看出，大家都在等自己。先生扔下杂志，说：

“咱们可以走了吧？到底被你们给拉去了。”

“您辛苦啦。”野野宫君说。两个女子对视一眼，露出不易察觉的笑意，一前一后走出庭院。“你个子真高呀。”美祢子在后面说。“腿长呗。”良子干脆地回答。

走到大门边，二人肩并肩时，良子又解释道：“所以尽量穿草屐的。”三四郎也跟着她们走出院子时，二楼上的隔扇哗啦一声拉开，与次郎走到栏杆前。

“你也去吗？”他问。

“嗯。你呢？”

“不去，看菊偶人有什么用，真是愚蠢！”

“一起去吧，待在家里也无事可干啊。”

“我正在写论文呢，是长篇大论，哪有闲心去玩呀？”

三四郎故作吃惊地笑了笑，去追赶四个人了。他们四人已经朝着大马路方向，走过小巷的三分之二，远在前方了。当三四郎在朗朗晴空下找到这伙人影时，感到自己现在的生活一天天变得比在熊本时有意义多了。曾经思考过的三个世界中，第二、第三世界正是以这伙人影为代表的。人影的一半是黯淡的，另一半则有如开满鲜花的原野般明媚。在三四郎的脑海里，这二者是浑然一体的。非但如此，他自己也不知不觉间很自然地被编织进这个经纬之中了。只是总觉得那两个世界中有着不安宁之处，这一点令他感到忧心。三四郎边走边想，刚才野野宫君和美祢子在院子里谈论的事情是引起这番担忧的近因。为了驱除这不安的念头，三四郎重新回想着他们两个人谈论的内容。

四个人已经来到了拐角，此时四人一齐停下脚步回头张望。美祢子还手搭凉棚地寻找他。

三四郎不到一分钟就追上了他们。追上以后也没有人说什么，重新迈开了步子。走了一会儿，美祢子开了口：

“野野宫君，你是物理学家，所以更喜欢说那种事吧？”好像是在继续刚才的谈话。

“哪里，不搞理科也是一样的。毫无疑问，想要飞得高，前提是必须设法制作一个能够高飞的装置啊。聪明的脑袋瓜自然是首先要具备的，对吧？”

“不想飞那么高的人，就只好忍受飞得低了。”

“不忍受的话，也只有死路一条。”

“这么说来，安稳地站在地面上是最保险的。可是总觉得太没意思啦。”

野野宫君没有回答，他冲着广田先生笑着说：

“女流之中诗人辈出哦。”

“男子之弊反而在于不能成为纯粹的诗人吧。”广田先生回答得很妙。

野野宫君哑然。良子和美祢子两人聊起了什么。三四郎终于找到了提问的机会：

“刚才你们谈论什么呢？”

“没什么，关于天上的飞机。”野野宫君若无其事地说。三四郎就像听落语抖包袱的感觉。

之后，大家没有再谈论什么。况且，已经走到了行人熙攘的地方了。在大观音像前，有个乞丐匍匐在地，扯开嗓门儿大声乞讨着。他每每抬起头时，额头沾满了沙土，白乎乎的。没有人扔钱给他。他们五个人也毫不在意地走了过去。走出五六百米后，广田先生忽然回头问三四郎：

“你给那个乞丐钱了吗？”

“没有。”三四郎说完回头望去，那个乞丐双手合十，举到白白的额前，仍旧在大声乞讨。

“根本不想施舍，是吧？”良子立刻说道。

“为什么？”良子的哥哥看着妹妹，话里并没有责备的意思。野野宫君的表情是很冷静的。

“他那样一味地催着要钱，适得其反，所以要不到钱呀。”美祢子评论道。

“不，是因为他选的地点不好。”这回是广田先生发言了，“由于来往行人太多，所以要不到的。若是在山中僻静之地，碰到那样的乞丐，人们都会给钱的。”

“在山里，也可能等上一天都碰不到一个人哩。”野野宫君呵呵地笑起来了。

三四郎听着四个人对乞丐的议论，觉得自己迄今为止养成的道德观念受到了几分冲击。可是，刚才自己从乞丐前面经过的时候，不仅不打算丢给他一文钱，甚至还感到不愉快。扪心自问，他发觉相比之下，那四个人反而更真实些。三四郎领悟到，他们正是那种能够忠实于自己内心的生活在广阔天地间的都市人啊！

越往前走人越多起来。没走多远，看到了一个迷路的孩子。是个七岁左右的女孩子。她一边哭一边在人们的袖子底下忽左忽右地转来转去，拼命喊着“奶奶，奶奶”。见此情景，来往行人似乎都动了恻隐之心，有的人还停下了脚步，也有的人说：“好可怜啊。”然而，谁也没有出手相助。女孩子虽然引起了所有人的关注和同情，却仍旧号哭着找奶奶。真是不可思议的现象。

“这也是因为地点不好吧？”野野宫君目送着孩子的身影说道。

“很快警察就会来处理的，大家都可以逃避责任了。”广田先生分析道。

“她要是来找我的话，我就把她送到岗亭去。”良子说道。

“那你赶紧去追她，把她送去好了。”哥哥提醒她。

“我可不愿意追她。”

“为什么？”

“为什么？这儿有这么多人呢，又不是只有我一个人。”

“说到底还是逃避责任嘛！”广田先生说。

“还是因为地点不好呀。”野野宫君说。两个男人笑起来。来到团子坂上，只见警察岗前聚集着很多人，据说那个迷路的孩子终于送交警察了。

“这回可以放心啦。”美祢子回顾良子说道。

“太好啦！”良子说。

从坂上望去，团子坂是弯曲的，就像刀尖似的。坡道当然很狭窄，路右边的两层小楼，把路左边高高的小屋前面遮挡了一半。小屋后面还竖立着好多杆高高的旗帜。人们仿佛一下子落入谷底似的，由于下坡的人和上坡的人交织成一团，把路堵得水泄不通，造成谷底一带人满为患，异样地蠕动着。这拥挤而不规则的蠕动，看着让人眼晕。广田先生站在团子坂上，叹曰：“这可真是不得了！”颇有返回之意。四个人簇拥着先生进入了谷底。这谷底从中途缓缓向对面转弯之处，由于道路两侧高高矗立挂着大幅苇帘的小屋，天空都显得狭窄了。街路拥挤不堪，天昏地暗。在这拥挤的人群中，还夹杂着看摊人扯着嗓子叫卖的声音。

“这哪里是人发出的叫喊声，分明是菊偶人发出来的声音。”广田先生评论道。这些人的叫卖声就是如此超乎寻常。

一行人走进了左边的小屋。这里摆着“曾我复仇”[①]故事的偶人，五郎、十郎、赖朝[②]除了脸孔和手脚是木雕的之外，全都平等地穿着菊花服饰。接下来的是下大雪的场景，一个年轻女子正气愤难当。这些也都是以木偶人为身子，外面裹上菊花，用花和叶子平展密实地制作成穿衣服的菊偶人。

良子聚精会神地看着展出。广田先生和野野宫君喋喋不休地说起话来，在他们谈论菊花栽培方法的不同等等的时候，三四郎和他们之间，被其他看客隔开了两米多远。美祢子早已走到三四郎前头去了。参观者大多是市井之人，看起来有文化教养的人寥寥无几。美祢子站在那些人中间回过头来，伸着脖子向野野宫君那边张望。野野宫君正把右手伸进竹栏杆内，指点着菊花的根，滔滔不绝地对广田先生说明着什么。美祢子又把脸转了回去，随着人流快速向出口走去。三四郎拨开人群，丢下其他三人，去追赶美祢子。

三四郎好不容易才追到美祢子身边，叫了一声“里见小姐”，美祢子手扶着青竹栏杆，稍微转过头来，看到了三四

① 曾我兄弟复仇事件，是日本历史上三大复仇事件之一。建久四年(1193)，长大成人的曾我十郎和曾我五郎终于杀死杀父仇人工藤佑经的故事。

② 源赖朝（1147—1199），平安时代末期河内源氏的源义朝的第三子。日本镰仓幕府首任征夷大将军，在朝廷之下建立武家政权（即镰仓幕府）。

郎，没有说话。栏杆里面是“养老瀑布”[1]菊偶人。一个腰间插着斧头的圆脸汉子，拿着葫芦，蹲在水潭边。三四郎看到美祢子时，完全没有留意那青竹栏杆里边摆了些什么。

“你怎么了？”三四郎忍不住问道。美祢子仍然什么也不回答，乌黑的眼眸忧郁地落在三四郎的前额上。这时，三四郎从美祢子双眼皮的眼睛里看出了某种不可思议的含义。这含义之中有灵魂的疲惫，有肉体的倦怠，有近乎苦痛的倾诉。三四郎忘记了自己此刻在等着美祢子的回答，把一切都遗忘在了这双眼眸和眼睑之间。这时，美祢子开了口：“还是离开这儿吧。”

美祢子的眼睑和眼眸的距离好像在逐渐靠近。随着这种靠近，三四郎心中萌生了为了这女人不马上离开这里就对不起她的念头。当这个念头到达顶点的时候，美祢子把头一甩，转过身去，手放开了青竹栏杆，向门口走去。三四郎紧跟着她走了出来。

来到外面后，两人并排站着，美祢子低着头，右手摁在前额上。周围人潮涌动，三四郎凑近美祢子的耳边，再次问道：

“你怎么了？”

---

① 从前在日本美浓国（现在的岐阜县），有个非常孝顺的年轻人，生活很穷，与父亲相依为命。父亲很爱喝酒，年轻人为了给父亲买酒，每天拼命砍柴。一天晚上掉进山谷，口渴时喝了小瀑布的水，没想到竟然是酒。从此父亲每天都有酒喝了。父亲感动得掉下泪，说：“好儿子，一定是你的孝心感动了上天，才会赐给我们这么宝贵的礼物。”这件事情传开后，人们就把那条流着酒水的小瀑布称为“养老瀑布”。此菊偶人表现的即是年轻人取瀑布之水（酒）的场景。

美祢子穿过人群朝谷中方向走去，三四郎自然也跟她一起走起来。大约走了五十米时，美祢子在人群中站住了。

“这里是什么地方？”

“往这边走，是去谷中天王寺，和回家的方向相反。”

“是吗，我感觉很不舒服……”

三四郎苦于在这人来人往的街头无法帮到她，便站着思考起来。

“有没有什么清静的地方？”美祢子问。

在谷中和千驮木交汇的谷底，地势最低处流淌着一条小河。沿着这条小河，往街道左边走到头就是一片原野。河水一直向北流去。三四郎清楚地记得，自从来到东京以后，自己曾经沿着这条小河的两岸走过很多遍。美祢子站着的地方，就位于这条小河横穿谷中街道，一直流向根津的一座石桥附近。

“你能再走一百多米吗？”他问美祢子。

“能走。”

两人立即走过石桥，向左拐去。沿着某个住家前面的小道走了不到二十米就到了尽头。再从那家门前，过一个木板桥，折返到小河这一边来，然后沿着河边往上游走一会儿，便见不到行人了。眼前是一片开阔的野地。

来到这宁静的秋色之中后，三四郎忽然变得能说会道起来。

“现在感觉怎么样啊？头疼不疼？大概是太拥挤的关系吧。那些观赏菊偶人的看客里，也有特别龌龊的，不会是有人骚扰你了吧？”

美祢子一直沉默地凝视着河流，好一会儿才抬起头来，望着三四郎，她那对双眼皮下的眼眸炯炯有神。看到她这副眼神，三四郎放了一半心。

“谢谢你，我感觉好多了。”她说。

“休息一下吧。”

“好。”

“还能再走几步吗？”

“嗯。”

“能走就再走几步吧，这地方太脏了。走到那边，有个适合休息的地方。”

“哎。”

走了一百多米，又有一座桥。三四郎踩着随意铺成的不足一尺宽的破旧板子，迈着大步过了桥，美祢子也跟着他过了桥。在等着她过桥的三四郎眼里，美祢子的双脚如同走在土地上一样轻盈。这女子目不斜视地朝前迈着平常的步子，不像一般女人那样忸怩作态地走小碎步。因此，三四郎也不好总是伸手去搀扶她。

河对岸有一座茅草房，屋檐下边一片红色。走近一看，原来是晾晒的红辣椒。美祢子一直走到看清楚那红色是辣椒的地方，才停住了脚步。

“真美啊！”美祢子说着坐在了草地上。野草只是沿着河边生长了窄窄一条，就连这野草都没有盛夏时那样绿。美祢子完全不心疼自己这身漂亮的衣裳被弄脏。

“还能向前走几步吗？”三四郎站住了，催促般地问。

“谢谢，再也走不动了。”

“还是觉得不舒服吗？”

“走得太累了。”

三四郎也不得不在脏兮兮的草地上坐下来。美祢子和三四郎之间隔着四尺远。在他俩脚下，有一条小河潺潺流淌着。一到秋天，水位降低了，河水很浅。露出水面的石头尖上竟停着一只鹡鸰。三四郎望着河水，发现河水渐渐变混浊了。抬头一看，原来在上游有农户在洗萝卜。美祢子的视线投向很远的对面。那边是一片田野，田野的那边是森林，森林的上方是天空。天空的色彩渐渐起了变化。

在清澄如洗的天空中呈现出了多种色彩。明净通透的碧空渐渐变得浅淡如烟。加上白云重重叠叠，积云不断地溶解飘散着。阴沉得分不清天地界线，也不知云从何来的天穹，被笼罩了一层淡黄色。

“天色变混浊了。”美祢子说。

三四郎从小河上抬起头，举目向天上望去。三四郎并不是第一次看到这样的天空，然而“天色变得混浊了”这种说法，还是第一次听到。他凝神望去，这天空的色彩，除了用“混浊”二字来形容之外，当真没有更合适的形容词了。三四郎正想回答什么，美祢子又开口了：

“好重啊，就像大理石似的。”

美祢子眯着双眼皮的眼睛仰望高远的天空，然后将这眯着的眼睛静静地转向三四郎，问道：

“看着很像大理石吧？”

“嗯，很像大理石。”三四郎只能这样回答。美祢子沉默了。过了一会儿，三四郎开了口：

“待在这样的天色下边，心思虽然沉重，心情却轻松了。”

“为什么这么说呢？”美祢子反问。

三四郎也不知道为什么，没有回答，又接着说：

“这是可以安然入梦的天色。”

“看样子在飘动，实际上没有动吧。”美祢子又眺望起远方的云了。

菊偶店家招呼游客的叫卖声，不时地传到他俩坐着的地方来。

“声音可真大呀。”

“他们从早到晚一直是那样叫嚷的吗？真心佩服啊！”三四郎说道。这时，三四郎忽然想起被丢下的三个同伴，正想说什么，美祢子回答了：

“因为要做买卖嘛，和大观音像前的那个乞丐是一码事。”

“地点还不坏吧？”

三四郎罕见地开了个玩笑，自己觉得好笑，嘿嘿地笑了。他觉得广田先生关于乞丐发表的一番话，太好笑了。

“广田先生就是爱讲那样的事情。”美祢子非常随意地自言自语似的说道，紧接着口气一变，快活地补充了一句：“咱们在这样的地方，这么呆坐下去，肯定及格啦。”这回她自己吃吃地笑了。

“没错，就像野野宫君说的那样，不管你等到何时，也不会有人从这儿通过的。”

“那不正合适吗？”她立刻说，然后总结道：“因为是不向人求乞的乞丐呀。”这句好像是为了解释上一句话而补充的。

这时，突然出现了一个陌生人。看样子，他是从晒辣椒的人家后面走出来的，不知何时过了河。他向两人坐着的地方走过来。那人穿着西服，留着胡子，看年纪和广田先生相仿。他走到两人面前时，猛地扭过脸，盯着三四郎和美祢子看，那双眼睛里明显地充满憎恶的神色。三四郎感觉自己被那目光束缚得几乎坐不住了。那人走过去了。目送着陌生人的背影，三四郎仿佛刚刚才想起似的说：

“广田先生和野野宫君，发现咱们不见了，也会寻找咱们吧？”

“不会的，放心吧。咱们是迷路的大孩子。”美祢子倒是很淡定。

“正因为怕咱们迷路，才会找的呀。”三四郎依然坚持自己的主张。于是，美祢子用更加冷冰冰的口气说：

“都是想逃避责任的人，所以求之不得呀。”

“你说的是谁？广田先生吗？”

美祢子没有回答。

“是野野宫君吗？”

美祢子还是不回答。

“感觉好些了吗？好些的话，咱们该回去了。”

美祢子默然看着三四郎。这使得刚刚要起身的三四郎，又坐在了草地上。此时，三四郎莫名感到自己根本对付不了这个女子。同时，伴随着隐约意识到自己的内心已被对方看穿，而生出某种屈辱感。

“迷路的孩子。”

美祢子注视着三四郎重复了这句话。三四郎没有回答。

“你知道‘迷路的孩子’译成英语怎么说吗？”

三四郎没有料到她会提出这个问题，竟然一时说不出是知道还是不知道。

“我教给你吧。”

“好。”

“Stray sheep[①]，你明白吗？”

三四郎一遇到这种场合，便会感到困窘。每当错过说话时机，待头脑冷静下来后，回顾已发生之事便后悔不迭，当时要是那样说就好了，这样做就好了等等。话虽如此，但自己又没有浅薄到预知会后悔而勉强自己去应对，装得很自然地信口放言的地步，所以只有沉默了。他自知这样默不作声有多么愚笨。

对于“Stray sheep”这个词，三四郎好像明白，又好像不明白。与其说是对于词语本身的理解，不如说是对于美祢子使用这个词的用心难以判断。三四郎徒然盯着美祢子的脸庞，一

① 英文：迷途的羊。

直默不作声。这时，美祢子忽然严肃起来。

“我让人感觉很傲慢吗？”

她的语调里含有辩解的意味，令三四郎倍感意外。迄今为止，他就像身在五里雾中，期望着云开雾散。美祢子这句话，驱散了迷雾，露出了女子的本来面目。三四郎不禁觉得雾散得有点儿可恨了。

三四郎想要让美祢子的态度还原为之前那样——宛如两人头上那广阔无垠、既非清澄又非混沌的天空那样——蕴含深意。但是他也知道，这不是靠说几句恭维话取悦她就能还原的。

“咱们回去吧。”美祢子猝然说道。她说话的口气并没有不悦之意。然而，在三四郎听来，却似乎是对自己这个无趣之人感到失望的平静语调。

天空的模样又开始变了。风从远处吹来，广阔的田野上日光暗淡下来，远远望去寂寥得令人发冷。身体由于草地产生的湿气而冷冰冰的。三四郎这才意识到，竟然在这种潮湿的地方坐了这么久。如果是自己一个人的话，早就跑到什么地方去了。美祢子也……不过，美祢子这样的女子也许会在这种地方坐很久的。

“感觉有点儿冷了，还是站起来吧，着了凉可不好。你怎么样？心情完全恢复了吗？”

“嗯，完全恢复了。”美祢子开朗地回答，马上站起身来。当她站起来时，小声地自言自语般拉长声音说了一句“Stray sheep”。三四郎当然没有回答。

美祢子指着刚才那个穿西服的男人走出来的方向说："那边要是有路的话，我想从那个挂辣椒的房子旁边穿过去。"两人便朝那边走去。茅屋后面果然有一条三尺宽的小路。走到一半时，三四郎问道：

"良子小姐决定到你家去住了吗？"

美祢子只有半边脸笑了一下，接着反问了一句：

"你为什么问这个呢？"

三四郎正想说什么，看见脚跟前有一处泥泞，约莫四尺来宽，土地凹陷，积成了水洼。有人在那水洼中央放了一块适合垫脚的石头。三四郎没有借助那块石头，直接跳了过去，然后回头看美祢子。美祢子将右脚踏在泥水正中的那块石头上，由于石头不平稳，她必须用力踩住，晃动着肩膀保持身体平衡。三四郎从这边伸出手去。

"抓住我的手。"

"不用，我能行。"美祢子笑了。

三四郎伸出手之后，她仍旧自己找着平衡，迟迟不跨过去。三四郎缩回了手。美祢子这才将身体重心放在踏着石头的右脚上，伸出左脚轻轻跨了过去。由于她太在意会把木屐弄脏，用力过大，腰部失去平衡，上身向前倒下去。美祢子就势双手抓住了三四郎的两只手腕。

"Stray sheep"，美祢子喃喃自语，三四郎能听到她的呼吸声。

6

下课铃响了，老师走出了教室。三四郎甩了甩钢笔尖上的墨水，正要合上笔记本，这时，坐在旁边的与次郎跟他搭话。

“喂，给我看一下你的笔记，有的地方漏记了。”

与次郎拿过三四郎的笔记本，从上向下看，只见本子上写满了“Stray sheep”。

“你写这个干什么呀？”

“记笔记厌倦了，随便乱写的。”

“你这样不用功可不行。老师讲的是关于康德[①]的超唯心

① 康德（Immanuel Kant，1724—1804），德国哲学家。启蒙运动时期最重要的思想家之一，德国古典哲学创始人。同时，他也是天文学家、星云说的创立者之一。主要著作有《纯粹理性批判》等。

论与贝克莱[①]的超现实论有什么关联吧。”

“有什么关联呢？”

“你刚才没有听吗？”

“没有。”

“你就是个Stray sheep，没办法。”

与次郎抱着自己的笔记本站了起来，离开桌子时对三四郎说：

“喂，你跟我来一下。”

三四郎跟着与次郎走出教室，下了楼梯，来到玄关外面的草地上。这里有一棵大樱树，两个人在树下坐下来。

这块草地一到夏初就会长出一片苜蓿。与次郎拿着入学志愿书到办公室去的时候，就看到这棵樱树下边躺着两个学生。其中一个对另一个说：“要是唱都都逸[②]可以给口试加分，让我唱多少首都没问题。”另一个小声哼唱起来：“好想在风流潇洒的博士面前，考考恋爱试题啊。”从那以后，与次郎就爱上了樱树下面的这块地方，一有什么事，他就把三四郎拉到这儿来。当三四郎听与次郎告诉他这个经历时，才明白他用民谣来翻译“Pity's akin to Love”的缘由了。不过，今天与次郎一改平日的没正经，在草地上盘腿一坐下，就从怀中掏出《文艺时评》杂志，打开某页，倒过来递给三四郎看。

---

① 乔治·贝克莱（Georgt Berkeley，1685—1753），爱尔兰哲学家。英国近代经验主义哲学的三位代表人物之一。

② 一种俗曲，由七七七五句式的白话构成，歌唱男女情爱。

“怎么样？”与次郎问。三四郎一看，标题是大号铅字印的《伟大的黑暗》。下面的署名使用的是“零余子”这么个雅号。“伟大的黑暗”，是与次郎素来评价广田先生的词语，三四郎也听他说过两三回。然而，“零余子”这个名字却从来没有听过。听到“怎么样”这句问话时，三四郎在回答之前，先看了看与次郎的脸，与次郎将他那扁平面孔向前探出，用右手食指摁着自己的鼻尖，保持这个姿势不动。站在对面的一个学生看见他这副样子，嘿嘿地笑出声来，与次郎这才把手指放了下来。

“这是我写的。”他说道。

三四郎这才恍然大悟：

“我们去看菊偶人那天，你写的就是这篇文章吧？”

“哪里，那只是两三天前的事呀，怎么可能那么快就印出来？那篇是下个月发表。这是以前写的了。写了什么，看标题就知道吧。”

“是关于广田先生吗？”

“嗯，要先写文章造造舆论呀。这是为先生进入大学铺路……”

“这个杂志有那么大的能量吗？”

三四郎连这个杂志的名字都不知道。

“哪有什么能量啊，要不怎么发愁呢。”与次郎回答。

三四郎忍俊不禁，问道：

“能卖出多少本呢？”

与次郎也没有回答能卖多少本。“无所谓啦，总比不写要好吧。”他自我辩解地说。

三四郎继续往下问，才知道与次郎以前就和这家杂志有关系，只要有时间，几乎每期他都要发文章，而且每期都换个名字，所以除了两三个同人之外，谁也不知道作者是他。原来如此。可以说三四郎现在才知道与次郎与文坛之间的关联。不过，与次郎为何总是形同儿戏般，匿名发表他的所谓大论文，这一点令三四郎无法理解。三四郎曾经不客气地问他：

“你是为了挣几个零花钱，才写文章的吗？”

与次郎听了，瞪圆了眼睛：

“你刚从九州乡下出来，所以不了解主流文坛的动态，难怪说出这种不着边际的话来。身处当今思想界的中心，目睹变幻莫测的局面，有识之士怎能佯作不知呢？实际上，今天的文权完全掌握在我们青年人手中，因此不积极主动地发表哪怕是只言片语，岂不是一种损失吗？文坛正以急转直下之势经受着目不暇接的变革。整个社会都朝着新时代滚滚向前，所以万万不可被时代抛弃。只有自己主动营造这种气势，生命才有意义。人们总是‘文学、文学’的，把它说得很肤浅，那不过是大学课堂上讲的文学。新时代的我们所说的文学，是人生本身的真实反映。文学的新气势必然会影响整个日本社会的发展，而且已经产生了影响。当人们睡午觉做梦的时候，已经不知不觉间受到影响了。多么可怕啊！……”

三四郎一直默默地听着，感觉他有些夸大其词。然而即便是牛皮，与次郎仍然满腔热情地吹着，至少他本人好像极其真诚。三四郎被深深打动了。

“原来你是靠着这种精神写文章的呀。难怪有没有稿费都无所谓了。”

“也不是，稿费还是要的，能拿多少就拿多少。但是杂志销路不好，稿费常常寄不来，得设法多卖些杂志才行。你有没有什么好主意？”与次郎竟然跟三四郎商量起来，话题突然落到了现实问题上。三四郎只觉得怪怪的，与次郎却是泰然自若。这时上课铃声刺耳地响了起来。

“这本杂志先给你，有空看看吧。《伟大的黑暗》这个题目很有意思吧？一看这个题目，读者肯定会觉得惊奇。标题不吸引眼球，就没有人读，肯定不行的。”

两人由正门进入教室，坐在位子上。不一会儿，老师来了。两人都开始做笔记。三四郎想看《伟大的黑暗》，就把《文艺时评》摊在笔记本旁边，利用记笔记的间隙，悄悄读起杂志来。幸好老师近视眼，而且全神贯注在讲课上，一点儿没有发现三四郎的违纪行为。三四郎更来劲儿了，一会儿记笔记，一会儿看杂志。这样一心二用，很难两全其美，结果《伟大的黑暗》也好，笔记也好都不甚了了。与次郎的文章，他只清晰地记住了其中的一句话：

“自然界为造就一颗宝石要花费几多星霜？！这璀璨的宝石直到被采掘为止，又不知被静静埋没了几多流年？！”其余的内容都不得要领。不过，在这节课里，三四郎没有写一个“Stray sheep”。

“觉得怎么样？”一下课，与次郎就问三四郎。

三四郎回答“还没有好好看”。与次郎批评他是个不会抓紧时间的人，务必要好好读一读。三四郎保证回家后一定认真拜读。转眼到了中午，两人一起出了校门。

“今天晚上你会出席吧？”与次郎走到进入西片町的小巷拐角时停住了脚步。今晚召开同年级学生聚会，三四郎把这件事忘得死死的，听了与次郎这句话才想起来，回答“会出席”。

“你去之前来找我一下，我有事跟你谈。”与次郎说。他耳后夹着钢笔，一脸的志得意满。三四郎应承下来。

三四郎回到住所，泡了个澡，舒舒服服地回到房间，看到桌上有一张绘画明信片，上面画着小河，绿草茵茵，草地边上卧着两只羊。河对岸有个高大男子，拄着拐杖站着。那男子的相貌十分凶恶，完全模仿西洋画中的恶魔，还特别在旁边写了“devil”，并用日语字母标注“恶魔”。明信片正面，在三四郎的名字下面，只用小字写着“迷途的羊”。三四郎立即明白了“迷途的羊”所指何人。不仅如此，在明信片的背面，画着两只迷途的羊，其中一只是暗指他三四郎的，这使他欣喜若狂。原来迷途的羊里不仅有美祢子，他自己也是包括在内的。看来这是美祢子的意图。看了这画面，美祢子所说的“Stray sheep”一词的用意，三四郎总算弄清楚了。

三四郎本想读一读和与次郎约定的《伟大的黑暗》，却没有心情。他反复审视着明信片，陷入了沉思。他觉得这幅画里包含着连伊索寓言都没有的滑稽情趣，既天真又俏皮，又在这些表象下面，隐含着某种打动三四郎心灵的东西。

从画法来说，也令人敬佩之至。几层意思一目了然，良子画的柿树无法与之比拟。三四郎这样感觉。

磨蹭了一会儿，三四郎才读起了《伟大的黑暗》。尽管他起初有些漫不经心，可读了两三页后，渐渐被其吸引，来了兴致，不知不觉间读了五六页。就这样，轻轻松松地读完了这篇长达二十七页的论文。当他读完最后一句时，才发现文章到此结束了。他抬起头来，心说，啊，居然读完了。

紧接着三四郎开始回想究竟读了些什么，却什么也想不起来。空洞无物得匪夷所思。只剩下了心潮澎湃地一气读完的感觉。三四郎很佩服与次郎写文章的伎俩。

论文起于攻击现今的文学家，终于赞美广田先生。尤其毫不留情地痛骂了在大学文科里任教的西洋人。归结起来如下：

> 倘若不尽快招聘适当的日本人开设与大学相称的课程，那么作为最高学府的大学也将变得与旧时的私塾无异，变成如同砖头制作的木乃伊一样了。当然，倘若没有人才可选另当别论，可是眼前就有一位广田先生。先生十年如一日执教于高级中学，甘于薄薪和无名，乃是真正的学者，是足以胜任为学界的新气势做出贡献、同日本现实社会紧密联系的教授的人选。

不过，这些内容是用堂而皇之的口吻和璀璨夺目的警句充数，抻长为二十七页的文章的。诸如“以秃头为荣的只有老人”“维纳斯像诞生于海中，有识之士不出自大学”“将博士看作学界的特产，好比把海蜇看成田子浦[①]的特产”等趣味盎然的句子，文章里比比皆是。然而，除此之外便没有什么值得一提的了。尤其令人大跌眼镜的是，把广田先生比作“伟大的黑暗”同时，捎带着把其他学者比作圆筒座灯，充其量只能朦胧照亮两尺远的地方等等，将这些广田先生说他的话，原封不动地照搬过来。而且同上次一样特意说明，圆筒座灯和烟袋锅之类，均属旧时代的遗物，对于我们青年人一无所用。

仔细想来，与次郎的论文里充满了勃勃生气。仿佛他一个人就代表了新日本似的，所以读其文章时会不由自主地产生共鸣。不过，文章实在是空洞无物，犹如在打一场没有根据地的战争。不仅如此，从负面角度分析，这种写法也不排除谋略之意。乡间出身的三四郎虽然不能很好领会其中的玄机，但读了之后，扪心自问，总感到有些不满意的地方。三四郎又拿起美祢子的明信片，细看起两只羊和那个恶魔来。还是这明信片让三四郎感到万事快意。随着这种快感，刚才看文章的不满越发强烈了。于是三四郎不再想论文的事了。他想给美祢子回封信，不幸的是自己不会画画，那么就写篇文章吧。要是写文章，措辞非得同这张明信片相匹敌才成。那可不是那么容易写得出来的。这样左思右想地耗了半天，已经四点多了。

三四郎穿上和服的裙裤，到西片町去找与次郎一起出去。他从后门进去后，看到餐室里广田先生正坐在小饭桌前吃晚

① 位于静冈县富士市的海滨。特指骏河湾西沿岸。北望富士山，自古以来就是东海道的名胜。

饭，与次郎在一旁恭敬地伺候着。

“先生，味道怎么样？”与次郎问。

先生好像正在咀嚼什么硬东西。三四郎向桌上一瞧，看见盘里摆着十来个怀表大小的烤焦的东西，又红又黑的。

三四郎坐下来，施了一礼。先生嘴里还在费劲地嚼着。

“喂，你也尝一个吧。”与次郎用筷子从盘中夹出一个放在三四郎手里，三四郎一看，原来是酱烤蛤蜊干。

“怎么吃这种怪玩意儿？”三四郎问。

“怪玩意儿？好吃着呢。你尝尝看，这可是我特意给先生买来的。先生说还没有吃过它哩。”

“从哪儿买的？”

“日本桥。”

三四郎觉得好笑。一谈及吃喝，与次郎的架势与刚才谈论论文时就不同了。

“先生，怎么样？”

“真够硬的。”

“硬是硬，很好吃吧？一定要多嚼一嚼，越嚼越有滋味。”

“咀嚼到尝到味道，牙齿已经酸了。你怎么想起买这种老掉牙的东西呢？”

“不喜欢吗？这东西也可能先生吃不惯，换作里见家的美祢子小姐的话，多半爱吃吧。”

“为什么？”三四郎问。

“像她那样沉稳，会一直嚼到品出滋味为止的。”

“那女子虽沉稳，却任性。”广田先生说。

“嗯，是任性，有如易卜生笔下的女性。”

“易卜生笔下的女性都是表露外在的，而那女子是内心任性。不过，虽然说她任性，却并非一般意义上的任性。相比而言，野野宫君的妹妹看起来虽任性，却反而有女人味儿。很奇妙吧。”

“里见小姐是属于内向的任性吗？”

三四郎一直默默倾听着两个人的点评，对二人的说法都不能赞同。“任性”这种词，怎么能用在美祢子身上呢？这是他最不能理解的。

不一会儿，与次郎换上裙裤出来了，对先生说：

“我们出去一下。”先生没言语，继续喝着茶。

两人走出大门，外面已经黑下来了。刚走出大门五六米，三四郎就忍不住对与次郎说：

“先生刚才说里见小姐很任性吧。”

“嗯，先生一向口无遮拦，所以有时候想说什么说什么。首先，先生点评女子就着实滑稽。因为先生对于女人的了解恐怕是零吧。未曾恋爱过的人，怎么会懂得女人呢？”

“先生那么说先不管他，你不是也赞成先生的说法吗？”

“嗯，我是说她任性了。怎么啦？”

“你说她到底哪方面任性呢？”

“并不是说她具体哪里任性。现代的女性全都是任性的，不光是说她。”

“你不是说她很像易卜生笔下的人物吗？”

“我是说了。”

“那么你认为她像易卜生笔下的哪个人物呢？”

“哪个人物嘛……反正很相像。”

三四郎当然不服气，但也没有追问下去。两个人又默默地走了几步后，突然与次郎这样说：

“与易卜生的人物相似的不只是里见小姐。当今的一般女性都很相像。不仅是女性，凡是接触过新时代空气的男子，都有着类似易卜生笔下人物的地方。只不过无论男人还是女人，都不能像易卜生的人物那样随心所欲罢了，但是他们内心里都深受其影响。”

“我可没有受到什么影响。”

“你是在自欺欺人——任何一个社会，都不可能没有缺陷。”

“那是肯定的。”

“既然如此，生活在社会里的动物，就会感到不满足。易卜生的人物都是非常深切感受到现代社会制度缺陷的人。我们也会渐渐变成那样的人。”

“你这样认为吗？”

“不光是我，有识之士都是这样看的。”

“你家的先生也这样认为吗？”

“我家的先生？先生怎么想我不知道。”

“可是，他刚才评论里见小姐，不是说她沉稳而任性吗？具体解释这个评语的话，由于能够和周围保持和谐关系，因而是沉稳的，又因为对一些事感到不满足，所以内心是任性的。

不就是这个意思吗？”

“所言极是……先生确实有其过人之处啊。在这些问题上，他确实令人钦佩。”

与次郎突然夸赞起广田先生来了。三四郎本想就美祢子的性格再进一步探究一下，不料被与次郎这句话给噎回去了。与次郎接着说：

“其实我今天找你是为了……唔，你读完我那篇《伟大的黑暗》了没有？要是没有事先读过，我要说的事就很难听进去。”

“今天一回家就读了。”

“感觉如何？”

“先生怎么说的？”

“先生不可能读呀，他根本就不知道。”

“是这样啊。写得倒是很有趣，不过感觉就像喝了一肚子啤酒，不解饿似的。”

“这就足够了。读过它只要能振奋士气就行。所以我才匿名发表的。反正现在是准备时期，先这样发表，到了适当的机会，再把真名亮出去。这个事就这样吧，现在跟你说一下我为什么事找你。”

与次郎要拜托的事是这样的：在今晚的聚会上，他打算对本年级学科萎靡不振之事发表一通不满，所以三四郎也必须跟他呼应才行。萎靡不振是事实，其他人也会表示不满之意的。然后，进入大家共同商讨挽回之策的环节。此时与次郎就提出，当务之急是聘请一个合适的日本人进大学任教，大家都会表示赞成。既然说得有道理，大家当然会赞成的。下一步就该商量推荐什么人最合适了。届时，与次郎便提出广田先生的名字。到时候，三四郎要给与次郎敲敲边鼓，极力赞美广田先生。不如此的话，那些知道与次郎是广田先生食客的人可能会起疑心。自己是食客不假，别人怎么看都不在乎，只是万一牵连到广田先生就太对不住先生了。当然，另外还有三四个同志，按说没有问题，但是多一个人就多一分把握。因此，要是三四郎能够多帮着美言几句是最好不过了。还有，当众人意见终于趋于一致之际，要选出代表去见校长。当然了，今晚也许到不了这一步，也没有必要到那一步。到时候得随机应变……

与次郎的确能言善辩，只可惜他的口才显得油滑有余，庄重不足。在谈论某些事情时会令人生疑，觉得他似乎是在一本正经地说笑话。不过，今晚的事原本就是有意义的活动，所以三四郎也大体上表示赞成。只是觉得在做法上未免有些耍花招之嫌，不甚喜欢。与次郎当即在道路中央停住了脚步，两人刚好来到森林町神社的鸟居前面。

“虽说是耍花招，但是我所做的事，不过是为了确保按照自然规律实现目标，预先人为做些设置罢了。这与谋划违背自然的蠢事有着本质的区别。即便是耍花招也没什么不可以的，花招不等于是坏事。因为只有坏的花招才是坏事。”

三四郎无言以对，他虽然想辩驳，却说不出口。在与次郎的辩解中，只有那些自己还未充分思考的部分清晰地印在脑子里。三四郎不得不对其诡辩才能相当佩服。

“说的也是。”三四郎含糊其词地回答，两人又并肩走起来。一走进正门，眼前豁然开朗，高大的建筑在夜色中黑乎乎地耸立于四处。那些轮廓清晰的楼顶上方是朗朗的夜空。今夜繁星满天。

“好美的夜空！”三四郎说。与次郎也望着天空，走了两米左右，突然叫了三四郎一声。

“喂。”

“什么事？”三四郎以为他要接着谈刚才的事。

“你看到这美妙的天空，有什么感想？”

不料与次郎嘴里居然能说出这样的话来。虽说“无限”“永恒”之类的现成词汇随手拈来，可一想到会被与次郎嘲笑，三四郎便缄默不语了。

“我们真是徒劳啊。从明天开始，干脆停止那个计划如何？即便写了《伟大的黑暗》，恐怕也起不了什么作用。”

“你怎么忽然说出这么泄气的话来？”

“望着这美丽的夜空，就不由得这样想……喂，你迷上过女人吗？”

三四郎一时答不上来。

“女人是很可怕的噢。”与次郎说。

“是很可怕，我也知道。”三四郎说。

与次郎听了哈哈大笑起来，这笑声在寂静的夜晚显得格外响亮。

“你哪里知道呀，你哪里知道呀？”

三四郎有些不悦。

“明天也是好天气，运动会赶的日子真好。肯定有许多漂亮的女子来观看，你务必来瞧瞧。”

黑暗中两个人来到了学生集会所前，屋子里灯火通明。

他们沿着木造回廊走进室内，早到的人已经自然聚集成几个小圈子了。圈子有大有小，一共有三个。也有的人刻意离开大家，默默地阅读屋内准备的杂志或报纸。说话声无处不在，仿佛说话的人比聚集的三堆人要多似的。但是，比较以往的聚会，还算是平和安静的。倒是吸烟的人不少，满屋子烟气腾腾的。

人们陆续到来。黑色人影从暗夜中突然出现在露天回廊上，一个个被灯光照亮，走进室内来。有时一连串五六个人一起暴露在灯光下。不多会儿，出席的人大致到齐了。

与次郎早已在烟雾弥漫中一刻不停地四处走动起来。每走到一处就跟某人小声说些什么。三四郎望着这情景，心里想，马上就要开始运作那件事了。

过了不久，一位干事大声招呼大家就座。餐桌当然是事先准备好的。大家随意入席，根本不排什么序，然后开始用餐。

三四郎在熊本的时候只喝过赤酒。所谓赤酒，是熊本当地出产的一种低档酒。熊本的学生都喝这种赤酒，他们以为喝这种酒是天经地义的。偶尔下馆子，也总是去牛肉馆。那牛肉馆里的牛肉有可能是用马肉冒充的。学生们常常抓起盘中的肉，朝店铺的墙上扔去。据说掉下来的是牛肉，粘在墙上的就是马肉。就像占卜似的。对于乡下来的三四郎来说，这种绅士般的学生聚会非常新奇。他欢喜地使用刀和叉子吃起来，其间还喝了不少啤酒。

“学生集会所的菜难吃吧？”坐在三四郎旁边的人对他说。这男的剃着光头，戴着金丝眼镜，是个很老实的学生。

“是啊。”三四郎含糊其词地回答。他想，对方若是与次郎，自己会坦率地告诉他：“我这样的乡巴佬，觉得这菜非常好吃！”然而，这种坦率倘若被对方听成反讽就不好了，所以就没有实话实说。这时那个学生问：

“你在哪里读的高中？”

“熊本。”

“熊本吗？我的表弟也在熊本读过高中，听他说那个地方很落后呢。”

“是个野蛮的地方。”

两人正在交谈时，对面突然有人大声喧哗起来。只见与次郎正和邻座的两三个人激烈地辩论着什么，不时地说一句“de te fabula[①]”。三四郎不懂这个词的意思，但是和与次郎辩论的对手，每次听他说这个词就大笑一通。与次郎也愈加得意起来，大嚷着“de te fabula，我们新时代的青年……”。坐在三四郎斜对面的一个肤色白皙、很斯文的学生，放下手里的餐刀，望着与次郎他们争执的场景，半开玩笑地说了一句法语：“Il a lediable au corps（恶魔附体了）。”对面的几个家伙好像完全没听到，此时一齐高高举起四个啤酒杯，得意地碰杯呢。

---

① 古罗马诗人、批评家贺拉斯（Quintus Horatius Flaccus，公元前65—前8）的《讽刺诗》第一卷第一首里的一个词，意即“说的正是你”。原句是“quid rides，Mutato nomine de te fabula narratur.”（有什么好笑，只要换一个名字，说的正是阁下。）

“他可真活跃呀。”三四郎身旁那个戴金丝眼镜的学生说道。

“嗯，他很能说。”

“他曾经请我到淀见轩吃过咖喱饭。我根本不认识他，可是他突然来找我，说是咱们去淀见轩吃饭吧，到底把我拉去了……”

那个学生哈哈哈地笑起来。三四郎这才知道，被与次郎带去淀见轩请咖喱饭的，并非自己一个人。

这时咖啡上了桌。有一个人站了起来，与次郎热烈地鼓掌，其他人也立刻跟着鼓起掌来。

那个站起来的人，身穿崭新的黑色制服，鼻子下面已蓄有胡须，个子很高，站在那里很是帅气。他演讲般说起话来：

“我们今夜来这里聚会，为了增进友谊尽一夕之欢，这本身就是一件让人愉快的事。不过，这次聚会不单单具有社交意义，还会产生某种强烈的影响。我偶然意识到这一点后，便忍不住站起来发言。这次聚会，以啤酒开始，以咖啡结束，是一次极其普通的聚会。然而，我们这四十来个饮啤酒、喝咖啡的人都不是平庸之辈。而且我们从开始喝啤酒，到喝完咖啡的这段时间内，已经感受到自己的命运在膨胀了。

“倡导政治自由已是老掉牙的事，主张言论自由也成了过去时。所谓‘自由’，并不单是表达容易浮现于这些学说表面的现实的专有名词。我们新时代的青年相信，我们即将融入必须呼吁伟大的心灵自由的时代潮流了。

“我们是不堪忍受旧日本压迫的青年。同时，我们也是不堪忍受新西洋压迫的青年，我们生活在不能不把这件事情向人们宣告的状况之下。新西洋的压迫，无论在社会上还是在文艺上，对于我们新时代的青年来说，都和旧日本的压迫一样，是令我们痛苦的。

“我们是研究西洋文艺的人。但是研究毕竟是研究，这与屈服于西洋文艺有着根本的区别。我们并非为了被其束缚而研究西洋文艺的。而是为了让被束缚的心灵得到解脱才研究西洋文艺的。凡是不符合这一宗旨的文艺，无论被强置于任何高压之下，我们都抱有绝不学习它的自信和决心。

“我们在拥有自信和决心这一点上，与一般的人有所不同。文艺既不是技术，也不是商务，它是能够更多地揭示人生根本意义的社会原动力。我们正是在这种意义上研究文艺，在这种意义上拥有上述的自信和决心，在这种意义上来预测今晚聚会产生的非同一般的重大影响的。

“社会正处于剧变之中，作为社会产物的文艺也随之变化着。为了顺势而动，按照我们的理想引导文艺，就必须团结零散的个人，来充实、发展和扩充自己的命运。今晚的啤酒和咖啡，在进一步推进这种潜在目的的意义上，是比普通的啤酒、咖啡的价值要高出百倍的高贵的啤酒和咖啡。”

他演讲的内容大致是这些。演说结束时，在座的学生们一齐大声喝彩，三四郎也是热烈欢呼者中的一个。这时，与次郎突然站了起来，发表演讲：

“de te fabula，即便谈论莎翁写过多少万字，易卜生的白发有几千根等等，又有何意义！当然，即便听了那些愚蠢课程，我们也不可能被其束缚，所以不用担心，只是太对不起大学了。无论如何，我们必须聘请能够满足新时代青年渴求的人来上课。西洋人是不行的，关键是他们不受欢迎。……”

演讲又博得了满堂喝彩，大家都在笑。与次郎旁边的一个人喊道：

“为了de te fabula，干杯！”刚才那个演说的学生立刻表示赞成。不巧，啤酒都喝光了。与次郎说了声“这好办”，马上朝厨房跑去了。侍者送上酒来。大家刚干完一杯，就有人提议：

“再干一杯。这回要为《伟大的黑暗》干杯！”与次郎周围的人一齐哈哈大笑起来。与次郎不住地搔头。

散会之后，当所有年轻人都在暗夜中散去时，三四郎问与次郎：

“de te fabula是什么意思？”

“是希腊语。”

与次郎没有再解释什么，三四郎也没有再追问，两个人在美丽的夜空下回去了。

第二天果然是好天气。今年比往年的气候变化缓慢多了，今天尤其暖和。三四郎一大早就去澡堂泡了澡。世人多为生活忙碌，故而闲人寥寥，所以午前澡堂里没什么人。三四郎看到更衣间里挂着三越吴服店的招牌，上面画着一个美丽的女子。看那女子的相貌有些像美祢子。但仔细端详，眼神不一样，牙齿看不清楚。美祢子的脸上最让三四郎惊异的，就是她的眼神和牙齿。听与次郎说，那女子是因为有点儿龅牙，所以牙齿总是那么显眼，但三四郎绝不这样想。……

三四郎泡在热水里，脑子里一直在想这些事，结果也没有好好洗身体就上来了。虽说从昨晚开始，他作为新时代青年的自觉突然间增强了，但是增强的只是自觉，身体还是老样子。每到节假日，三四郎比其他人要悠闲得多。今天，他打算下午去观看大学举行的田径运动会。

三四郎一向不太喜欢运动，在家乡的时候，曾经参加打过两三次野兔。上高中后，学校举行划船比赛时，他担任过摇信号旗的角色。那次他把蓝旗和红旗摇错了，招致众人埋怨。不过，这事还要怪终点线上鸣枪的教师出了差错。枪是打了，可是没有响。这就导致了三四郎的惊慌。打那以后，三四郎便对运动会敬而远之了。但是，今天是他来东京后的第一个运动会，打算一定去看看。与次郎也劝他务必去瞧瞧。据与次郎说，比起看比赛，倒是看女子更值得一去。在那些女子中间，应该有野野宫君的妹妹吧。那个美祢子估计也会和野野宫君的妹妹在一起吧。三四郎很想去观众席，跟她们寒暄寒暄。

正午刚过，他就出了门。运动会的入口在运动场的最南端。那里交叉着日本和英国的两面大国旗。太阳旗自然无话可说，但是出现英国国旗不知是何用意。三四郎想，也许是表示日英同盟？不过，日英同盟与学校的田径运动会有什么关系呢？他怎么也想不明白。

运动场是一块长方形的草坪。已是深秋，绿色草坪枯淡了不少。看台位于西边，后面是一座巨大的假山，假山和运动场的木栏杆之间的空场，就是观众看比赛的地方。由于地方狭窄，观众又多，人们都紧挨着坐着。幸好阳光明媚，天气不怎么冷，但穿着外套来的人不少，不过也有打阳伞来的女子。

三四郎感到失望的是，男女座席是分开的，不能随便去女宾席。而且，来了许多身穿长礼服的傲慢人物，从而显得自己格外渺小。以新时代的青年自居的三四郎，不免有些自卑起来。即便如此，他仍没有忘记透过人们之间的缝隙向女宾从席张望。由于是从侧面往那边看，所以看不太清楚，但那边果然是色彩缤纷。女人们都打扮得花枝招展，加上距离较远，所有女人看上去都很漂亮，不过，也没有哪个女人特别突出地漂亮，只是有着一种整体美。那是女人征服男人的色彩，并非甲女胜过乙女的色彩。因而三四郎再度感到失望了。转念一想，仔细看一看，兴许能发现她们在什么地方呢。于是他凝神搜寻了一圈，终于发现她们两个人并肩坐在前排最靠近栅栏的地方。

三四郎好容易找到了目标，觉得可以先告一段落了，刚刚放下心来，马上看见五六个男子从他面前冲了过去，原来是二百米赛跑结束了。冲刺线就在美祢子和良子座位的正前方，而且近在咫尺，所以这些猛男也必然闯进了正盯着她俩看的三四郎的视野。这五六个人很快增加到了十二三人，好像都气喘吁吁的。三四郎把这些学生的态度和自己的态度相比较，为二者的差距感到吃惊。他们为何会那样拼命地奔跑呢？而女人们都兴致勃勃地在观看。似乎在那些女人当中，美祢子和良子也是最兴奋的。三四郎也想拼命地跑一跑了。第一个到达终点的人，穿着紫色短裤，面向女宾席站着。三四郎定睛一看，很像在昨晚聚餐会发表演说的那个学生。个子那么高，当然会得第一了。记分员在黑板上写上了“25.74秒”。写完后，将粉笔头向对面一扔，朝这边转过脸来，三四郎这才认出是野野宫君。

今天，野野宫君一改往日的装扮，穿着纯黑色的礼服，胸前挂着工作人员的徽章，气宇轩昂。他掏出手帕，掸了几下西服袖子，然后离开黑板，穿过草坪走过来。他走到美祢子和良子的座席跟前，从很低的栅栏那边把头伸进女宾席，说着什么。美祢子站起来，走到野野宫君跟前，两人好像隔着栅栏说起话来。突然美祢子回过头来，脸上洋溢着灿烂的笑容。三四郎从远处不眨眼地盯着他们两个人。这时，良子站起来，也向栅栏跟前走去。两个人变成了三个人。这时，草坪上开始投掷铅球了。

恐怕没有比投铅球更费力气的比赛项日了，也没有比这种费力气的比赛更乏味的了。只是名副其实地在投铅球，完全没有任何技巧可言。野野宫君站在栅栏前，看了一会儿铅球比赛，呵呵笑起来。大概他觉得在那里会影响别人观看吧，就离开隔断回草坪中去了，两位女子也坐回到原来的席位上。铅球一个接一个地投着，第一名究竟能投多远，三四郎一无所知。三四郎觉得自己傻乎乎的，但依然很克制地站在那儿观看。终于决出了胜负，野野宫君又在黑板上写上了“11.38米”。

接下来又是赛跑、跳远，之后开始比赛链球。到了链球这一项，三四郎实在看不下去了。他认为，运动会本应各种项目自行去比赛，并非为了让人观看的。他甚至认为，凡是热心观看那种比赛的女人都是不安分的。于是他离开会场，走到看台后边的假山前。由于这里挂着帷幕，不能通行。三四郎又返回来，走了一段铺着石子的小路，遇到三三两两从运动场出来的观众，其中也有盛装的妇女。他又向右拐去，沿着坡道一直走到了假山顶上。小路到山顶就到头了。山顶有一块大石头，三四郎坐在石头上，眺望高高山崖下面的水池。下面的运动场上发出了一阵欢呼声。

三四郎在石头上发了五分钟呆，然后想走一走，就站起身来，原地一转脚后跟，看见刚才那两个女子出现在山麓微微着色的红叶间，她们正并肩从山下走过。

三四郎从山上俯瞰着她们两人，她俩已从枝叶缝隙间走到了明亮的阳光下。如果不招呼她们，她们就从前面走过去了。三四郎想跟她们打招呼，无奈距离太远。他急忙从草坪上朝山下赶了两三步。恰好此时其中一个女子向他这边张望，三四郎便站住了，因为他不想对她们过于殷勤，运动会上看到的情景使他有些不快。

"你怎么在这里……"良子惊讶地笑着问。这女子无论看到多么陈腐的东西，也像是看见新鲜东西似的。相反，也可以想象，不管遇到多么稀罕的事情，她也会以预料之中般的目光面对的。因此，三四郎一遇到这女子，郁闷心情便一扫而光，而且会产生平和的感觉。三四郎站在原地，心想，这都是拜这双水汪汪的乌黑眼睛所赐。

美祢子也站住了，望着三四郎。然而，这双眼睛唯独在这个时候，没有任何含意。这是宛如仰视高高的树木般的眼神。

三四郎的内心恍如在看一盏熄灭的油灯。他呆立在原地，美祢子也没有动。

“你怎么不看比赛呢？”良子在山下问道。

“刚才一直在看，觉得没意思，就出来啦。”

良子回头看看美祢子，美祢子依然没有什么表情。三四郎话里有话地大声说：

“我倒想问你们为什么要走呢？刚才不是看得挺起劲儿的吗？”

这时，美祢子才露出微笑，三四郎不明白她为什么笑，向她们走近了两步。

“现在就回家吗？”

两个女子都没有回答。三四郎又朝她们走近了两步。

“你们要去哪儿吗？”

“嗯，有点儿事。”美祢子小声说，听不太清楚。三四郎终于走下山坡，来到她俩跟前了。但是他只是站在那里，没有追问她俩要去什么地方。运动会那边传来了阵阵叫好声。

“现在是跳高比赛。”良子说道，“不知道这次跳过几米了？”

美祢子只是淡淡一笑，三四郎也一声不吭。他决意不插嘴跳高的话题。这时，美祢子问：

“这上面有些什么好看的吗？”

山上除了石头，就是山崖，哪里有什么好看的东西。

“什么也没有。”

“是吗？”她好像不大相信似的。

“咱们上去看看吧。”良子愉快地提议。

“你难道还不熟悉这里吗？”对方平静地问。

“好了，一起爬吧。”

良子率先往上爬，两个人跟在她后面。良子把脚伸到草地最边上，回过头来吓唬他们：

“这是绝壁！就连萨福[①]也有可能从这里纵身一跃呢。”

美祢子和三四郎都放声大笑。其实，三四郎并不清楚萨福究竟是从什么样的地方跳下去的。

“你也跳下去试试吧。”美祢子说。

“我吗？那就跳下去吧。可是这水太脏了呀。”说完良子又返回到二人这边来。

不一会儿，两个女子商量起了什么事情来。

“你要去吗？”美祢子问。

“嗯，你呢？”良子说。

“怎么办呢？”

“怎么都行啊，要不然我自己去一趟，你在这儿等我。”

“是啊……”

二人半天没有商量出个结果。三四郎一问才知道，良子想趁此机会，顺路去医院向护士表示一下感谢。美祢子想起今年夏天，自己的一位亲戚住院时有个近亲的护士，虽说可以去看望一下那个护士，又觉得也不是非去不可。

---

① 萨福（Sappho），公元前7世纪初的古希腊著名女抒情诗人，她是第一位描述个人的爱情和失恋的诗人。相传因失恋跳崖而死。

良子是个爽快的女子，最后她说了句“我很快就回来”，便一个人匆匆下山去了。三四郎和美祢子觉得这点儿事没有必要阻止，又不是必须和她一起去的要紧事，所以很自然地留在了原地。从两个人的消极态度来说，与其说是自己留下的，不如说是被她丢在这儿的。

三四郎重新在石头上坐下来。美祢子仍然站着。秋天的太阳照射在明镜般混浊的池水上。池中心有个小岛，岛上只有两棵树。青翠的松树和淡淡的红叶，枝丫相互交错着，颇有庭园盆景之趣。小岛的前方是一片苍郁茂盛的树林，反射着黑幽幽的光。

“你认识那种树吗？”美祢子从山丘上指着那片黑乎乎的树荫问。

“那是米槠树。”

“你还记得呀。”美祢子笑了。

“你刚才说想去看望的，是上次那位护士吗？”

“嗯。”

“和良子小姐去看望的不是一个人吗？”

“不是一个人，我的那位护士是说过‘这是米槠树呀’的那个。”

这回三四郎笑了：“就是那儿吧，是你和那位护士一起，手拿着团扇站的地方。”

两人站立的地方高高突出于水池，右侧还有一段和这个山丘平行的小山。站在这里可以望见高大松树和御殿的一角，以及运动场的部分帷幕和平坦的草坪。

“记得那天很热。因为医院里太闷热，我实在受不住就跑出来了，可是你为什么蹲在那里呢？”

“太热呀。那天我第一次见到野野宫君，然后去那里发了半天呆。总觉得心里没底呀。”

“你是见到野野宫君之后，才感到没底的吗？”

“不，我不是这个意思。”三四郎说着，望着美祢子的脸，急忙转换了话题。

“说到野野宫君，今天真是够忙活的啊！”

“是啊，居然还穿上礼服了，他肯定特别不愿意穿，要从早穿到晚呀。”

“可是，看他样子不是挺得意的吗？”

“谁呀？你说野野宫君吗？你也真是的。”

“怎么了？”

“还用说吗，他可不是当个运动会的记分员就会得意忘形的人呀。”

三四郎又转移了话题。

“刚才他去找你谈了些什么吧？”

“在运动场上吗？”

“对，在运动场的栅栏边。”

三四郎刚说出口，就想立刻把这句问话收回来了。美祢子嗯了一声，瞧着他的脸，撇了一下嘴笑了笑。三四郎难堪极了，正想说点儿什么岔开话头时，美祢子开了口：

“上次那张绘画明信片，你还没有回我呢。”

三四郎慌忙回答“我这就回”，美祢子也没有再说什么。

“你知道有个叫原口的画家吗？”她又问。

“不知道。”

“哦。”

“怎么啦？”

“也没什么，那位原口先生今天不是来看比赛了嘛，野野宫君是特意来提醒我们‘他会在运动会上给大家写生的，所以我们也得留点儿神，搞不好会被他画成漫画的。’”

美祢子走到三四郎身旁坐下来，三四郎感到自己简直像个傻瓜。

“良子小姐没有和她哥哥一同回去吗？”

“想一同回去也回不了呀，良子小姐从昨天就住在我家里了。”

三四郎这时才从美祢子嘴里听说野野宫君的母亲回家乡去了。母亲前脚走，兄妹俩后脚就商定，退掉大久保的房子，野野宫租房子，良子暂时住到美祢子家，每天从她家去学校。

三四郎最感惊奇的倒是野野宫君这种乐天个性，既然能这样轻易地重回寄宿生活，当初就不如不租房子自立门户了。别的不说，他置办的那些锅碗瓢盆等家当该怎么处理呢？三四郎杞人忧天地想到这些，可又觉得不是什么值得一提的事，就没有多加评论。

再者说，野野宫君从一家之主退下来，再度回到纯粹书生的生活状态，等于是离家族制度远了一步。对他自己来说，即是将眼前的麻烦处境稍稍延后了一些，自然是求之不得。因此，良子就去和美祢子住在一起了，而这对兄妹若不时常往来就不能保持亲情。在不断来往的过程中，野野宫君和美祢子的关系也会一点点亲近起来。这么一来，野野宫君说不定会迎来永远告别寄宿生活的那一天。

三四郎一边想象着这疑问重重的未来，一边应和着美祢子，完全心不在焉。他竭力掩饰内心，表面上仍然装出平日那样的表情，感到很痛苦。恰好这时候良子回来了。两个女子又商量起要不要回去继续看比赛。可是秋季白天变短，太阳快要落山了，随着太阳西沉，开阔的外部空间渐渐寒气袭来，最后二人还是决定回去。

三四郎也想告别两位女士回住所，可是三个人边走边聊，一直没有找到合适的告辞时机。她俩好像是拉着他往前走似的，而三四郎也觉得自己是心甘情愿被她俩拉着走的。就这样三四郎跟着两个女子，绕过池边，从图书馆旁边，朝着和三四郎住处相反方向的赤门走去。这时三四郎向良子问道：

“听说你哥哥去过寄宿生活了，是吗？”

良子立刻求得赞同般说：

“是啊。到底还是这样了。他把我往美祢子小姐家里一塞，就不管了。太过分了吧。”三四郎正想对她说什么，美祢子先开口，热烈地赞扬起了野野宫君：

“像宗八先生那样的人，哪是我们能理解的呀。他总是站在令人仰视的高处，思考着重大的事情。”良子默默听着。

“做学问的人，之所以躲避烦琐俗事，甘于简单枯燥的生活，是为了搞研究不得已而为之，也是无可奈何。像野野宫君那样从事连外国人都知其名的研究的人，去过和普通学生一样的寄宿生活，也恰恰说明了野野宫君的不同凡响。寄宿处越是肮脏，就越应该尊敬他。”美祢子对野野宫君的赞美之词大致如上。

三四郎在赤门旁和她俩分了手。他朝追分方向边走边思考起来。——正如美祢子所说的那样，自己和野野宫相比，差得太远了。自己刚从乡下来东京，进入大学，既没有可以标榜的学问，也没有值得一提的见识。自己得不到美祢子对野野宫君那样的尊敬也是理所当然。这样说来，他不禁发觉自己好像被这个女子愚弄了。刚才自己在山上回答她：“觉得运动会没意思，所以来这儿的。”于是美祢子一本正经地问他：“那么在这上面有什么好看的吗？”当时自己没有多想，现在回头一琢磨，说不定是在故意嘲弄自己吧？

这样一想，三四郎逐一回想着美祢子迄今为止对自己的态度，发觉无不带着捉弄之意。三四郎站在道路中央，脸涨得红红的，低下了头。当他抬起头时，看见与次郎和昨夜发表演说的那个学生从对面并肩走过来。与次郎只朝他点点头，没有打招呼。那个学生摘下帽子，向三四郎问好，一边笑着说：“昨晚，你觉得怎么样？可不要被束缚呀。”一边走过去了。

7

三四郎从后门绕过来，问阿婆与次郎在不在，阿婆小声说，与次郎先生从昨晚就没有回来。三四郎站在后门边踌躇着。阿婆很明事理，一边说："请进来吧，先生在书斋里呢。"一边洗碗筷，看样子刚吃罢晚饭。

三四郎穿过餐室，走檐廊来到书斋门口。门开着，听得屋内有人招呼了一声，三四郎便跨过门槛走了进去。先生正面向书桌坐着，不知道桌子上是些什么，都被先生高大的身体挡住了。三四郎在门口坐下，很礼貌地问道：

"您在看书吧？"先生听了转过脸来，嘴上的胡须乱糟糟的，酷似曾经看到过的某人照片。

"哟，我还以为是与次郎呢，原来是你呀，失敬失敬！"先生说着站起身来。只见桌上摆着笔和纸，原来先生是在写什么东西。与次郎曾经感慨地说过："我家那位先生总是在写东西。可是究竟写些什么，别人就是读了也不明白。要是先生活着的时候，能够编辑出版大作还不错，万一不幸去世，就成了故纸一堆。那可太不值啦！”三四郎一看到广田先生的书桌上面，便马上联想起与次郎的这番话来。

“您要是在忙，我就回去了，也没什么要紧的事。”

“哪里，我没什么可忙的，你不妨碍我。我的事也没有多么重要，不是非赶着完成不可的。”

三四郎不知如何回答了。他心里想，倘若自己能像先生这样从容不迫，学习也会感到轻松的。过了一会儿，三四郎解释说：

“我是来找佐佐木君的，可是他不在家……”

“噢。与次郎好像从昨晚就没有回来。他总是这样四处游荡，真拿他没办法。”

“大概临时有什么重要的事要办吧？”

“他可不是有要事的人，就是个没事找事的人，像他这样的傻瓜还真少见呢。”

“他这个人相当乐观呢。”三四郎只好附和道。

“要真是乐观倒好了，问题是与次郎并非乐观之人。由于他没有定性——打个比方你就明白了，就像流经农田里的小河一样，虽说又浅又窄，水流却是千变万化的。所以说，他这人办事根本没谱。比如去赶庙会什么的吧，他会突发奇想，说出什么‘先生，买一盆松树吧’之类莫名其妙的话来。还没等你回答买不买，他已经讨价还价买下来了。不过话说回来，他在庙会上买东西可是一绝。无论你让他买什么东西，他准能极其便宜地买到手。看似相当精明吧，可有时候还净干傻事。有个夏天，大家都不在家时，他竟然把松树搬进会客室，还关上挡雨窗，上了锁。别人回来一看，松树早被热气蒸得红彤彤的了。他不管干什么都是这样毛毛躁躁，真是受不了。”

说实话，前不久三四郎曾经借给与次郎二十元钱。当时与次郎说：“两周后，就可以从文艺时评社领取稿费了，所以先借用一下。”三四郎听他说明了借钱缘由，甚是同情，便拿出刚从家乡汇来的生活费，自己只留下五元，其余全部借给了与次郎。虽然还未到还钱的期限，可是听广田先生这么一说，三四郎心里也不踏实起来。可这种事也不好对先生直言，他反而为与次郎辩解起来。

“不过，佐佐木君对先生敬佩极了，私下里为了先生尽心竭力呢。”

“他在尽什么力呢？”先生严肃起来。可是，三四郎想到与次郎特别叮嘱过自己，《伟大的黑暗》以及其他与次郎所做的与广田先生有关的一切，都不能让先生知道。正在进行中的事情，要是半途被先生知道了，他准得挨训，所以必须对先生保密。他还说，到了可以说的时候，他自己会亲口告诉先生的。所以三四郎只好把话头给岔开了。

三四郎今天到广田先生家里来，是抱有几个目的的。首先，此人的生活及其他方面与普通人全然不同，特别是有着和自己的性情毫不相容之处。因此，三四郎出于好奇心——他究竟是如何变成这样的——前来探究，好给自己做参考。其次是觉得，每次来到此人面前，都会感觉身心松弛下来，对于人与人之间的竞争也不以为苦了。野野宫君虽然也和广田先生一样，具有超凡脱俗之雅趣，但他总给人以刻意求取超脱的名声，而远流俗之欲念的感觉。因此，每当同野野宫君两人谈话的时候，三四郎总是不由得产生要尽早成就事业，为学术研究做出贡献的迫切欲求，非如此不能安宁似的，从而倍感焦虑。比起他来，广田先生却淡泊似水。先生在高级中学只教语言课，此外没有其他特长——这样说虽不免失礼，也没有看到他发表过什么研究成果，却一向泰然处之。想来先生的淡泊心态就来源于这种平淡的生活。

三四郎近来因女人而愁肠百转，若是两情相悦，恨不朝朝暮暮，另当别论，而眼下的奇妙状态令他困惑万分。究竟自己是被对方思念，还是被其捉弄？对此应该表现出畏惧，还是蔑视？是必须斩断思念，还是继续思念下去？自己全都懵懵懂懂。三四郎越想越气恼。在这种时候，只有去见广田先生才能获得解脱。只要和先生谈上三十分钟，便从容自在了，就会觉得何苦为一两个女人自寻烦恼呢。说实话，三四郎今晚来访有七成是出于这个原因。

三四郎造访广田先生的第三个缘由是非常困惑的。他正为美祢子而陷入苦恼，再将野野宫君置于美祢子身边，他更觉苦恼不堪。和那个野野宫最为亲近的就数这位先生了。因此他以为，到先生这里来，就能弄清楚野野宫君和美祢子之间的关系。只要搞清楚这个问题，自己的态度也就可以明确了。但是，自己从未向先生打听过他们两个的事，不禁起意今晚就来问问先生。

“您听说野野宫君去寄宿了吧。”

“嗯，听说是这样。”

“曾经有过自己的家，如今又去寄宿，多有不便吧，可野野宫君竟然……”

“嗯，他对此类事情一向是满不在乎的。看他平时的穿着就知道了，他可不是属于家庭的人。反倒是搞起学问来非常有韧劲。”

“眼下他真打算那么生活吗？”

“谁知道呢，又突然建立家庭也未可知。”

“他没有考虑过娶妻的事儿吗？”

“也许考虑过吧，你给他介绍个好的吧。”

三四郎苦笑着，后悔说了多余的话。这时广田先生问：

“你怎么样了？”

“我……”

“还早着呢，是吧？现在就娶老婆的话，可要受罪呀。”

“老家人都在催呢。”

“老家的谁呀？”

“是我母亲。”

“你打算遵从母命娶媳妇吗？”

“我可不愿意。”

广田先生笑了，牙齿从胡须下面露出来，还算齐整。此时三四郎蓦然涌出一股亲切感。这是脱离了美祢子，脱离了野野宫，超脱了三四郎眼前的利害关系的亲切感。因而，三四郎发觉打听野野宫等人的事有些难为情，便不再追问了。广田先生这时又说话了：

“你应当尽可能听从母亲的安排。现在的青年和我们那个时代的青年不一样，自我意识太强，这可不好。我们做学生的时候，所作所为无一脱离过别的人。一切都是从君主、亲友、国家、社会的角度出发，为别人考虑的。总之一句话，那时受教育的人全都是伪善家。社会的变化终于使这种伪善行不通了，其结果将自我中心渐渐引入思想行为之上，使得自我意识发展得过了头。相对于过去的伪善家，如今就是露恶家遍地的世道……你听说过‘露恶家’这个词儿没有？”

“没有。”

“这是我现编出来的词儿。说不好你算不算是那种露恶家……大概是吧。至于与次郎之流，可以说是最典型的露恶家。有个姓里见的女子你也认识吧？她也是露恶家的一种，还有野野宫的妹妹，她又是一种露恶家，露恶家各有其特色，着实有趣呢。从前，只限于贵人和一家之主是露恶家，如今，所有人都试图以同等权利成为露恶家。当然这并非什么坏事。揭开臭烘烘的盖子，原来是粪桶，剥去漂亮的外壳，大抵会露出丑陋的内核，这是不言而喻的。因追求形式美，而徒增麻烦，众人便简约从事，变得务实起来。可谓痛快淋漓！此乃‘天丑烂漫’是也。然而，此等烂漫一超过限度，露恶家们彼此之间便会感到不自由了。这不自由日渐增多，达到极端之时，利他主义又复活了。当利他主义再度流于形式而腐败时，便再次回归利己主义。如此周而复始。不妨认为我们就是这样生存下去的，就是在这样的反复交替中发展的。看看英国，很早以来，这两个主义就一直保持着良好的平衡，因此原地踏步，不向前发展。既没有出过易卜生，也没有出过尼采。真是可悲啊！他们自己虽然志得意满，但旁人看来却是日益僵硬，快要变成化石了……”

对于先生的高谈阔论，三四郎虽然由衷地钦佩，但话题越扯越远，且越发口不择言起来，不禁稍感惊讶。于是，广田先生也终于察觉到了。

“说着说着跑题了，刚才咱们说什么呢？”

“关于结婚的事。”

“结婚？”

“嗯，先生劝我遵从母亲的安排……”

“哦，对了对了，你应该尽可能遵从母命噢。”

广田先生满面笑容地说道，就像哄小孩子似的。三四郎并没有感到不快。

“说我们都是‘露恶家’，姑且可以苟同，但是说先生那个时代的人都是伪善家，是什么意思呢？”

“我问你，受到别人的亲切对待，感到愉快吗？”

“嗯，愉快呀。”

“真的吗？我可不是。有时受到亲切对待，反而感到不愉快。”

“在什么场合呢？”

“就是那种徒有形式上的亲切，亲切本身不是目的的场合。”

“有那种场合吗？”

“比如，元旦那天别人对你说新年快乐时，你真心感到快乐吗？”

“这个……”

“不快乐吧。与此同理，凡是捧腹大笑，或是笑得快要岔气之类的家伙，没有一个是发自内心而笑的。亲切也是如此。有的人是出于自身责任才对你亲切的，就像我在学校当教师那样，对学生亲切的真实目的是为衣食之需，因此从学生角度，想必不会感到愉快吧。与之相反，像与次郎之流露恶家的领袖，虽然是个动辄给我找事，不得不给他收拾烂摊子的捣蛋鬼，却没有恶意，自有其可爱之处。这就好比美国人对待金钱非常露骨一样。金钱本身才是目的，没有比这种本身即是目的的行为更率直的了，正因为没有比率直的行为更令人厌恶，所以，在我们那个时代受过‘万事不可率性而为’这种严苛教育的人，都惹人讨厌。”

这些道理，三四郎也都懂得。然而，对于三四郎来说，眼下最迫切的问题并非宽泛的道理，而是亟待了解实际交往中的某个特定对象是率直还是不率直的。三四郎在心里又把美祢子对自己的态度重新回味了一遍，仍无法判断她到底是厌恶还是喜欢自己。三四郎开始怀疑自己的感受能力比别人要迟钝得多。

此时，广田先生突然“啊”了一声，好像刚刚想起来似的说道：

“噢，还有呢。进入二十世纪之后，流行起了咄咄怪事。就是将利他主义的内容冒充利己主义这种相当复杂的伎俩。你遇到过这种人没有？”

“是什么样的人呢？”

“换句话说吧，就是以‘露恶家’之名，行‘伪善’之实。你还是不明白吧？看来是我的表达太差劲儿。从前的伪君子，不都是首先考虑怎样获得人们的好感吗？事实上恰恰相反，他们总是为了伤害人们的感受，而故意去做伪善之事。想方设法让人们不论从哪个角度看，都觉得他们是伪善的。对方当然感到不快，这样本人就达到了目的。将伪善原样不变地强加于对方的这种直率，正是伪善家的特色，而且表面上的言行也必然是善意的，这样就二位一体了。能巧妙地运用这种伎俩的人近来好像大大增加了。神经变得极其敏锐的文明人，想要成为优雅的露恶家的话，此乃最好的方法。你知道吗，所谓‘要杀人就得见血’是相当野蛮的，所以越来越不时兴了。”

广田先生的语调，就像导游给游人讲解古战场那样，让自己置身于远远眺望现实的位置上。这样讲话颇有超然之趣，令人恍惚感觉是在课堂上听课。但是这番话对三四郎有所触动，是因为他念头里有美祢子这个女子，这种理论能够立刻得到运用的缘故。三四郎将这个标尺置于脑中，衡量了美祢子各个方面，但衡量不到的地方仍然非常之多。先生闭上了嘴，从他的鼻孔里照例喷起了哲学之烟。

这时，门外响起了脚步声。来人没有叫人带路，便沿着檐廊走进来了。转眼间与次郎走进书斋，在入口坐下来，说了声：

“原口先生来了。”省去了“我回来了”这句寒暄，也许是故意没有说吧。对于三四郎，他只是随意地看了一眼，便立刻出去了。

就在与次郎走出房间时，原口先生进来了。原口先生蓄着法兰西胡须，小平头，是个很富态的人。看上去，比野野宫君年长两三岁，穿着远比广田先生整洁得多的和服。

“哎呀，好久不见了。刚才佐佐木到寒舍来了，我们一起吃了饭，最后又被他拉出来……”原口先生说话十分风趣。待在他旁边，也会不由自主地说话爽快起来。三四郎一听到这个名字，就猜到大概是那位画家。这与次郎，真是个擅长交际的人，和大多数前辈都熟识，三四郎钦佩万分，不禁拘谨起来。三四郎一到长辈面前就感觉很拘谨，他认为，这是接受了九州式教育的结果。

广田先生把三四郎介绍给原口。三四郎恭恭敬敬地行了礼，对方也微微点头回礼。然后，三四郎便一直默默地倾听他们谈话。

原口先生首先谈了正事。大致意思是，最近要开一个会，想请广田先生出席。虽说不打算成立什么正式组织，但发出的邀请函只限于文学家、艺术家、大学教授等，人数很少，所以无须多虑。而且大都互相认识，完全不必拘礼。目的无非是请大家相聚一堂，吃顿晚饭，然后交换一些有关文艺的有益看法。——就是这么个请托。

广田先生一口答应下来，正事就算谈完了。之后原口先生和广田先生的谈话颇为有趣。

“你最近都在忙些什么呀？”广田先生问原口先生。原口先生回答如下：

“仍旧在练习‘一中节’[①]呢，已经学成了五支曲子，还包括《花红叶吉原八景》[②]《小稻半兵卫唐崎情死》[③]这些特别有意思的曲子呢。你也学学吧。不过这种曲调可不能用太大的嗓门儿唱啊。据说这种曲子，本来只限于在四铺席半的小房间里演唱的。也许因为我嗓门儿太大，加上曲调复杂多变，怎么也唱不好。下回我给你唱一曲怎么样？”

广田先生笑了，原口先生接着说道：

“即便这样，我还算好的，提起里见恭助唱的曲子，简直没法听，也不知为什么会这样糟糕。他的妹妹怎么那么聪明伶俐呢。前些时候，他终于打了退堂鼓，说不再唱曲子了，想改学一种乐器，于是有人就劝他去学鼓乐[④]呢。太搞笑了！”

“这是真的吗？”

“当然是真的，里见君还对我说过，我要是想学，也可以去试一试。听说那种鼓乐有八种演奏方法。”

“那你就去学吧，听说那东西，一般的人也没问题。”

“不，我不喜欢鼓乐，倒是很想去敲敲鼓什么的。不知怎么，我一听到那鼓声，就不觉得现在是二十世纪了。一想到在

---

① 京都的都太夫一中（1650—1724）创始的净琉璃的一个流派。“节”是“曲调”之意。

② 原文为“吉原八景 花红中锦廓”，此曲创作于文化初年（1804—1808），初代樱田治助作词，初代菅野序游作曲。

③ 初代都太夫一中，将宝永（1704—1711）时近江大津柴屋町的艺妓小稻和稻野屋半兵卫的情死事件，改编成净琉璃“唐崎情死”，演出后获得好评。

④ 祭祀时，在山车上用大鼓、笛子和钲等乐器演奏的曲子。

如今的时代，居然还会敲出那样愚不可及的鼓声，就仿佛吃了一剂良药。因为不管我怎样放松，也无法画出如鼓声那样生动的画面来。”

“你莫不是不想画吧？”

“实在画不出来呀。住在当今东京的人怎能画得出富有闲情逸致的画来？当然不仅限于绘画。提起绘画，我想起前几日去大学看运动会，本想为里见和野野宫的妹妹画一幅漫画，到底被她们躲掉了。这回我打算画一幅名副其实的肖像画，送去展览呢。”

“谁的肖像画？”

“里见君的妹妹。我总觉得普通日本女人的面容大多属于歌麿[①]式的，画在西洋画布上不好看。不过里见小姐和野野宫小姐例外，两个人都可以入画。我想试着画一幅那女子持团扇半遮面，立于花树之前，面朝亮处的等身画。西洋的扇子太做作，不好，还是日本的团扇新颖有趣。这事不抓紧不行，说不定什么时候她们就会出嫁，要是那样，就不能由着我了。”

三四郎抱着极大的兴趣听原口讲话，尤其是那幅美祢子以团扇遮面的构思，令三四郎非常激动。他甚至猜想，他们两人之间莫非存在着什么奇特因缘吧？这时候，广田先生开口了：

“那样的画面也没有多大意思吧？”广田先生毫不客气地表明了态度。

---

① 喜多川歌麿（1753—1806），江户后期浮世绘最重要的代表画家，擅长美人画。与葛饰北斋、安藤广重并称浮世绘三大家。

“这可是她本人的意愿。她曾问起用团扇遮面怎么样，我说颇有妙趣，她就答应了。其实这构图并不差，当然还得取决于怎样去画。”

“要是画得太美了，求婚的人会多得踏破门槛，那可就招架不住了。”

“哈哈哈，好吧，那我就把她画成中等女人吧。说到结婚，她也到了出嫁的年龄。怎么样，还没有找到合适人家吗？里见君也拜托我做媒哩。”

“要不你娶了她好吗？”

“我吗？如果她愿意，我就娶她。不过，总觉得那女子对我缺乏信任呀。”

“为什么呢？”

“她曾嘲笑我说：‘原口先生出国时意气风发的，特意买了好多松鱼干带去，说是要靠这东西在巴黎的寓所里闭门苦读，可谓踌躇满志。谁知刚一到巴黎，就变了个人。’真是个难对付的女人。多半是从她哥哥嘴里听说的。”

“那女子，若不是自己相中的人是不会嫁的，再劝也没有用。在没有找到喜欢的人之前，还是让她独身为好。”

“完全是西式那一套。不过，将来的女子都会变成这样的，就随她去吧。”

之后，两人谈论了很长时间绘画。三四郎没想到广田先生知道那么多西洋画家。告辞时，三四郎正在后门口找木屐，先生来到楼梯边喊了一声：

“喂，佐佐木，下来一下。”

外面很冷，天高云淡，仿佛露珠要从什么地方落下来似的。手指触摸衣服，都会感觉凉飕飕的。三四郎沿着行人稀少的小路，拐了两三个弯后，突然遇到一个占卜的人。那人提着一盏大圆灯笼，腰部以下映得通红。三四郎想占上一卦，最终还是忍住了。他侧身让提着灯笼的占卜师通过，羽织[1]的肩头几乎碰到了杉树篱笆墙。走不多久，斜着穿过暗处，来到了追分的大街。街角处有一家荞面馆，三四郎果断地掀起门帘走了进去，他很想喝一点儿酒。

里面有三个高中学生，其中一个说："近来学校的老师中午吃面条的多起来了。"另一个人说："卖面条的小贩听到午炮一响，就挑着摞得老高的面条笼屉，急匆匆走进学校里去。这里的面馆可赚着钱了。""有一个叫什么的老师，夏天也吃热汤面，不知是为什么？""大概是胃不好吧。"此外，他们还议论了好多别的事。他们都直呼教师名字，只把广田一人称作广田先生。

接着，他们议论起广田先生为何依旧过着独身生活来了。一个说："我去过广田先生的住处，看到屋里挂着女人的裸体画，可见他并不讨厌女人哩。"另一个说："不过这些裸体画都是西洋人，不足以证明。也许是讨厌日本女人吧。"别的人接着说："肯定是失恋造成的。"有人问："失恋会使人变得那样古怪吗？"还有人问起："听传言有年轻的美人出入他的

① 和服外衣。

住所，是真的吗？”

听着他们的谈话，三四郎越来越觉得广田先生是个了不起的人物。为什么了不起，他自己也说不清楚。反正这三个学生都在阅读与次郎写的《伟大的黑暗》一文。他们说，读了那篇文章，立刻对广田先生产生了好感。他们还时时引用《伟大的黑暗》里的警句，并极力称赞与次郎文章写得好。他们猜不出来零余子是谁。但是三个人都认为，不管是谁，必定是一个非常了解广田先生的人。

三四郎在一旁听了，颇有共鸣。《伟大的黑暗》应该是与次郎写的那篇文章。虽然《文艺时评》如他自己所坦言的那样销路不好，与次郎仍然大张旗鼓地刊登了他的所谓大论文，还洋洋得意的。这不能不让三四郎产生疑问，他这样做除了满足自己的虚荣心之外，还有什么其他意义吗？由此可见，铅字的力量毕竟不可小觑。正如与次郎所说，哪怕是只言片语，不说出来也是吃亏的。一想到人们对一个人的评价高低，都取决于这些文章，三四郎便深感执笔写文章者的责任太重大了，三四郎这么想着离开了面馆。

三四郎回到住所后，酒已经醒了。他感觉无聊至极，坐在桌前发呆时，女佣提着一壶开水上楼来，顺便拿来了一封信。又是母亲的来信。三四郎立即打开信，今天看到母亲的笔迹，格外高兴。

虽然信很长，但没有写什么重要的事情。尤其是一句也未提及三轮田的阿光姑娘，真是太少见了。不过，信中有一段奇怪的劝告：

你从儿时起就胆小怕事，胆子小的人很吃亏的。到了考试那种关键时候，不知会有多紧张呢。兴津的高先生那样有学问，现在是中学教员，可是每逢检定考试，就浑身发抖，不能好好答题，结果至今没有提薪，真是可怜。后来拜托一位当医生的朋友，给他配制了治发抖的丸药，考试前服下药，可是考试时还是发抖。你还不到止不住发抖的程度，所以请东京的大夫配点儿能壮胆的药，平时常吃一吃，说不定管用呢。

三四郎觉得母亲真是愚昧透顶。然而，从这种愚昧中，他得到了莫大的安慰。他深深感受到，母亲太慈爱了。当晚，他给母亲写了一封长长的回信，一直写到深夜一点左右。信中还写了一句“东京不是多么有意思的地方”。

8

三四郎把钱借给与次郎的原委是这样的。

前几天晚上九点左右，与次郎突然冒着雨跑来，一见面就大呼："倒霉透了！"看他的脸色非同寻常，三四郎起初以为，他是被秋雨濡湿的冷风吹着了，可是等他落座一看，不单脸色不好，还少见的意气消沉。三四郎问他："身体不舒服吗？"与次郎眨巴了两下鹿一般的圆眼睛，回答说：

"我把钱弄丢了，倒霉透了！"

与次郎面露愁容，抽起了烟，从鼻子里喷出几缕雾气来。三四郎也不好沉默着等下去，便追问是什么钱，在哪里丢的等等，很快就搞明白了。与次郎除了在喷那几缕烟气的工夫没法说话外，其余时间都连珠炮似的把事情的经过一五一十地说了一遍。

与次郎丢的钱是二十元，可那是别人的钱。去年，广田先生租借上次去看的那个房子时，一下子拿不出三个月的押金，便跟野野宫君筹借了一笔钱救急。据说那笔钱是野野宫君以务必要给妹妹买把小提琴为名，特意让乡下的老父寄来的。虽说不急等着用，但是拖延久了，良子那边可怎么办。良子到现在还没有买成小提琴，这得归咎于广田先生还没有还钱。当然先生要是有钱还，早就还上了，无奈他每个月没有一文节余不说，又是个除了薪水之外，绝不挣外快的人，所以就一直拖了下来。好在今年夏天，先生承接了高中生的答卷批阅，得了六十元酬劳，这笔钱直到最近才刚刚兑现。先生终于可以了却这桩心事了，便吩咐与次郎代他去还钱。

“我却把这笔钱搞丢了，实在对不起先生。”与次郎说，脸上也露出很愧疚的表情。三四郎问他究竟丢在什么地方了，他说其实不是丢的，是买了几张赛马券，结果全输光了。三四郎听了，吃惊得瞪大了眼睛。此人做事太过荒唐，真是无心再跟他说什么了。与次郎本人也十分沮丧，将此时的他与平时那个活蹦乱跳的与次郎比起来，简直不敢相信是同一个人。这对比也太强烈了。三四郎不禁觉得他既可笑又可怜，忍不住笑起来，与次郎也跟着笑了，说道：

“没事，总会有办法的。”

“先生知道这件事吗？”三四郎问。

“还不知道。”

“野野宫君呢？”

“当然不知道了。”

“钱是什么时候拿到的？”

“本月初，到今天正好两个星期。”

“什么时候买的赛马券？”

“拿到钱的第二天。”

“从那时到现在，你一直没有还吗？”

“我多方奔走，都没有借到钱，只好拖着。实在没办法，拖到这个月底再说吧。”

“到了月底，就有办法还钱吗？”

“或许可以从《文艺时评》那里想点儿办法。”

三四郎站起来打开抽屉，拿起昨天母亲寄来的信封，看了看里面，说：

“我这儿有钱，是这个月家里提前寄来的。”

“万分感谢啊，亲爱的小川君！”与次郎顿时来了精神，说话腔调简直像个落语艺人。

两个人十点过后，冒雨来到追分大街，走进拐角的面馆。三四郎在那家面馆学会了喝酒，就是这一次。当晚两个人都喝得很高兴。最后与次郎付了账。出去吃饭，与次郎是个向来不让别人掏钱的人。

从那天到今天，与次郎一直没有还钱。三四郎为人实在，所以很担心交不上寄宿的房租。他虽然没有催与次郎还账，但心里盼着他能想办法还钱。转眼间到了月末，还剩下一两天了，万一对方没还钱，本月的房租就得请房东延期，三四郎眼下还没有考虑这事。尽管三四郎并不相信与次郎的为人——会准时还钱，还是觉得与次郎至少会想方设法筹措的。据广田先生的点评，与次郎的头脑如同浅滩的水那样潺潺流个不停。

万一他总是不停地流动下去，忘了责任可就麻烦了。但愿不会到此地步吧。

三四郎趴在楼上的窗口眺望下面的街道时，看到与次郎正急匆匆地从对面走来，到了窗下，他仰头看着三四郎说："喂，你在家呀？"三四郎俯身看着与次郎，回道："嗯，在家。"这样楼上楼下的傻乎乎地打完招呼，三四郎就把脑袋缩了回去，与次郎噔噔噔地走上楼梯来了。

"你不会是在等我吧。以你的个性，我估计你正为房钱犯愁呢，所以到处奔走搞钱，真是够傻气的。"

"《文艺时评》付给你稿费了吗？"

"稿费？稿费早就都领了。"

"可是，上次你不是说，到本月底去领取吗？"

"是吗？你搞错了吧，已经没有一文钱可拿了。"

"真奇怪，我记得你确实是这么说的呀。"

"哪里，我说的是想要预支一些稿费，可他们就是不同意，以为预支给我，就不还了。岂有此理！不就是区区二十元钱嘛！我给他们写了《伟大的黑暗》，还这么不相信我，真不像话，心都凉了。"

"这么说，没有筹到钱吗？"

"哪里，我从别处借到了噢。我知道你特别着急。"

"是吗？真是难为你了。"

"不过，这事有些麻烦，钱不在我手上，你得自己去取一趟。"

"去什么地方取？"

“实话对你说吧，由于《文艺时评》那边不给我预支，我又跑了两三家，去找了原口等人，可是临近月底，大家手头都没有余钱。最后，我就到里见家去了。——里见君，你大概不知道吧？他叫里见恭助，是法学士，美祢子小姐的哥哥。我去了他家，不巧他不在家，还是一无所获。这时我觉得肚子饿得慌，懒得走路，不得已才对美祢子小姐说了。”

“野野宫君的妹妹不在吗？”

“那时正午刚过，她去学校了，而且是在会客室里谈的。她即便在家，也不用担心。”

“是吗？”

“美祢子小姐答应帮忙，说可以借给我钱。”

“难道说那女子自己有钱吗？”

“这个我不清楚，不过这钱总算有着落了。她已经答应了嘛。那女子可不一般，年纪不大，做起事来却像个老大姐似的，所以只要她肯帮忙就好办了，尽可以放宽心。只要说说好话，事情就好办。但是，最后她居然对我说：‘钱我手里虽然有，只是不能交给你。’没想到吧？我问她：‘我就那么让人信不过吗？’‘是啊。’她说完笑了。简直太丢脸了！我就问：‘那么，叫小川君来取，好吗？’她回答：‘嗯，我交给小川君吧。’她想怎样就由着她吧。你能去拿一趟吗？”

“要是不去取，就得给家乡打电报要钱了。”

“打什么电报呀，怎么这么笨。即便你再清高，也会去取吧？”

“好吧。”

就这样二十元钱的事总算有了眉目。谈完这事，与次郎马上说起有关广田先生的事情来。

“那件事正稳步推进着。我一有空就到学生寄宿地去，跟每个人谈话。这种事情最好是一个一个地单独沟通。如果大家聚在一处，各人都强调自己的主张，往往容易产生分歧。若不让发表异议，有些人会觉得自己的存在受到忽视，一开始就会采取淡漠的态度。因此，必须单独交换意见。不过，这样做费时间又费钱。要是以此为苦的话，就别想实行这个计划了。还有，在交谈中，尽可能不提起广田先生的名字，如果被大家察觉，此计划不是为了他们的利益，而是为了广田先生的话，事情就搞不成了。”

看来与次郎就是用这种办法一步步推进着计划，而且到今天为止，进展很顺利。大家已经得出了以下共识：不能只有洋人教师授课，一定要求校方招聘日本人教师。下一步就是再召集大家聚会一次，选出委员，向校长或总长申明我们的希望了。当然，聚会只是一种形式，大可以省掉。能够当选委员的学生，大体上就是那几个人，他们都是对广田先生抱有同情的人，所以视谈判情况，很可能由他们向校方提出广田先生的名字来。……

听着与次郎这番打算，三四郎觉得他仿佛能凭借一己之力掌控天下似的，不能不佩服与次郎的本事。与次郎还提起前几天晚上，他把原口先生带到广田先生家里去的事。

“那天晚上，原口先生不是说要举行文艺家聚会，请先生出席吗？”与次郎说道。三四郎当然记得这件事。听与次郎说，其实那个聚会也是他发起的。发起该聚会有好几个目的，但直截了当地说，那些与会者之中有一位是大学文科有实力的教授。让广田先生和他接触，对于此时的先生来说是非常有利的。先生是个乖僻的人，从不主动与任何人交往。但是，由我们制造适合的机会，使他们接触的话，乖僻之人也自有其交往之道的。……

“原来有这层用意啊，我一点儿也没想到。你说你是发起人，可是，如果筹备聚会时，以你的名义发出邀请通知的话，那些大人物都会应邀前来吗？”

与次郎严肃地盯着三四郎看了好一会儿，才苦笑着移开了目光。

“不要说这样的蠢话。我所说的发起人，不是那种公开的发起人。我只是发起了这次聚会。就是说，我说服了原口先生，万事由他出面张罗。”

“是这样啊。”

“什么‘这样啊’，太老土了。到时候，你也最好去参加那个会，最近就要举行了。”

“那种全是大人物的聚会，我去干什么呀。我就不去了。”

“又老土了不是。大人物也好，小人物也好，只不过在社会上出人头地的先后顺序不同罢了。其实那些家伙，虽然号称博士、学士什么的，见面一交谈，根本没什么了不起的。首先，你不要认为对方如何如何了不起。你最好还是参加，我也是为了你的发展。”

“在什么地方？”

“大概是上野的精养轩吧。”

“我从来没有去过那种地方，会费很贵吧？”

“大概两元吧。不必纠结会费什么的，你要是没有钱，我给你垫上。”

三四郎忽然想起刚才谈论的那二十元钱的事来，居然没有觉得可笑。与次郎忽而又提议到银座的某某店去吃天妇罗，还说他有钱，真是个奇妙的人。一向唯命是从的三四郎这次回绝了。最后改为二人一起出去散步，回来时顺便去了冈野，与次郎买了好多栗子馅儿点心，说是要带回去给先生吃，就抱着袋子回去了。

当晚，三四郎琢磨起了与次郎的性格。也许是在东京待久了，人就会变得那样吧。接下来他又思考了去里见家借钱的事。有事能到美祢子家去，三四郎不无欢喜。只是，低声下气地跟她借钱，就不太乐意了。三四郎自打出生到今天，从来没有向人借过钱，何况这回借钱给自己的又是个姑娘，还没有自立。即便她自己手里有些钱，若是未经哥哥许可就借给了他，且不说借钱的自己，或许会给她本人带来麻烦。转念一想，对方可是冰雪聪明的美祢子，说不定她事先做好了不会有麻烦的准备呢。不管怎样，先去见她一次，见机行事。如果她露出不愿意借钱的样子，自己就婉言拒绝，请房东同意推迟交房租的期限，等家里寄来钱就可以解决了。

三四郎想到这里，总算是将这件事告一段落。接下来，美祢子漫然浮现在他的脑海里。美祢子的脸和手、领口、腰带、服饰等等，随着他的想象来来去去。尤其是明日见面时，她会以怎样的态度，说些什么话呢？三四郎脑子里走马灯似的设想了一二十种可能出现的场面。他天生就是这么个人，每当有事要和别人见面的时候，总是满脑子想象对方会是怎样的态度，却从不考虑自己应当以怎样的表情，用什么语调讲些什么话。而且，见面之后，他必然要回想自己的表现，于是后悔不迭。

尤其是今天晚上，三四郎更没有余力想象自己如何表现了。前一阵子他就对美祢子怀有疑问了，然而只是怀有疑问，苦于找不到释疑的机会。话虽如此，实际上自己并没有一件需要当面向她问清楚的事。因此，所谓一刀两断的了结之类，根本就是无稽之谈。假如有必要为了让自己安心，寻找答案的话，那只有利用同美祢子接触的机会，观察对方的表情，将就着给自己做出最后的判决而已。明日的见面，就是做出这种判决不可缺少的环节。所以三四郎才会设想着对方的种种表现。可是不管如何想象，总是浮现出对自己有利的情景。而实际情况甚值得怀疑。就像在看一张把污秽的地方照得很漂亮的照片一样。照片虽然千真万确是一张照片，而景物也是无可置疑的污秽不堪的，就是说应该是同样的两个事物，并不一定是一致的。

最后，他想起一件值得高兴的事。美祢子说要借钱给与次郎，但又不肯把钱交给他。或许与次郎真是个在金钱上难以信任的人。不过，美祢子是否因为这一点才不把钱给他，很值得怀疑。如果不是这个原因，那就说明她对我十分信任了。单单从她肯借钱给我这一点来说，就完全是出于善意的。

美祢子要亲手把钱交给我，这说明——当三四郎一厢情愿地想到这里时，忽然冒出“她莫非还是想捉弄我吧？”的念头，脸唰地红了。假若有人问他，那个女子为什么要捉弄你呢，三四郎恐怕也答不上来。不过，如果对方说“你好好想一想”的话，三四郎说不定会回答“因为她是个喜欢捉弄人的女子呀”。三四郎肯定不会想到，她这么做正是为了惩罚自己的单相思。三四郎认定，是美祢子让自己变得这样不能自拔的。

第二天，幸好有两位教师不来上课，下午的课都停了。三四郎懒得回住所，路上随便吃了顿便饭，就去了美祢子家。他不知从这里经过多少回了，但进里面去这还是第一次。在砖瓦葺顶的门柱上，挂着“里见恭助”的门牌。三四郎每当走过这里时，就会猜想这位里见恭助到底是什么样的人。至今还没有见到过他。大门紧闭着，三四郎从旁门走进去，没想到距离玄关特别近。地上铺着长方形的花岗岩踏脚石，玄关是精美的细格子门，关得很严实。三四郎按了门铃，女佣出来开门，他对女佣问道：“美祢子小姐在家吗？”不禁有些难为情。三四郎还从未站在人家门口，打听过一个妙龄女郎在不在家呢。他觉得很难问出口。女佣却很认真，也很客气。她进里面去了一下，又出来恭敬地行了礼，说了声“请进”。于是三四郎跟着她走进了会客室。这是一间挂着厚重窗帘的西式屋子，室内有些昏暗。

女佣又进来说了一句：“请稍等……”就出去了。三四郎在安静的房间里坐了下来。正面有个嵌入墙壁的小壁炉，壁炉上面是一面横宽的长镜子，镜前摆着两只烛台。三四郎站起来，对着镜子看了看两只烛台中间的自己，复又坐下。

这时，从里面的房间传来拉小提琴的声音。这琴声宛如随轻风飘来一般，转瞬就消失了。三四郎感到惋惜。他靠在厚厚的椅背上，侧耳倾听，没有再听到琴声。约莫过了一分钟，三四郎已然忘却了小提琴。他一直凝神注视着对面的镜子和烛台，莫名地感受到了西洋的氛围。继而又联想到了基督教。为何想起基督教，三四郎自己也不甚明白。这时，小提琴又拉响了，这回是高音和低音快速交替了两三次后，戛然而止。三四郎虽然对西洋音乐一无所知，但是他觉得，刚才听到的绝不是完整乐曲的一节，只是随意拉了两下而已。这种随意拉出来的琴声，很契合三四郎此刻的心情。就好像从天上突如其来地落下两三粒不正常的冰雹似的。

当三四郎将失去一半感觉的双眼转向镜子时，美祢子不知何时已经站在镜子里面了。刚刚被女佣关上的房门敞开着，镜子里清晰地映出了美祢子胸部以上的部分，她用一只手拨开门后挂着的门帘。美祢子在镜中望着三四郎，三四郎望着镜中的美祢子。美祢子莞尔一笑。

“欢迎。”

身后响起她的声音。三四郎不得不转过脸去，两个人面对面了。这时，美祢子将她那云鬓蓬松的发髻往前一伸，低头施礼。她的态度亲密得仿佛不必行什么礼了。三四郎反倒从椅子上站起身鞠了一躬。美祢子佯装没有看见，走到对面，背对着镜子，和三四郎面对面坐了下来。

“你到底还是来了。”

还是同样的亲密口气。三四郎听了这句话，非常高兴。美祢子穿着闪亮的绸子衣裳。从刚才让三四郎等了好半天可以看出，她很可能为了出来见客，特意换上这身漂亮衣服的。她端庄地坐着，眼睛和嘴角带着微笑，默默地瞧着三四郎的神态，反而令他感受到甘甜的苦味。其实，早在这女子一坐下来，三四郎就经受不住她那目不转睛的注视了。三四郎马上开口说话，几乎像突然抽风似的。

“佐佐木他……”

“佐佐木君到你那儿去了吧？”美祢子说着，露出一口洁白的牙齿。她的背后就是刚才那两只摆在壁炉台左右两边的烛台。其实那是用黄金制作的形状奇特的台座，把它看成烛台，不过是三四郎的臆断，实际上他并不知道那是何物。在这奇怪的烛台后边，就是那面明亮的镜子。光线被厚厚的窗帘遮挡，不能充分射进室内。而且，天气也是阴沉沉的。三四郎在这昏暗中看到了美祢子洁白的牙齿。

“佐佐木来找过我。”

“说了些什么？”

“他叫我到你家来一趟。”

“是吗——所以你就来了？”她明知故问。

“嗯。”三四郎踌躇了一下，“可以说是这样。”

女子闭上了双唇，平静地站起来，走到窗边，眺望外面。

“天阴下来了，外面很冷吧？”

“不冷，挺暖和的，没有什么风。”

“是吗？”她说着回到座位上。

“实际上是佐佐木把钱……”三四郎开了口。

“我知道。”她打断了他的话。三四郎也就不作声了。

“是怎么弄丢的？”她问。

“买赛马券了。”

“哟！”美祢子叫了一声，脸上并没有吃惊的表情，反而在笑。过一会儿，又补了一句：“你这人还挺坏。”三四郎没有吭声。

“靠赛马赌钱，那不是比猜测人心更难吗？没想到像你这样一个懒散的人也会玩赛马，你不是连有章可循的人心都不愿意猜一猜吗？”

“不是我买的赛马券呀。”

“哟，那是谁买的？”

“是佐佐木买的。”

美祢子突然笑了起来，三四郎也觉得有些好笑。

“这么说，根本就不是你等钱用了？真是乱弹琴。”

“是我等钱用啊。”

“真的吗？”

“是真的。”

“那可就太奇怪了。”

“所以，你不借也没关系。”

“为什么？你不愿意借啦？”

“不是不愿意借，是觉得瞒着你哥哥向你借钱不合适。”

“为什么这么说？我哥哥知道呀。”

“是吗？好，那就跟你借吧……不过，不借也不要紧的。我只要跟家里说一声，一周之内就能寄来的。”

“你要是有什么顾虑，也不强求……”

美祢子的态度一下子冷淡下来。三四郎觉得，刚才还近在咫尺的她，瞬间退到百米开外了。三四郎想，还是应该把钱借过来，可是已经无法改口了。他故作镇静地望着烛台。三四郎从来没有主动讨好过别人。而这女子，也是一旦疏远，就不会再主动亲近的。过了一会儿，她站起来，从窗户往外面窥探。

“不会下雨吧？”她问。

“不会下雨的。”三四郎也用同样的语调回答。

“要是不下雨，我想出去一下。”她站在窗户旁边说道。三四郎理解为是送客的意思，原来她换了那身光鲜的绸衣裳并非为了我呀。

“我也该回去啦。”他站起身来。美祢子把他送到门口。三四郎下到摆鞋子的地方，刚穿上鞋，美祢子站在榻榻米上说：

“咱们一起去吧，好吗？”

“哎，怎么都行。”三四郎一边系鞋带，一边回答。美祢子不知何时已经下到了三合土地上。一边把嘴凑到三四郎的耳畔，低声问：“你生气了？”这时，女佣慌忙出来送客。

两人默默无言地一起走了五十来米。这段时间里，三四郎一直在琢磨美祢子。这女子准是娇生惯养长大的，而且在家庭中享有一般女子所没有的自由，万事皆可随心所欲。单从今天未经任何人许可，就同自己一道出来，走在大街上这一点就能说明。这女子从小失去父母，年轻的哥哥对她放任自流，才会这样任性吧。她这样的女子，要是在乡间肯定是不行的。假如叫她像三轮田的阿光那样生活，真不知她会怎样哩。东京不同于乡下，凡事都很开明，所以这边的女子大都是这个样子。不过隔开一段距离想象她们的话，似乎还是有些旧式闺秀的感觉。他想起与次郎将美祢子比作易卜生笔下的人物，也不无道理。只是，美祢子究竟只是不拘俗礼这一点是易卜生式的，还是连她的思想也是易卜生式的呢，这一点三四郎还不甚明白。

此时，两人来到了本乡大街。他们两人虽然并肩走着，却不知道对方要到什么地方去。已经拐过了三条街巷了。每次拐弯时，两人的脚步总是不谋而合地默默拐向同一个方向。他们沿着本乡大街走向四丁目拐角处的途中，美祢子开口问道：

“你到底要去哪儿？”

“你要去哪儿呢？”

两个人对视了一下。三四郎的表情极其认真，美祢子忍不住笑了，又露出那洁白的牙齿。

“跟我一起去吧。”

两人从四丁目拐向一条新开通的道路。走了约莫五六十米远，马路右边有一座西洋馆。美祢子在这座西洋馆前停住了，从腰带间取出薄薄的银行存折和一个印章。

“有劳你了。”她说。

“什么事？”

“替我用这个去取笔钱。”

三四郎伸出手接过存折。中央印有“小额活期存折”的字样，旁边写着“里见美祢子”。三四郎拿着存折和印章，呆呆地瞧着美祢子的脸。

“三十元。”美祢子说出了金额。那口气就像吩咐一个每天都去银行取钱的人似的。幸好三四郎在乡间时，曾多次拿着这种存折到丰津存取过钱。他立刻登上石阶，推开大门，走进了银行。他把存折和印章交给接待员，取了美祢子要的金额出来一看，美祢子没有在原地等他，已经朝着新开通的路走出三四十米远了。三四郎急忙追上了她，把手伸进衣袋，想把取出的钱马上交给她。

“丹青会的展览，你看过没有？”美祢子问。

“还没有呢。”

“人家给了我两张招待券，一直没有工夫去看，你想不想去看看？”

“去看看也行。”

“那就去吧，马上就要闭馆了。我要是不去看一下，就对不起原口先生了。”

“是原口先生送你的招待券吗？”

“嗯，你认识原口先生？”

“在广田先生家里见过一次面。”

“他特别有趣吧？他说现在学习鼓乐呢。”

“上回他说过想学打鼓来着，还说……”

“还说什么？”

“还说要给你画肖像呢，真有此事吗？”

“那是，本小姐可是高级模特儿哪。”

三四郎天性不会说好听的，没有再吭声，而美祢子似乎希望他再说点儿什么。

三四郎又把手伸进了内兜。他掏出银行存折和印章交给了美祢子。他知道，钱应该夹在存折里的。谁知美祢子问：“钱呢？”

三四郎一看，存折里没有夹着钱。他又翻了翻内兜，从里面摸出了旧钞票来。美祢子没有接过去。“你就替我保管吧。”她说。三四郎略感为难，但他不喜欢在这种场合和别人推来推去的，况且是在大街上，就更有所顾忌了。三四郎只得将好容易摸到的钞票又放回原处，心想，真是个捉摸不透的女子啊！

街上不少学生来来往往。每当擦肩而过时，对方必定会打量一下他们两个人，其中也有从老远就盯着他俩，迎面走来的人。三四郎不禁觉得去池之端的路特别漫长，虽说如此，他也不想乘电车。两人慢悠悠地迈着步子，到达画展会场时，已近三点钟了。展览会打出的招牌非常有意思，无论是“丹青会”这三个字，还是周围的图案，在三四郎眼里都特别新鲜。这只是在熊本时看不到的意义上的新鲜感，所以应该说是一种异样感，会场里面更是如此。在三四郎眼里，只能分清哪些是油画，哪些是水彩画。

虽说如此，三四郎也有自己的好恶，有的画作他甚至想买下来，但是他完全分不出巧拙。总之，由于自知没有鉴赏能力，三四郎从走进会场就一直不予置评。

每当美祢子问“这幅画怎么样”时，三四郎总是含糊其词的。美祢子问“这幅画挺有意思的吧”，他便回答“的确有意思”，一味地附和。给人感觉，他若不是个笨嘴拙舌的愚人，就是个不屑回答问话的高人。作为愚人，他有着不卖弄学识的可爱之处；作为高人，其目中无人的态度很可恶。

有一对长期在国外旅行的兄妹展出了许多幅画，他们同一姓氏，作品也挂在一起。美祢子来到其中一幅画前站住了。

“这是威尼斯吧？”

这个三四郎也知道，确实像是威尼斯。他真想坐一次那“贡多拉[①]”。三四郎读高中时，就已经学过贡多拉这个词，打那以后他就爱上这个词了。一提起贡多拉，他就感到不同女子一起乘坐就于心不安似的。他一声不响地望着那青绿色的水，河两边高耸的房子，水中的倒影，以及闪烁在倒影中的红色亮光。

“感觉哥哥画的要好得多。”美祢子说。

三四郎不懂她这话的意思。

“你说的哥哥是……”

“这幅画是那位哥哥画的吧？”

“谁的哥哥？”

美祢子以不解的表情望着三四郎。

“可不吗，那一幅是妹妹画的，这一幅不就是哥哥画的吗？”

---

① 意大利语Gondola的音译。水城威尼斯的一种小游船，外形像新月，又像一张弓。

三四郎退后一步，扭头向刚才经过的地方看了看。那里同样挂着好几幅外国的风景画。

“有什么不同吗？”

“你以为是同一个人画的吗？”

“嗯。”三四郎傻呆呆的。随后两人四目对视，一同笑起来。美祢子很惊奇似的故意睁大了眼睛，并且压低声音说：

“你可真行。”说罢，快步向前走出好几步远。三四郎站在原地，再次看起威尼斯的河流来。已走到前边的美祢子此时回过头来，见三四郎没有瞧着自己，便立即停下脚步，远远地端详着三四郎的侧脸。

“里见小姐！”

冷不丁听见有人大声招呼她。

美祢子和三四郎一齐回头望去，只见原口先生站在离办公室所在的入口约两米的地方。在原口先生的背后站着野野宫君，二人位置有些重叠。比起喊她的原口来，美祢子先看见了比原口更远的野野宫。一看到他，美祢子便后退了两三步，回到三四郎身旁，不引人注目地凑近三四郎的耳畔，耳语了几句。三四郎根本没听见她说了些什么。他正想追问时，美祢子已经反身朝着那两个人走去了，此时正在向他们鞠躬问候呢。野野宫瞧着三四郎说：

“你带来的伴儿，可有点儿特别呀。”三四郎正要开口回答，美祢子抢了先：

“很般配吧？”

野野宫君什么也没说，骨碌向后一转身，他身后挂着的是一幅足有两米长的画。这是一幅肖像画，整个画面黑乎乎的。由于没有光照，人物的服饰和帽子与背景难以分辨，只有面部是白色的，脸颊瘦削、凹陷。

“是临摹的吧？”野野宫君问原口先生。原口此时正对美祢子讲个不停：

“这个展览会快结束了，观众也少多了。刚开幕时，我每天都来办公室，最近不大来了。今天因为有事顺路来一趟，就把野野宫也拉来了。真是巧遇啊。这个展览一结束，我就得马上为明年的画展做准备了，所以非常忙碌。本来展览会一般都选在樱花时节，但明年由于有些会员的时间不便，打算提前些日子举办。这么一来，就等于连续两次展出了，因此必须努一把力才成啊。我打算在那之前，务必为美祢子画一幅肖像出来，所以恕我冒昧，美祢子小姐，大年夜，也请让我画一下。因为是准备挂到这里来的。”

原口先生这时才转向这幅黑黢黢的画。原口说话期间，野野宫君一直呆呆地望着这幅画。

“怎么样？委拉斯开兹[1]的画。不过这是临摹的，而且不太出色。”原口这才开始讲解，野野宫君也就没有必要再问什么了。

“是哪一位临摹的？”美祢子问。

“是三井。三井的水准是很高的，不过这幅画不敢恭维

---

① 迭戈·罗德里格斯·德席尔瓦·委拉斯开兹（Diegs Velasguez，1599—1660），文艺复兴后期西班牙最伟大的画家。

呀。”原口后退一两步，看了看说，“原作是在技巧上已经达到极致的画家之作，很难模仿啊！”

原口歪着脖子，三四郎瞧着原口那歪着的脖子。

“都看过了吗？”画家问美祢子。原口只跟美祢子说话。

“还没有。”

“要不就看到这儿，咱们一起出去吧。到精养轩去喝杯茶如何？正好我有点儿事要去那儿。是为了办展览的事，要想和主办方磋商一下。他和我很熟的。现在正是喝茶的时间，再过一会儿的话，吃茶稍晚，吃饭稍早，就不上不下了。怎么样，咱们一块儿去吧？”

美祢子看着三四郎，三四郎露出无所谓的表情。野野宫君站在那儿不表态。

“既然来了，全都看完了再走吧？你说呢，小川君。”

三四郎“嗯”了一声。

“那就这么办，这里头有一间特别展室，里面挂着深见先生的遗墨。看完那里就走吧，回家时到精养轩去一下，我先去那儿等着你们。”

“谢谢你。”

“对于深见先生的水彩画，不能用看普通水彩画的眼光去欣赏。毕竟是深见先生的水彩画，不要把着眼点放在是否逼真上，而是着重体会深见先生的韵味，就会发觉别有情趣了。”原口这样提示之后，便同野野宫一同走了。美祢子道过谢，目送他们走远，两个人没有回头看。

美祢子回身走进了那间展室，三四郎跟在她后头走进去。

这是一间光线昏暗的屋子，细长的墙壁上挂着一排深见先生的遗作。果然如原口先生所说，几乎都是水彩画。三四郎印象最深的是，这些画的水彩都很浅淡，且颜色种类少，缺乏对比度，素雅得仿佛不拿到阳光下，就看不清画的是什么。不过，画笔挥洒自如，颇有一气呵成之妙。即便是透过水彩，也可清晰地看见铅笔素描，看得出其洒脱的画风。至于画中人物，皆又瘦又高，宛如脱谷用的连枷，其中也有一幅威尼斯的画。

“这也是威尼斯吧？”美祢子凑过来。

“嗯。”三四郎听到威尼斯，立刻想起一件事，“你刚才说什么了？”

“刚才？”美祢子反问了一句。

“就在刚才我站住，看那边的那幅威尼斯画的时候。”

美祢子又露出洁白的牙齿笑了笑，却什么也没有说。

“要是没什么要紧事，我就不问了。”

“没什么事呀。”

三四郎仍然显得迷惑不解。今天是个阴郁的秋日，已经四点了，屋内变得昏暗下来了，观众寥寥无几。在这间特别展室内，只有他们一男一女。美祢子离开画前，走过来面对着三四郎说：

“野野宫君，我是说……”

“野野宫君……”

“你明白了吧？”

美祢子这话里的深意，如滔天巨浪扑面而来，一瞬间打湿了三四郎的胸口。

“你在愚弄野野宫君吗？”

“为什么这么问？”

美祢子的口气是天真无邪的。三四郎突然没有勇气再说下去了。他默默地走了两三步，美祢子一步不落地紧跟着他。

“可是没有愚弄你呀。”

三四郎又站住了。他个子很高，低头看着美祢子。

“那就好。”

“哪里不对吗？”

“所以说那就好啊。”

美祢子转过脸去，两个人一起朝门口走去。就在走出大门时，二人的肩膀互相碰了一下。三四郎忽然想起火车上遇到的那个女人，觉得碰到美祢子肌肤的部位，如做梦般隐隐作痛。

“真的这样想吗？”美祢子低声问。对面走过来两三个参观者。

“还是先出去吧。”三四郎说。他们换上自己的鞋出去后，才发现外面正在下雨。

“到精养轩去吗？”

美祢子没有回答。她淋着雨站在博物馆前的开阔空地上。幸好雨刚开始下，也不太大。女子站在雨中，环视四周，指着对面的树林说：

“到那边的树下避一避吧。”

看样子稍等一会儿，这雨就会停的。两人走到了高大杉树的树荫下。这种树不大适合避雨，但是两个人都不想再换地方。身上淋湿了也仍旧站在原地，他们都感到了寒冷。

“小川君，”美祢子开了口，三四郎将正皱着眉仰望天空的脸转向了她，“你觉得不好吗？刚才的事。”

“没什么。”

“可是，”美祢子边说边靠过来，“我也不知为什么，就是想那样做。我并不是有心对野野宫君不敬的。”

美祢子定睛望着三四郎。三四郎从她的眸子里，看到了胜过千言万语的深情——这对双眼皮的眼睛深处仿佛在诉说“还不都是为了你，才这么做的吗”——三四郎又重复了一遍：“所以说，那就好呀。”

雨越下越大，没有被雨点打湿的地方只有一小块儿了，两人越挨越紧了，肩膀挨着肩膀瑟瑟而立。美祢子在雨声中说：

“刚才那笔钱，你拿去用吧。”

“好的，只借二十元。”三四郎回答。

“你全都拿去用好了。”她又说。

9

在与次郎的鼓动下，三四郎到底去参加了精养轩聚会。那天，三四郎穿上了黑绸羽织。关于这件羽织，母亲在来信中做过冗长的说明："这衣料是三轮田阿光姑娘的母亲给织的，我染上家纹后，阿光姑娘给做成的。"三四郎接到包裹时，曾经穿上试了一下，不喜欢，就塞进壁橱里了。与次郎看到后，一个劲儿叨叨："放着不穿多可惜，务必拿出来穿！拿出来穿！"看他这架势，三四郎要是不穿，他恨不得要拿去穿似的，这么着三四郎才终于穿了。一穿上身，觉得倒也不难看。

三四郎以这身装扮，和与次郎两人站在精养轩门口迎接客人。听与次郎说，必须这样迎接客人才行。三四郎哪里知道这些道道，他本以为自己只是去做客的。谁知穿着这身黑绸褂子站在门口迎客，总觉得自己像个俗气的侍者，早知这样，还是应该穿着制服来。

出席者陆续到了。与次郎跟每一个到会者都要亲热地聊上几句，对待所有人都如同故交一般。来宾把帽子和外套交给侍者，从宽大的楼梯口旁边拐向幽暗的走廊后，与次郎便给三四郎一一介绍刚才那位姓甚名谁，三四郎因而见识了不少知名的人物。

不多时，参会者差不多到齐了，大约不到三十人。广田先生也在其中。还有野野宫君——听说他虽是个物理学者，也很喜欢绘画和文学，所以原口先生硬把他给拉来了。不用说，原口先生也来了。他来得最早，又是接待来客，又是多方应酬，还不忘时时捻捻他的法兰西小胡子，忙得不亦乐乎。

不久，人们各就各位了，大家都随意落座，没有人谦让，也没有人争座。特别是一向慢条斯理的广田先生也一反常态，第一个坐了下来。只有与次郎和三四郎两个并排坐在门口附近，其余的人都是偶然对面而坐或互为邻座的。

野野宫君和广田先生之间，坐着一位身穿条纹和服的评论家。他们对面坐的是一位名叫庄司的博士，他就是与次郎所说的那个文科中有实力的教授。此人穿着西式礼服，气度不凡，头发比普通人长出一倍，在电灯的照耀下，好似黑色的漩涡，同广田先生的光头形成强烈反差。原口先生坐在离大家很远的角落，恰与三四郎遥遥相望。他穿着翻领西装，系着宽宽的黑缎子领带，领带结下部展开着，遮住了整个胸脯。与次郎说，法国画家都喜欢把领带系成这样子。三四郎一边喝着肉汤，一边寻思，这玩意简直和兵儿带打结差不离。人们渐渐交谈起来。与次郎默默喝着啤酒，一改以往那般饶舌。看来在今天这种场合，就连他也多少收敛些了。

“嗨，你不来个de te fabula吗？”三四郎小声问。“今天不行。”与次郎立即侧过脸，和邻座的人搭起话来。“拜读了您的那篇论文，真是受益匪浅啊。”与次郎如此这般恭维了一通。三四郎记得，与次郎曾在自己面前，对这篇论文大加贬损，三四郎不禁大惑不解。不久，次郎又转过头来，盯着三四郎衣服上的白色条纹说：

“这件褂子真漂亮，非常适合你呀。”这时，坐在对面角落的原口先生跟野野宫搭话了。他原本就是大嗓门儿，正适合这种远距离的对话。一直面对面交谈的广田先生和庄司教授，唯恐在中间妨碍他们两个的交谈，便闭上了嘴。其余的人也都不说话了，聚会的中心初次形成了。

“野野宫君，光线压力的实验做完了吗？”

“没有，还早着呢。”

“真是够费工夫的啊。干我们这行虽说也得有耐力，可你们搞研究更是韧性十足呀。”

“绘画可以凭借灵感一蹴而就，物理实验可就没有那么便当了。”

“灵感可不敢当。今年夏天，我从某个地方经过时，听见两个老太婆在聊天。侧耳一听，原来她们在探讨梅雨过去了还是没有过去这码事。一个老太婆抱怨说：‘从前只要一打雷，就说明出梅了，如今就不灵啦。’于是另一个愤愤不平地反驳：‘怎么会呢，怎么会呢，怎么可能打个雷就说明出梅呢？’绘画也是这个道理。当今的绘画，光靠灵感已经不行了。对吧，田村君，写小说也是这样的吧？”

野野宫君旁边坐着一个姓田村的小说家，此人回答：“我的灵感除了出版社催稿之外，就什么也没有了。”引起一阵哄堂大笑。接着，田村郑重其事地问野野宫君：“光线会有压力吗？如果有，是怎样测试出来的呢？”野野宫君的回答很有趣：

“用云母等制作一个十六武藏棋盘[①]大小的薄圆盘，然后用水晶丝把它吊起来，置于真空中，将弧光灯以九十度垂直照射圆盘平面，圆盘便会在光线压力下转动。”

所有人都在倾听，三四郎也回想起初来东京时，窥探那个望远镜，大为吃惊的情景来，想必他所说的那套装置，就安在那个酱菜坛子里吧。

“喂，真有水晶丝这东西吗？”三四郎小声问与次郎。与次郎摇了摇头。于是他问野野宫：

“野野宫君，真的有水晶丝吗？”

“有啊，是用水晶粉做的。用氢氧喷枪的火焰将水晶粉熔化，再用两手左右一拉，就成为细丝了。”

“是吗？”三四郎就此闭上了嘴。

这时坐在野野宫君身旁的那位穿条纹羽织的评论家开口了：

① “十六武藏”，日本从江户时代到明治时代流行的一种棋类，棋盘由正线和斜线相互交织，组成棋盘格子。棋盘中央置一颗红色主棋子，周围十六颗蓝色棋子，相互进攻，最终根据红色被围住或蓝色被红色吃掉，判定输赢。

“一谈到这些方面，我们全都一无所知。请问，最初人们是怎么发现光压力的呢？”

“在理论上，麦克斯韦[①]早就提出过这种假说，不过是一个名叫列别捷夫[②]的人，首次通过实验做出了证明。近来，还有人提出彗星的尾巴本来应该被引向太阳的方向，可是每当彗星出现时，它的光带总是拖曳在太阳的另一面，这种现象会不会是由于光的压力而被驱赶过去的呢？”

“虽说这个设想也很有意思，但首先是很了不起啊。”评论家似乎相当钦佩。

“何止是了不起，简直是异想天开呀。”广田先生说。

“要是实验证明这种设想错了，就更加异想天开了。”原口先生笑着说。

“不过，看来这种设想是对的。光压与物体半径的二次方成正比，而引力则与半径的三次方成正比。因此，物体越小，引力也就越弱，而光压则越强。如果彗星的尾巴是由非常细小的碎片组成的话，那么只能被驱赶到与太阳相反的方向去了。”

野野宫君不由得认真起来。而原口照例是那副腔调：

“虽然敢于设想，但是计算变得异常复杂了，可见有利

---

① 詹姆斯·克拉克·麦克斯韦（James Clerk Maxwell，1831—1879），英国物理学家、数学家。经典电动力学的创始人，统计物理学的奠基人之一。

② 彼得·尼古拉耶维奇·列别捷夫（Pyotor Nikolaevich Lebedef，1866—1912），俄国物理学家。莫斯科大学教授。1910年用实验证实光对物体的微小压力。著有《光压实验研究》（1901）。

有弊啊。”他这一句话，使大家又回归喝啤酒的轻松气氛之中了。这时广田先生说：

“我总觉得，自然派[1]成不了物理学者。”

“物理学者”和“自然派”这两个词，激起了满座的极大兴趣。

“这话是什么意思？”野野宫君发问了。广田先生不得不解释起来：

“这意思就是，为了测试光压，即便是睁大眼睛观察自然，也是不行的。在自然的菜谱中，不是没有印着光压这一事实吗？因此，不是才通过人工制造出水晶丝、真空管、云母片等装置，使物理学家能看见这种压力的吗？所以不是自然派呀。”

“可是也不属于浪漫派吧？”原口先生插了一句。

“不对，是浪漫派。”广田先生一本正经地辩解道，“将光线与承受光线之物，置于在一般自然界里根本看不见的位置上，这不是彻头彻尾的浪漫派是什么？”

“可是一旦被置于这种位置上，只剩下观察光线固有压力的步骤了，由此往后就属于自然派了吧？”野野宫君予以反驳。

“照你这么说，物理学者是浪漫的自然派了。从文学角

① 指当时风行日本文坛的自然主义文学流派，“自然派”的作家，主张放弃理想，只要描写真实、只要暴露社会的黑暗面就够了。夏目漱石的创作主张和自然主义文学流派截然相反，坚持批判现实主义的创作理念。

度来说，不就是易卜生笔下的人物吗？”斜对面的博士打了个比方。

“是啊，易卜生的戏剧里也有和野野宫君相似的装置，不过在那种装置作用下的人，是否也是像光线那样遵从自然法则的，就值得打个问号了。”这段话是那位身穿条纹礼服的评论家发表的。

“也许如你所说的那样。不过我认为，这种事应该记载在对人的研究上——就是说，被置于某种状态之下的人，具有朝相反方向运行的能力和权利。然而，人们出于奇怪的习惯，以为人类也好，光线也好，都是同样遵循机械的规律运行的，所以时常出现惊人的差错。设置其发怒，结果却在发笑；欲使其发笑而设定后，却生气了，得出的结果完全相反。然而无论是发笑还是生气，都是人的行为这一点是毫无疑问的。”广田先生把问题又进一步展开了。

“这么说，在某种情况下，一个人无论做什么都是符合自然规律的了？”对面的小说家质疑道。

“当然，当然。不论描绘什么样的人，不论怎样描写，这世界上至少都会存在这样一个人，难道不是吗？”广田先生当即回答，“实际上，作为人类的我们，无论怎样想象，也不可能想象出不像是人类的行为举止来。只不过因为写作手法太差劲，才给人感觉不像人类的吧？”

小说家不再发言了。此时，博士又开了口：

“在物理学者中也是如此，伽利略曾经发现寺院的蜡烛吊灯的晃动，无论其幅度大小，频率都是一样的；牛顿发现苹果因引力作用而掉下来，就因为他们从一开始就是自然派呀。”

“这种自然派的话，在文学方面也相当多吧。原口先生，绘画方面也有自然派吗？”野野宫君问道。

“当然有了。比如那个令人敬畏的库尔贝①，主张Vérité vraie②，即一切景物都必须是真实的。不过他的画风并非多么盛行，只是作为一个流派被认可其存在罢了。而且这样一味求真，非此不可的话，也太极端了。小说也是一样吧？恐怕也会有莫罗③和夏凡纳④那样的作家吧？”

“肯定会有的。”旁边的小说家回答。

餐后，也没有什么即席演说，只有原口先生不住地贬低九段上面的那尊铜像⑤。他认为，随意竖立那样的铜像，徒然给东京市民添堵。倒不如塑造美丽的艺伎铜像更讨人欢心呢。与

---

① 居斯塔夫　库尔贝（Gustavc courbct，1819　1877），法国画家，提倡现实主义，题材以反映生活的真实为创作的最高原则，多表现市民的日常生活和周围事物。对19世纪的其他写实主义画家及其以后的印象主义画家，都有很大影响。主要作品有《画室》《绿荫下的小河》《奥尔南的葬礼》等。

② 法语：真正的真实。

③ 古斯塔夫·莫罗（Gustave Moreau，1826—1898），法国象征主义画家。主张美的色调不可能从照抄自然中得到，绘画必须依靠思索、想象和梦幻才能获得。莫罗画的大多是宗教传说和神话故事，富有浓厚的神秘主义色彩。

④ 皮维·德·夏凡纳（Pierre Puvis de Chavannes，1824—1898），法国象征主义画家，艺术活动主要是给许多公共建筑作装饰壁画，大多采用象征手法来传达对生活的寓意。他的画作在和平宁静的气氛中带有一丝忧郁，是典型的世纪末情调。代表作有《夏》《贫穷的渔夫》等。

⑤ 东京九段靖国神社内的大村益次郎铜像。大村益次郎（1824—1869）是日本近现代历史上最为著名的军事家之一，在倒幕运动和创建近代日本军制中立下了很大功劳。死后被日本军国主义分子封为了“战神”，他的陵墓也被放置在“靖国神社”中。由于他主张废除武士在军事上享有的特权，受到了武士们的憎恨，后被武士刺杀。

次郎悄悄告诉三四郎，九段那尊铜像的雕刻者和原口先生素来不睦。

散会后，走到外面，只见明月高悬。与次郎问三四郎："今晚，广田先生给庄司博士留下了好印象吧？""大概是吧。"三四郎回答。与次郎在公用水龙头旁边站住说："今年夏天，我夜里出来散步，因为太热了，就在这里洗浴，被巡警看到，我就跑到擂钵山[①]上去了。"他俩随即跑上擂钵山赏月后才回去。

归途中，与次郎突然对三四郎解释起了借钱的事。这天夜晚，月光清冽，略感寒意。三四郎已经不大惦记借钱的事了，就连与次郎的解释也不是真心想听。他知道不能指望与次郎会还钱。与次郎也绝口不提还钱的事，只是絮絮叨叨地说了无法还钱的种种理由。听与次郎饶舌，反倒让三四郎觉得更加有趣。与次郎给三四郎讲了这样一件事：

"我曾经有个朋友，因失恋而悲观厌世，最终决心自杀。但是他不想跳海，也不愿投河，更讨厌投身火山口，最不情愿的是上吊，万般无奈之下，去买了一把手枪。买回家后还没来得及自杀，有个朋友来借钱。他说没有钱可借，那个朋友恳求再三，要他务必救救燃眉之急。实在没辙了，他就将这把至关重要的手枪借给了朋友。那朋友把手枪送去当铺，总算过了这个坎儿。待手头缓过劲儿来，朋友把手枪赎回，来还给他时，

① 在上野公园内的古坟。

这把要命的手枪所有者已经不想自杀了。所以说，我这位朋友性命，就等于是因为借钱给人而保住的。总之，这种事情也是有的。”

三四郎听了只觉得滑稽无比，除此之外什么意义也谈不上。他仰望高挂夜空的月亮，大声笑起来。即使对方还不了钱，心情也很愉快。

“不许笑。”与次郎提醒他。三四郎更觉得可笑了。

“你不要笑。好好想一想吧，正因为我没有还你钱，你不是才能从美祢子小姐那儿借到钱吗？”

“那又如何呢？”三四郎收敛起了笑容。

“这还不够吗？喂，你小子爱上那个女人了吧？”

什么都瞒不过与次郎，三四郎哼了一声，又抬起头凝望那高高的明月，月亮旁边浮现出了白云。

“你已经把钱还给她了吗？”

“还没有。”

“那就一直借着吧。”

说得倒轻松，三四郎没有搭理他。他当然不打算一直拖欠下去。三四郎本想只用二十元钱付房租，余下的钱第二天就到里见家去还给她。但又一想，眼下就去还，反而有悖对方的好意，不太合适，所以牺牲了这次登门拜访的好机会，又返了回来。当时不知怎么想的，竟稀里糊涂地把那十元钱给破开了。其实今晚的会费也是那十元里的呢。不光是自己的，与次郎的会费也是从这儿出的。眼下只剩二三元了。三四郎打算用这钱买一件冬天穿的衬衣。

其实，看与次郎的样子根本不打算还账，所以前些日子，三四郎已经硬着头皮，以钱不够用为名，写信让家里寄三十元钱了。按说，家里每月寄来足够的生活费，不该以不够花为由再向家里索要。可三四郎又是个不会说谎的人，为了编出恰当的理由而冥思苦想。实在想不出来，只得写上：“有个朋友丢了钱，很发愁，我出于同情，就把钱借给他了，结果自己也拮据起来，还望寄笔钱来。”

如果家里接到信后马上回信的话，现在应该已经收到了，可是还没有收到。今晚说不定能收到回信，三四郎这么想着回到寓所一看，不出所料，桌上摆着母亲的来信，因为信封上是母亲的笔迹。奇怪的是，以往必定是挂号信，今天只贴了一张三钱的邮票。打开信一看，信写得格外简短。母亲一改往日的絮叨，只交代了要说的事情，口气很冷淡。只是告诉他，你要的钱已寄给了野野宫君，你到他那儿去取吧。三四郎铺好床就睡了。

第二天，第三天，三四郎都没有到野野宫君那儿去。野野宫君那边也没有叫人传话过来。不知不觉一周过去了。最后，野野宫君打发寄宿处的女佣送来一封信，信上说：“你母亲有东西托我交给你，请来一趟。”三四郎就趁课间休息，又下到理科专业的地窖去了。他本想片刻工夫就能把事情办完，谁知没有那么顺当。今年夏天，在野野宫君独占的房子里多了两三个留胡子的人，此外还有两三个穿制服的学生。而且他们都非常专注而安静地进行着研究，仿佛忘记了地面上阳光灿烂的世界。其中，最忙碌的就是野野宫君。他瞧见三四郎出现在门口，没有一句寒暄，就朝门口走过来。

“你家里寄钱来了，所以我叫你来取一下。不过我没有带到这儿来。此外，还要跟你说点儿别的事。”

三四郎“噢”了一声，问今晚就去拜访行不行。野野宫君稍微想了一下，干脆地回答“行”。三四郎便走出了地窖，一边走一边感叹理学家就是锲而不舍。今年夏天看到的酱菜坛子和望远镜，依然放置在原来的地方。

在下一堂课上，三四郎见到与次郎，把事情经过对他说了。与次郎瞧着三四郎的眼神，就像在瞧一个傻瓜。

“所以我才跟你讲，你就一直借着，不要还她呀！你这样多此一举，不是徒然给年迈的老母亲添堵吗。而且还得去挨宗八君一通训诫，真是榆木疙瘩脑袋！”听与次郎的口气，似乎压根不觉得事情是因他而起的。而三四郎也把与次郎应该对此事负责给忘得一干二净，因此给出的回答没有让与次郎感到不快。

“我不愿意老是拖着不还，所以跟家里要钱的。”

“你不愿意借，可对方愿意呀。”

“为什么？”

这句“为什么”连三四郎自己也觉得问得有几分虚伪，与次郎似乎并没有听出来。

“这不是明摆着吗？换作是我，也会这样想的。假设我有的是钱，那么与其叫你还钱，不如让你拖欠着心里高兴。人就是这样，在自己生活不困难的前提下，愿意尽可能对别人好一些呀。”

三四郎没有回答，他开始记笔记了。刚写了两三行，与次郎又凑近他耳畔说：

“即便我这么穷，一有点儿钱，也常借给别人，但是谁都不会还我的。正因为如此，我才会这样愉快呀。”

三四郎没有说“真的”或是“是吗”，只是微微笑了笑，又继续写字了。与次郎后来也安静了，直到下课没有再开口。

铃声响了，两人并肩走出教室时，与次郎突然发问：

“那个女子是不是喜欢上你了？”

听课的学生从他们背后陆续走出来。三四郎只得默默地走下楼梯，从玄关出来，走到图书馆旁的空地上，才回头望着与次郎，说：

“不太清楚。”

与次郎盯着三四郎看了好一会儿，说：

“这种事也不是没有。不过，假设你清楚她的想法，你就能做她的丈夫吗？”

三四郎至今未曾想过这样的问题。他一直以为，被美祢子爱恋这一事实本身，即是做她丈夫的唯一资格似的。可是听与次郎这么一问，也的确是个问题。三四郎歪着脑袋思索着。

“换作野野宫君，是够资格的。”与次郎说。

“野野宫君和她，过去有过什么关系吗？”

三四郎的神情犹如雕刻一般严肃。

“不清楚。”与次郎一口否定，三四郎沉默着。

“你还是到野野宫君那儿去听教训吧。”与次郎说完，便朝池塘那边走去。三四郎就像笨拙的招牌似的戳在原地。与次郎走出五六步后，又笑着转身回来了。

“我看，你干脆娶了良子小姐吧。”他说罢，拉着三四郎往池塘那边走去。他边走边重复了两遍：“要是和她，没问题。要是和她，没问题。”这时，铃声又响了。

当晚，三四郎到野野宫君那里去了。因为时候还早，他顺便散步来到四丁目，想买件衬衣，就走进了一家大洋货店。小伙计从里头拿出各式各样的衬衣来，三四郎用手摸摸料子，又展开来看看，半天没有选定。正当三四郎无由地摆出一副傲然的派头挑来拣去时，恰巧美祢子和良子一起进店来买香水。美祢子看见三四郎“哟”了一声，寒暄之后，说道：

“前几天多谢了！”三四郎很清楚这句话的意思。原来三四郎向美祢子借钱的第二天，本想再登门拜访一次，尽快把多余的钱还了，但又想等几天再说，便在两天后，给美祢子写了一封很客气的感谢信。

这封信的内容虽说真实地表达了写信人在写信时的心境，但也不免热烈了些。三四郎将自己所知道的词汇都堆砌进去，热烈地表达了谢意，热情洋溢得在一般人看来根本不像是一封借钱的感谢信。当然，除了感谢之外，他没有写其他的。正因为如此，感谢也自然会超出感谢的程度。三四郎将此信投入信筒后，估计美祢子会及时回信的，谁知好容易写出来的信，却没有得到回音。直到今天，他一直没有机会见到美祢子。三四郎听到“前几天多谢了”这微弱的回音，也鼓不起勇气回答什么了。他将大号衬衣在眼前展开打量着，心想，大概因为有良子在，她才表现得这般冷淡的吧？他还想到，这件衬衣也得用这女子的钱买哩。这时小伙计催问他究竟要哪一件。

两个女子笑着走过来，一块儿帮他选衬衣。最后，良子说："就选这一件吧。"三四郎听从了。然后，她们让三四郎帮着参谋买什么牌子的香水，三四郎哪里懂得。他随手拿起一瓶写有Heliotrope①的香水，问道："这个怎么样？"美祢子当即决定："就买这个了。"三四郎不禁觉得有些对不住她们。

走到店外准备分手的时候，两个女子互相道别。良子说："那么我走啦。"美祢子说："你就快点儿去吧……"三四郎一问才知道，良子现在要到哥哥的寓所去。于是今天晚上，三四郎又将同这位漂亮的女子两个人一道去追分了。此时，太阳尚未完全落山。

三四郎和良子结伴同行虽求之不得，可是要和良子一起前往野野宫的寓所，使他有些为难。他犹豫着索性今晚先回家，改天再去吧。但是又一想，去野野宫家听与次郎所谓的训斥，说不定有良子在场会好得多。因为当着别人的面，野野宫君总不至于把母亲拜托他的传话，无所顾忌如实转达的吧。运气好的话，或许只是把钱交给自己就完事了呢——三四郎心里打着小算盘。

"我也正想到野野宫君那儿去呢。"

"是吗，去找他玩吗？"

"不，有点儿事情。你是去玩吧？"

---

① 即天芥菜，是一种紫草科天芥菜属植物，原产地欧洲，品种很多，最熟知的香水草，花芳香，似勿忘我，花裂片五枚，紫色至白色。有特别的香气，被用作香水的原料，也用作香水的品牌名。

“不，我也有事呀。”两个人问了同样的问题，得到了同样的回答。但是双方都丝毫没有露出为难的表情。为了慎重起见，三四郎问良子，自己在旁边会不会不方便。良子说，一点儿也没有不方便。这女子不但用言语否定，表情上也很惊讶，好像在说：“怎么会这么问？”三四郎借着店头的煤气灯，以为从女子的黑眼珠里看到了惊奇，但事实上，他看到的只是她那又大又黑的眼眸罢了。

“买小提琴了没有？”

“你怎么知道这事？”

三四郎不知怎样回答才好。女子毫不介意，立即说道：

“不管怎么央求哥哥，只是嘴上说‘给你买，给你买’，可是一直都没有买。”

三四郎心想，这都得怪与次郎，既不怪野野宫，也不怪广田。

两个人从追分的大道拐进一条细细的小巷，一走进去，发现小巷里有许多人家，每户人家的门灯都照出了昏暗的小路。他们来到一盏门灯前站住了，野野宫君就住在这里面。

这里和三四郎的寄宿处只有一百多米的距离。野野宫搬来这里以后，三四郎来看望过他两三次。去野野宫的房间，要走到宽宽的檐廊尽头，再上两段楼梯后，左手边才是他那两间独立的房间。房间朝南，别人家的宽阔庭院几乎就在檐廊下面，无论白天晚上都鸦雀无声。看到蜗居在这所独立房间里的野野宫君时，觉得他退掉原来的那个家，过寄宿生活，也并非个错误决定。三四郎第一次来这里，就感到这里是个令人羡慕的舒适住所。这时，野野宫君下到檐廊上，从下面仰望自己房间的屋檐，说：“你瞧，那是茅草葺顶的呀。”果不其然，屋顶竟然没有铺瓦，真是少见。

今天是晚间来的，屋顶当然看不见，但房间里开着电灯。三四郎一看到电灯，就想起了草葺屋顶，不觉想发笑。

“你们二位怎么会凑到一块儿来啦，是在门口遇见的？”野野宫君问妹妹。妹妹说明了事情的经过，并建议哥哥也应该买一件像三四郎那样的衬衫。她还央求哥哥说，上次那把小提琴是国产的，音色不好，差劲儿得很。既然拖到现在还没买，干脆买一把更好的吧，至少要和美祢子小姐的那一把差不多才行。然后，良子就这样不住地跟哥哥撒娇。野野宫君倒是没有一脸严肃，但是也没有说些安抚的话，只是“是吗是吗”地应着。

这期间三四郎一直没有开口。良子说的都是些傻里傻气的话，而且毫无顾忌。然而三四郎既不觉得她傻气，也不觉得她任性。在旁边听着她和哥哥的对话，三四郎只觉得就像来到洒满阳光的开阔田地里一样心情舒畅。三四郎几乎把即将降临的训斥都忘到脑后了。这时良子的话使他吃了一惊。

“哎呀，我给忘了，美祢子小姐有话带给你哩。”

“是吗？”

“你一定很高兴吧？不高兴吗？”

野野宫君显得很难为情，于是转向三四郎说：

“我妹妹是个傻丫头吧。”

三四郎只好笑而不语。

“我才不傻呢，是吧，小川君？”

三四郎又笑了笑，他内心里实在不想笑了。

“美祢子小姐说，要哥哥带她去看文艺协会①的演出呢。”

“她可以同里见君一起去呀。”

“里见君他说有事。”

“你也去吗？”

“当然去呀。”

野野宫君没有回答去还是不去，他又转向三四郎说，今晚叫妹妹来，本来有要紧的事跟她讲，可是她老是东拉西扯的，真拿她没办法。三四郎一打听，到底是学者，格外坦率。原来野野宫君正要跟良子谈提亲的事。他说，有人来提亲，已经问过家里了，父母也回信说没有意见。因此，下一步就要听一听她本人对此事的想法了。三四郎只说了声“不错啊”，想赶紧办完自己的事，好告辞回去。

“听说家母有事相托，给你添麻烦啦。”三四郎终于开口道。

“哪里，也谈不上什么麻烦。”野野宫君立即打开抽屉，取出一包东西，交给三四郎。

“你母亲放心不下，写了一封长信来。信上说：‘听三四郎说，因为一件不得已的事，把每月寄去的生活费借给了朋友。可是即便是朋友，也不该随意借人家的钱啊。再说，借了

① 该协会是坪内逍遥、岛村抱月等人于明治三十九年（1906）创办的，解散于大正二年（1913）。最初是文艺研究团体，明治四十四年开始单纯从事戏剧演出，成为日本新剧运动的发源地。

钱也应该还上才是。’乡下人老实，这么想是很自然的。信上还说：‘就算三四郎借钱给人家，出手也太大方了。一个每月都靠家里寄钱的人，一下子就借给人二三十元的，说是帮助别人，哪有他这么缺心眼儿的呀？’听老人家的意思，好像我也有责任似的，真是难办……”

野野宫君望着三四郎，嘿嘿地笑了。三四郎只是一本正经地说了句“太抱歉了”。听野野宫君的口气，并不是在责备年轻人，他稍稍换了个语气。

“没关系，不用太担心，不是什么大事。只是你母亲以乡下人的标准估算钱的价值，所以觉得三十元钱是一笔不小的数额。信上还说，有了三十元钱，够四口之家吃上半年的。我想问问你，真是这样的吗？”良子哈哈大笑起来。三四郎也觉得母亲这些蠢话颇为可笑。然而，母亲所说的话，并非都是编造出来的，意识到这一点后，他有些后悔自己做事太轻率了，很对不起老母。

“照她这么说，每月花五元钱的话，平均每个人一元二十五钱，除以三十天，每天只有四钱——即便是乡下，好像也太少了吧。”野野宫君计算了一下。

“吃些什么，才能靠那么点儿钱过活呢？”良子一本正经地问道。三四郎也没有工夫后悔了，给她讲起了自己所知道的乡村生活的情形。其中还有“宫笼”[①]的习俗。以三四郎家为

① 为了祈祷神明保佑，宿于神社内一夜。

例，每年向全村捐出十元。到了“宫笼”那一天，六十户人家各派出一人，这六十人可以不劳动，聚到村子的神社里，从早到晚只管大吃大喝。

“这样吃喝才花十元钱？”良子非常惊奇。事到如今，三四郎担心挨的训斥已不知哪里去了。之后又闲聊了一会儿，告一段落时，野野宫君重新谈起了此事：

“没办法，这是你母亲的意思，叫我先了解一下情况，如果认为没有不正当的地方，就把钱交给你。她还说：‘你务必费心把事情原委都告诉我。’可是刚才，我还没把事情问清楚，就把钱交给你了——这可怎么办呢？你真的借钱给佐佐木了吗？”

三四郎断定，这事一定是美祢子泄露给了良子，良子又告诉了野野宫君的。然而，兄妹俩谁也没有觉察到，这钱转来转去，变成了小提琴，令三四郎有种怪怪的感觉。他只回答了声“是的”。

“听说佐佐木买了赛马券，把自己的钱都折腾光了，是吗？”

“嗯。”

良子又大声笑起来。

“那么，我就好歹对你母亲这样说吧。不过，你以后就不要再这样随便把钱借给别人了，好吗？”

三四郎表示再也不借给别人了，道了谢，站起身来。良子也说该回去了。

“刚才那件事还得跟你谈谈呢。”哥哥提醒妹妹。

“不谈也行啊。”妹妹拒绝了。

“那可不行啊。”

“不谈也行啊。我不知道呀。”

哥哥望望妹妹的脸，沉默不语。妹妹又接着说：

“我也没有办法。你问我愿不愿意到一个陌生人家去，我哪里知道呀？根本谈不上喜欢还是讨厌，所以我什么也回答不了啊，所以说我不知道呀。”

三四郎终于明白了“我不知道”三个字的本意。他丢下兄妹两个，急忙走出了大门。

三四郎穿过没有行人、只亮着门灯的小路，来到大街上。起风了，他向北拐去，风直吹到脸上。风从自己住处那个方向间歇性地吹来。三四郎想，野野宫君大概会冒着这北风，把妹妹送到里见家里去吧。

三四郎上了二楼，进入自己的房间，坐下来后，仍然能听到呼呼的风声。每当听到这种风声，三四郎就想起“命运”二字。每当风声大作，他便瑟瑟发抖，他自知绝不是个坚强的男人。回想起来，自从来到东京后，自己的命运基本上是被与次郎摆布的，而且在某种程度上，是在一团和气的捉弄之中受其摆布的。与次郎是个很可爱的损友。三四郎预感今后自己的命运依然会受这个可爱的损友的操控。风不停地刮着，无疑是比与次郎还要猛烈的风。

三四郎把母亲寄来的三十元钱压在枕头下面安睡了。这三十元钱也是受到命运捉弄的产物。他完全不知道这三十元钱今后将会起到什么作用。三四郎想去把这笔钱还给美祢子。美祢子接过钱时，肯定又要刮起一阵风的。三四郎希望这阵风来得越猛烈越好。

三四郎坦然地睡着了。他睡得无比香甜，无论是命运还是与次郎都拿他没办法。忽然，他被钟声所惊醒。不知什么地方传来嘈杂的人声，这是他在东京第二次见到火灾。三四郎在睡衣外面披上一件羽织，打开了窗户。风势小多了，对面的二层楼房在呼啸的风声中，看上去漆黑一片。那房子越黑，房子背后的天空越显得红彤彤的。

三四郎忍着寒冷，眺望着红彤彤的地方。此时，三四郎头脑里出现了被照得火红的“命运”二字。三四郎又钻进了暖和的被窝。于是，忘掉了那些在火红的命运中身不由己地旋转不停的人。

天亮以后，三四郎还是像往常一样，穿上制服，拿起笔记本上学校去了。不过他没有忘记把三十元钱揣进怀里。不巧，三点之前，课程排得满满的，三点过后去找她的话，良子大概也放学回来了，说不定那位里见恭助哥哥也在家。三四郎觉得有别人在场，是万万不可还钱的。

“昨晚挨训斥了吗？”与次郎又跟他搭话。

“没有，谈不上什么训斥。”

“我就说嘛，野野宫君可是个明白人哪。”与次郎说完就不知去了哪里。

第二节课后，他们又碰面了。

“广田先生的事情进展还算顺利。”与次郎说。三四郎问他事情进展到什么程度了。

“这个你就不必担心了，有空我详细告诉你。先生还问起你，说你很久没来了呢。你要常去看看先生，先生是独身一人啊，我们必须多关心他才行。下回记得买点儿东西带去。”与次郎说完，又没了踪影。到了下一堂课，他又从什么地方冒了出来。这回，与次郎不知怎么想的，在上课中间，突然像发电报似的写到：“钱已收到？”给三四郎看。

三四郎打算写回条，一看老师，老师恰好也正看着他。三四郎就把那字条揉成一团扔到脚下了。一直等到下课，他才回答与次郎：

“钱收到了，在这儿呢。”

“是吗？那就好！打算还吗？”

“当然要还。”

“那就好，尽早还为好。”

“我想今天就还……”

“嗯，午后晚些去，她也许在家。”

“她要出去吗？”

“当然啦，她每天都去让那个画家画肖像画，估计画得差不多了。”

“是去原口先生家吗？”

“嗯。”

三四郎向与次郎打听了原口先生的住址。

10

听说广田先生病了，三四郎特来探望。一进门，看到玄关里摆着一双鞋。他想可能是医生来了。三四郎像以往那样绕到后门，没有看见一个人，便慢吞吞走进餐室，听到起居室里有人说话。三四郎站着等了片刻，他手里提着一个大大的包裹，里面装满漤过的柿子。因为与次郎曾经提醒他："记得下回来的时候，买点儿什么礼物。"所以三四郎在追分街上买了这些柿子。这时，只听起居室里突然发出噼里啪啦一阵响动，好像是有人扭打起来了。肯定是在打架。三四郎这么一想，便拎着包裹，一把将格子门拉开一尺宽，探头向里看去。只见广田先生被一个身穿褐色裙裤的大汉按在地上。先生勉强从铺席上抬起头来，看见三四郎，笑了笑说：

"噢，你来啦！"

摁着他的男人只是回头看了看，并没有改变姿势，说道：

“先生，恕我不敬，请自己起来。”

那男子好像正反剪广田先生的双手，将膝头抵在先生的肘关节上。先生在男人下面答曰“实在是起不来”，压着先生的男子这才放开手，支起腿，整理了一下裙裤的褶子，重新端然而坐。此人看上去是个仪表堂堂的男子。广田先生也马上坐了起来。

“果不其然。”先生说。

“如果照那个流派的招式，强行与对方搏斗的话，有可能折断手臂，很危险的。”

三四郎听了这段对白，才搞清楚他们刚才在做什么。

“听说您病了，看样子已经好了吧？”

“嗯，已经好了。”

三四郎打开包裹，把包里的东西摊在他们二人之间。

“我给您买了些柿子。”

广田先生去书斋拿来一把小刀。三四郎从厨房拿来一把菜刀，三个人吃起柿子来。先生一边吃，一边和那个陌生人起劲儿地谈起了地方中学的事。诸如生活艰难，诸事纷争，在一个地方难以待久，授课之余还要兼做柔道教师。有一位教师只买了木屐板，把原来的旧木屐带换上，节省得不能再节省了，这回辞了职，估计不容易再找到工作了，只好把妻子送回乡下去等等，聊个没完没了。

三四郎一边吐着柿子核，一边观察那人的面孔，不禁暗自惭愧。现在的自己和这个男子比起来，仿佛不是一个人种。这男子在言语之间，反复说“真想再过一次学生生活”“再没有比学生生活更快乐的了”。每当听到这些话，三四郎就恍惚觉得自己的寿命或许也只有区区两三年了。他就像和与次郎一起吃面条时那样心情黯然。

广田先生又起身到书斋去了。回来时，手中拿着一本书，封面是红黑色的，书的切口蒙了一层灰尘。

“这本书就是上次对你提到的《瓮葬》①，无聊的话就翻翻看吧。”

三四郎道谢后接过了书，打开后就看到了这样一句话：

寂寥罂粟花，散落无休止，纪念已逝者，不问可永劫。

先生安心地继续和那位柔道学士聊天：

“一听到中学教师的现实状况，似乎全都是令人同情之事，然而真正感受到令人同情的是他们自己。为什么这样说呢？因为现代的人都习惯于看重事实，而摒弃伴随事实的情操。世事纷繁，使得人们不能不将此摒弃，也是无可奈何之事。其论据就是报纸上的报道。报纸上的社会新闻报道，十条

① 《瓮葬》法文是“Hydriotaphia, Urn Burial”，作者为托马斯·布朗爵士（1605—1682），他是英国医师和作家。布朗性格怪僻，常有新奇的想象，代表作《医生的宗教》《瓮葬》等。他一边行医，一边凭自己的意气和兴趣搞一些哲学研究和随心所欲的考古。1658年，布朗研究了从瓦尔兴恩原野中出土的几十只骨灰瓮，他认为是古罗马人的东西，于是写出《瓮葬》这一著作，著名的诗歌《爱情》就出自该书。

有九条是悲剧，但是我们没有将这些悲剧作为悲剧去感受的余暇，只是作为事实报道看看罢了。我订的报纸上，就曾在‘死者十多人’这条标题的下面，用六号铅字每人一行地记录了当天非正常死亡者的年龄、户籍、死因，极其简洁明了。还有一个‘小偷一览表专栏’，有个什么样的小偷进入哪个地方偷窃，将所有小偷集中于一处，让人一目了然，这样也相当便于阅读。总之，一切事情都必须以这样的节奏去对待才行。辞职也是如此。要明白，对于当事人而言或许是近乎悲剧的事，但对他人来说，并没有那般切身的感受。还是以这样的心态去处世比较好。”

“不过，倘若能像先生这般优游闲适，倒是感受深切些也无妨。”那位柔道男认真地说。于是广田先生和三四郎，以及说这话的男子都忍不住笑了。三四郎看到那人没有要走的意思，便借了书从后门出去了。

长眠于不朽的墓里，存活于人们口碑中，留下为世人称道之名。抑或任由沧桑变化，祈求长存于后世，乃是自古以来人之所望。此愿望实现之时，人已在天国。然而，真正的信仰之教义，认为此愿望此满足皆空无一物，形同虚幻。所谓生存，其意在于重归于我，所谓重归于我，既无所谓愿，也无所谓望，而是虔诚信徒所见之显而易见的事实。故而躺在圣洁信徒的墓地里，如同埋在埃及的沙漠中。只要观常住之自身而喜悦，则六尺窄墓亦无异于陵寝。凡事顺其自然是为悟道也。

这是《瓮葬》的最后一节。三四郎一边向白山方面漫然信步，一边阅读了这一段话。听广田先生说，这本书的作者是有名的美文作家，而这本书又是这位名作家的名篇。广田先生说这段话的时候，笑着声明："不过这可不是我的看法呀。"的确，三四郎也搞不明白这名篇究竟好在哪里。只觉得断句别扭，用字古怪，措辞晦涩，读了只能让人感觉就像参观古寺一样。如果用路程来换算，光是读这一段就足有三四百米远，而且还没有读懂。

三四郎从中得到的只有寂寥之感。如同奈良大佛寺钟声的袅袅余音，微微抵达身在东京的自己的耳膜一样。比起这段文字的含义来，三四郎更喜欢附着在其意思上的情绪。三四郎从来没有认真考虑过生死问题。因为自己正当青春气盛，血气方刚，思之为时尚早。眼前正燃烧着势如燃眉的大火，这是自己真实的感受。然后三四郎向曙町的原口家走去。

路上遇到了一列为孩子出殡的人，小棺材后面只跟着两个身穿羽织的男子。小棺材用雪白的布包裹着，在它旁边固定着一个好看的风车。风车不停地旋转着。翼片涂着五种色彩，旋转时看起来是一种颜色。白色棺材不停地晃动着那个好看的风车，从三四郎身边过去了。三四郎觉得这是个美丽的送葬。

三四郎以旁观者的心态阅读别人的文章，观看别人的出殡。如果有人提醒他："那么你也以旁观者的心态看待美祢子吧。"三四郎定会大感意外。三四郎的眼睛已经无法站在他人的立场看待美祢子了。因为他根本区别不了什么是旁观，什么不是旁观。只是作为事实，对他人之死，三四郎体会到一种美好的安宁之感，而对于活着的美祢子，却从甘美的享受深处品尝到某种苦闷。三四郎想要摆脱苦闷，不顾一切地前行。他觉得，只要能够前进，苦闷就会消除。为了排遣苦闷，而向旁边退却一步，即便是在梦中，他也不曾想过。不可能有此念头的三四郎，此时远远地望着“寂灭之会[①]”的文字，于三尺之外感受到了夭折的哀怜。而且，他愉快地眺望着令人悲伤的场面，并感受到了美感。

一拐进曙町，就看到一棵大松树。原口告诉三四郎，找到松树就到了。他走到松树下一看，却不是原口的家。向对面望去，也有一棵松树，那棵松树的前面还有松树。松树有很多。三四郎心想，真是个好地方。他穿过这些松树向左拐去，看到篱笆墙中有个漂亮的大门，门上果然挂着“原口”的名牌。这是一块纹理细密的黑色木板，用绿色油漆写的花哨的名字，既像字又像是花纹，真是别出心裁。从大门口到玄关空无一物，左右两边都是草坪。

玄关里摆着美祢子的木屐，她的木屐上的两根带子颜色不同，很好辨认。一个年轻女佣接待了他，说：“先生现在在作画，您请进吧。”三四郎随着她走进画室。这是一间宽敞的房间，南北狭长的地上像一般画家那样杂乱无章。别的不说，

---

① 此句里的“会”，是“法会”之意。

一进门处铺了一块地毯，和宽敞的屋子比起来，完全不相称。与其说是作为地毯铺在地上，更像是把一块颜色鲜艳、花纹雅致的编织物扔在地上似的。隔了老远摆着的一张大虎皮也是如此，丝毫看不出是为了落座而摆放的，而且虎尾长长地拖曳在与地毯极不相称的斜对面。还有一只像是用沙土攒成的大瓮，里面插着两支箭，灰色的箭羽之间金箔熠熠。大瓮旁边还有一副铠甲。三四郎想，这大概就是所谓“水晶花铠甲”了。对面角落有光在闪烁，原来是一件绣着金丝的紫色绲边窄袖和服，一根帷幕细绳穿过两袖之间，像伏天晾晒衣物似的吊挂着。袖子又圆又短，三四郎意识到这大概就是“元禄袖”[①]吧。除此之外还有许多画，光是挂在墙上的就大大小小有好多。尚未装框的画稿，都叠在一起卷成了卷，由于卷得松弛而露出长短不齐的边缘。

那幅正在描绘的人物肖像，就处于这眼花缭乱的颜色之中。被画的模特，手持团扇，半遮面地站在正对面的墙根。画画的男子将浑圆的腰身转过来面朝三四郎，手里捧着调色板，嘴里衔着大烟斗。

“你来啦。”原口先生说着，从嘴里取出烟斗放在小圆桌上。圆桌上有火柴和烟灰缸，还摆着椅子。

“请坐，就是那个。”他说着，看向正在画的画布。这幅画足有六尺长。

① 一种和服的袖型，袖子短而圆，多作为女子便服或少女衣着。因由来于元禄时代（1688—1704）的小袖式样而得名。

“果然很大啊。”三四郎只说了一句。

原口先生似乎没有注意听三四郎的话，自言自语着：“嗯，是很大。”又继续在人物的头发和背景交界处涂抹起来。三四郎这时才向美祢子望去，她在团扇后面朝三四郎微微一笑，露出一口洁白的牙齿。

其后的三分钟非常安静。房间里生着火炉，很暖和。今天，外面也不怎么冷，没有一丝风，枯树悄无声息地矗立在冬天阳光的怀抱中。三四郎被领进画室时，恍惚觉得走进了雾霭里。三四郎把胳膊支在圆桌上，让那无所忌惮的精神沉溺于胜似宁静夜晚的情境中。在这静谧之中有美祢子。美祢子的身姿渐渐浮现出来了。只有肥胖的画家在挥毫作画，他也只是在作画，不发出一点儿声音。肥胖的画家有时也走动，但是听不到脚步声。

被封闭在静止中的美祢子一动也不动。她手持团扇半遮面的亭亭玉立之姿已然构成一幅画面。在三四郎看来，原口先生并非在画美祢子，他是力图从这幅具有不可思议的纵深感的画面上，去除那纵深感，将美祢子重新描绘成普通的肖像画。尽管如此，第二个美祢子在这宁静之中，逐渐接近着第一个美祢子。三四郎感到，在这两个美祢子之间，仿佛包含着与钟表的响声无关的、宁静而漫长的时间似的。这样的时间平稳地流逝着，连画家也未觉察到。在这期间，第二个美祢子渐渐追上来了。眼看双方就要合为一体之际，时光的流逝突然改换方向，注入了“永久”之中。原口先生的画笔就此停止不前。三四郎的目光跟随到此，意识到之后，看了美祢子一眼，美祢子依然一动也不动。三四郎的头脑在静谧的气氛中不觉转动起来，他已经陶醉其中了。这时，原口突然笑起来。

“看样子又累了吧？”

女子没有说话，立即松弛下来，瘫坐在旁边的安乐椅上。这时，她又露出了微笑。趁坐下时摆动衣袖之机，看了一眼三四郎。她的目光有如流星一般掠过三四郎的眉间。

原口先生来到圆桌旁，一边问三四郎“怎么样”，一边划着火柴点上刚才那只烟斗，重新衔在嘴里。他用手指捏着硕大的木制烟斗，从胡须中间吐出两口浓烟来。不一会儿，又转过胖墩墩的身子走近画稿，信笔涂抹起来。

这幅画当然还没有完成，不过整个画面已经一遍遍地涂满了颜料，所以在三四郎这个外行眼里，已经相当完美了。他当然看不出画作的优劣。对技巧无法予以置评的三四郎，只能感受技巧带给自己的感触。就连这方面的经验也缺乏，所以他的感触似乎有相当的偏差。不过，哪怕能够证明自己不是一个对艺术的影响全然没感觉的人，也说明他三四郎是个风流人。

三四郎一看，这幅画总体来说很醒目，整个画面喷上了一层不知什么粉末，犹如在黯淡的日光下一般。阴影部分也不显得黑，反而放射出淡紫色的光。三四郎望着这幅画，不由得感到轻松快乐。这轻飘飘的心情就像正坐在猪牙船[①]上一样，但依旧感觉很安稳，并不觉得危险。当然也感觉不到苦涩、不快

---

① 江户时代的像猪牙一样船头又长又尖的小船。由于游客常常乘坐此船前往浅草山谷的吉原花街，又名山谷舟。

或恶毒。三四郎认为这幅画很体现原口先生的风格。这时原口先生潇洒地挥动着画笔，说起了这么件事：

“小川君，告诉你一件有趣的事。我有一个朋友，他厌倦了自己的妻子，提出离婚。可是妻子不答应，她说：‘我是因为有缘才嫁到你家来的，所以即使你讨厌我，我也决不离开。’”

说到这里，原口先生稍稍退后，端详着色的效果，然后又转向美祢子说：

“里见小姐，由于你没有穿着单衣[①]来，这和服总感觉画不好。我简直是在随意发挥，多少有些大胆了。”

“真是对不起。”美祢子说。

原口先生没有回答，又靠近画面，继续说下去：“后来，由于妻子死活不愿意离婚，我那位朋友就对妻子这样说：‘你要是不想离婚，就不离吧，一直住在家里好了，不过，我得走。’——里见小姐，请站起来一下，团扇怎么拿都可以，只要站着就行。好的，谢谢。——妻子说：‘我留在家中，你倒离开了，以后可怎么办呀？’朋友回答：‘那不要紧，你自己招个丈夫来，不就解决啦！’”

“后来怎样了？”三四郎问。原口大概觉得这个无须回答，接着往下说：

“还能怎么样啊。所以说，结婚可要慎重考虑噢。离合聚

① 单层和服。

散，都不能任性而为。请看看广田先生，看看野野宫君，看看里见恭助君，捎带着再看看我，都没有结婚。女人的地位提高以后，此类独身者越来越多了。因此，社会的原则应该是，必须在不出现独身男子的限度内提高女子的社会地位。”

“不过，家兄最近要结婚了。”

“哟，是吗？那么你怎么办呢？”

“不知道。”

三四郎望向美祢子，美祢子也瞧着三四郎笑了。只有原口先生仍旧面对着画作，嘴里咕哝着：“不知道，不知道……”又挥动起了画笔。

三四郎趁这个机会，离开圆桌，走到美祢子身旁。美祢子那没有抹什么头油的脑袋懒懒地靠在椅背上，这是一个疲惫的人不加掩饰的彻底放松的姿态。她的脖颈从内衣领口袒露出来。椅子上搭着脱下的羽织，她那向前蓬起的发髻上方，靠着羽织艳丽的里子。

三四郎怀里装着三十元钱，这三十元钱代表着他与美祢子之间难以言说的某种东西。三四郎对此坚信不疑。他想还钱却一直没有还，正是因为这个缘故。之所以下决心现在还钱，也是因为这个缘故。他不清楚一旦还了钱，二人之间会因没有了这层关系而疏远，还是更亲近——在普通人看来，三四郎多少有些迷信似的。

“里见小姐。”三四郎说。

“什么？”美祢子仰起脸，看着三四郎，表情依然很沉静，只是转动着眼珠。而且她的目光对着三四郎的面孔定住不动。三四郎判断，她一定是有些累了。

“今天正好见到你，顺便把钱还你吧！”三四郎边说边解开一个纽扣，把手伸进怀中。

美祢子又重复了一句“什么”，依然是一副平静似水的语调。三四郎把手伸到怀里，琢磨着该怎么办。终于下了决心，对她说：

“这是上次跟你借的钱。”

“你现在给我，叫我往哪儿放呀？”

美祢子仰头望着他，不伸手接钱，身子也不动弹，依然面无表情。三四郎就连她的回答是什么意思也觉得费解。

“马上就要完成了，坚持得了吗？”这时，只听身后有人说话。三四郎回头一看，原口先生正面对他们站着，手指间夹着画笔，捻着剃成三角形的胡须在笑。美祢子将双手放在椅子扶手上，在椅子上一坐好，便挺直了头和背。

“还要很长时间吗？”三四郎小声问。

“还得一个小时吧。”美祢子也小声回答。三四郎又回到圆桌旁边。美祢子已经摆好了模特的姿势。原口先生又点着了烟斗，开始挥毫作画。原口背对着三四郎说道：

“小川君，你看里见小姐的眼睛。”三四郎便看向美祢子。美祢子突然将团扇从额前放下，全身松弛下来，扭头去看玻璃窗外的庭院。

“不行，不能朝旁边看，我刚刚开始画。”

“为什么说那种没用的话？”美祢子转过头来。原口先生辩解道：

“我没有别的意思，是想跟小川君探讨问题。”

“探讨什么？”

“我马上就说，请你重新摆好姿势。好的，胳膊肘再往前一点儿。我想说的是，小川君，我画的眼睛是否如实表现了模特的神情呢？”

“这我可不懂啊。不过，像这样日复一日地画画，难道被画的人的眼神总是没有变化吗？”

“自然是有变化的。不光本人会变，画者的心情也是每天不同的。所以说实话，肖像画应该画上好几幅才行，但这是不可能的。不过有时候只画一幅，也能画得生动传神，很不可思议。要问为什么，请看……”

原口先生在和三四郎说话时画笔一直没有停，同时还要观察美祢子。三四郎目睹原口先生如此一心多用，非常佩服。

“这样每天画画，日积月累，过一段时间，画出的画就会形成一定的氛围。因此即使从外面带回其他氛围来，只要一进入画室，面对着画布，即刻会沉浸于某种特定的心情里。就是说，画面上的氛围转移到我身上了。里见小姐也是同样。如果放松下来，处于自然状态，就会因各种刺激而产生种种表情，但这些表情并不会给画面带来很大影响。因为摆出那样的姿势，身体处在鼓、铠甲、虎皮等这些杂乱无章的东西包围之中，会自然而然地使人呈现某种特定的表情，这种习惯表情便逐渐增强到压过其他的表情，所以，一般情况下，只要如实把这副眼神画出来就可以了。其实，说到表情……”

原口先生突然不说话了，看来是到了不好画的地方。他退后两步，来回比对着美祢子和画稿。

“里见小姐，是不是感觉不舒服呀？”他问。

“没有。”

这回答听着不像是从美祢子嘴里发出来的。美祢子仍然保持着那个姿势一动不动。

“其实，说到表情，”原口接着说下去，“画家并不描绘人物的内心，而是描绘内心表露在外的东西，因此只要一无疏漏地观察其表露的东西，内在气质便了然于心了。至于那些没有表现出来的心灵，则超出了画家能胜任的区域，必须明白这个界限，不可奢求。因此，我们仅仅在描绘肉体。不论描绘什么样的肉体，如果不赋予灵魂，无异于肉身一个，作为画是不成立的。这位里见小姐的眼睛也是如此。我并不是意图描画出里见小姐的心灵，只是单纯地要画好这双眼睛。因为我喜欢这双眼睛，所以才画它的。无论是这双眼睛的形状，还是双眼皮的褶皱、眼眸的深邃……凡是我看到的，都要把它们毫无遗漏地画出来。于是乎，一种表情便意外地出现了。倘若没有出现这样的表情，那么不是我的颜色没有上好，就是外形捕捉得不够准确，二者必居其一。你看这颜色这外形本身已然形成了一种表情，由不得我啊。”

此时原口先生又退后两步，比较着美祢子和画稿。

“你今天好像不同往日，是累了吧。要是累了，就到这儿吧。你累吗？”

“不累。”

原口先生又走向画稿。

“那么，要问我为什么要选择里见小姐的眼睛呢？我现在就讲给你听。只要看看西洋画上的女子容颜，不论是谁画的美人，都是一双大眼睛。都是大得出奇的大眼睛。然而在日本，从观音菩萨到人间丑女、再到“能乐”面具，最明显的要数画在浮世绘上的美人，无不是细细的眼睛，都如同大象眼睛一般。为何东西方的审美标准会有如此悬殊的差异，人们往往百思莫解。其实，道理很简单。西洋人全都长着一双大眼睛，因此就在大眼睛的范围内选择美丽的眼睛。而日本人都属鲸鱼眼睛系列——有个叫作皮埃尔·洛蒂[①]的人，曾嘲笑日本人说：‘日本人的眼睛那么细，怎么能睁开呢？’——你看，就是在这样的国度里，对于绝无仅有的大眼睛的审美眼光怎么可能发展呢。因此，在具有充分选择余地的细眯眼睛范围内，便产生出了美目，那就是歌麿，或是佑信[②]笔下的美女，并受到珍视。然而，无论这种细小眼睛多么日本式，也万万不可进入西洋画里，那就好像画的是盲人似的。话虽如此，像拉斐尔笔下的圣母那样的眼睛，日本人里根本就找不到，如果有那样的眼睛，就不算是日本人了。因此，我才麻烦里见小姐的。里见小

---

① 皮埃尔·洛蒂（Pierre Loti，1850—1923），法国小说家。他作为一名海军军官，周游过许多国家。丰富的阅历源源不断地给他提供写作素材，出版了十二部小说。知名的有《洛蒂的婚姻》（1880）《菊子夫人》（1887）等。洛蒂在艺术上的独到之处，主要是景物描写方面，他对海的描绘，可以说至今没有第二个法国作家可与之匹敌。

② 西京佑信（1671—1750），江户时代前期到中期活跃在京都的浮世绘大师。以《百人女郎品定》等享誉江户。他的画追求内敛知性的美感，对后来的浮世绘大师影响巨大。

姐，马上就好了。”

没有回应，美祢子纹丝不动。

三四郎觉得这位画家说出的话甚为有趣。他想，若是专门来听他这番言谈的，也许能增添几倍的趣味。但眼下三四郎的注意力，既不是原口先生的言论，也不是他的画作，而是集中在对面的美祢子身上，这是不言而喻的。三四郎耳朵听着画家说话，眼睛一直没有离开美祢子。映入他眼里的美祢子的倩影，犹如捕捉到了自然变化过程中最美的刹那，并使其定格了一般。在这不变之中有着永久的慰藉。可是，当原口先生突然歪着头，询问女子是不是累了时，三四郎竟有些畏惧了。因为他仿佛听到画家在告诫自己：“将易于变化的美固定下来的手段已经穷尽了。”

三四郎觉得画家说得有道理，觉得美祢子的确有些反常，面部没有光泽，眼角露出疲惫不堪的神态。三四郎因而失去了从这个活人画中获得慰藉之念。同时他又想到，她的这种变化是否是因为自己呢？一种强烈的独特激情袭上三四郎的心头。那种对不断变化的美感到虚无的大众性情绪，完全销声匿迹了——自己对于这个女子竟然具有如此大的影响力——在这种自我感觉的作用下，三四郎意识到了整体的自己。但是，这种影响对自己究竟有利还是不利，他还无从判断。

这时，原口先生终于放下了画笔，说道：

“就到这里吧，今天看来是不行啦。”

站着的美祢子，把手里的团扇扔到地上。从椅背上拿起羽织，一面穿一面向这边走来。

“今天很累吧。”

“我吗？”她整理好羽织，系上带子。

“其实，我也累了，等明天天气好的时候再画吧。喝点儿茶，歇一会儿再走吧。”

离天黑还有一些时间，但是美祢子说有点儿事，就不喝茶了。三四郎也受到了画家的挽留，但他特意谢绝了，同美祢子一起走出大门。在日本的社会状态下，随心所欲地制造这样的良机，对三四郎来说是比较难的。三四郎打算尽可能延长这种机会，好加以利用，所以邀请美祢子到行人比较少的幽静的曙町去走走，却意外地被对方拒绝了。于是，他俩径直穿过篱笆墙，来到大街上，三四郎和她并肩而行时，开口问道：

“原口先生也那样说，你真的不舒服吗？”

“我吗？”美祢子重复了这一句，和回答原口先生一样。三四郎自从认识美祢子以来，她不曾说过很长的话，和人对话一般都不过一两句，而且非常简短。尽管这样，在三四郎听起来，却接收到一种深邃的回声，这是从别人那里听不到的音色。三四郎对此敬佩不已，也觉得不可思议。

“我吗？”当她说这话时，将半张脸转向三四郎，并从双眼皮眼角斜乜着他。这双眼睛好似蒙了一层光晕，给人感觉不同于平日，变得温情脉脉，脸颊略显苍白。

“你的脸色好像不太好。”

“是吗？”

两个人默默地走了五六步，三四郎迫切地想把遮挡在他们之间的薄幕撕开。可是说些什么才能撕开，他全然不知。他不愿意使用小说里的那类甜言蜜语，无论是从兴趣的角度，还是从青年男女交际的习惯上，他都不愿意那样做。三四郎期待着事实上不可能发生的事，不光是期待着，而且是一边走一边在想办法实现。

这时，美祢子开口了：

“你今天来找原口先生有什么事吧？”

“没有什么事。”

“那么，只是来玩的了？”

“不，也不是去玩的。”

“那是来做什么呢？”

三四郎抓住这个时机。

“我是来看你的。”

三四郎打算趁此机会把所有的心里话都告诉她。然而，女子却用毫不兴奋的、平日那种使男子陶醉的语气说：

“那钱，在那里我不方便收下呀。”

三四郎十分沮丧。两人又默默地走了十来米远，三四郎突然开口道：

“其实我并不是来还你钱的。”

美祢子半晌没有回应，然后才轻轻地说：

“钱我也不要了，你拿着吧。”

三四郎再也忍不住了，立刻说：“我只是为了见你才去的呀。”说罢，从侧面瞧着女子的表情。女子没有看三四郎。此时，在三四郎的耳畔响起了女子轻微的叹息声。

“那钱……”

“钱有什么……”

两人的对话都没有说完就中断了。又走了四五十米，这回女子先发话了。

“你看了原口先生的画，有什么看法？”

回答有很多种，所以三四郎没有回答，继续往前走了几步。

“画得那样快，你不感到吃惊吗？”她问。

“是啊。”三四郎应道。实际上，三四郎刚刚意识到这一点。这么说来，从原口到广田先生家里表示他想画一幅美祢子的肖像画，到现在只有一个来月。原口在展览会上直接向美祢子提出这件事是那之后的事了。三四郎对绘画是外行，那样大的一幅画需要花多少时间，他想象不出来，可现在，经美祢子一提醒，他觉得确实画得太快了。

“什么时候开始画的？”

“正式开始画是最近的事。不过，在那以前，他就零散地给我画过几张。”

“你说那以前，是什么时候呢？”

“看看我穿的服装就知道了。”三四郎猛然想起第一次在池边见到美祢子的那个炎热夏日来。

“记得吧，当时你不是蹲在米槠树下的吗？”

“你拿着团扇遮面，站在高坡上。”

“跟那个画面是一样的吧？”

“嗯，是一样的。”

两人互相对视了一眼，再向前走一点儿，就走上白山的斜坡了。

从对面跑过来一辆人力车，车上坐着一个头戴黑帽、戴着一副金丝眼镜的男子，从这么远望去，也看得出那人满面红光的。从那辆人力车进入三四郎的视野开始，人力车上的年轻绅士就似乎一直盯着美祢子。人力车走过他们五六米远后，突然停下了。车上的人很麻利地撩开围裙，从脚踏上跳下来。这是一个身材很高、面庞瘦削的英俊男人。胡子虽刮得很干净，仍充满男子汉的魅力。

“我一直在等你，怎么也等不来，就来接你啦。”那人站在美祢子面前，微微低头笑着对她说。

“是吗，谢谢！”美祢子也笑了，望着那人的脸，马上又把目光转向三四郎。

“这位是？”男人问道。

“大学生小川君。”美祢子回答。

那男子摘了一下帽子，向三四郎点头致意。

“快走吧，你哥哥也在等你呢。”

三四郎正好站在拐向追分的巷子口。钱到底也没有还成，就同美祢子分了手。

11

最近，与次郎在学校里到处推销文艺协会的戏票。两三天的工夫，所有认识的人几乎都被他强卖了票。下一步与次郎便开始向不认识的人推销了。他一般是在走廊上捕捉兜售对象，一旦抓住就不轻易撒手，死缠烂打，非叫人家掏腰包了事。有时候，正在说服中途，上课铃响了，只得放对方一马，与次郎称之为“时不利”。有时候，对方笑而不买，空费一番口舌，与次郎称之为“人不利”。有一次，与次郎揪住了一位刚从厕所出来的教授，这位教授一边用手帕擦手，一边说着“我现在有点儿事”，急匆匆地钻进了图书馆，再也没有出来。与次郎对这种人，想不出恰当的称谓，目送着教授的背影，对三四郎说：“那位准是患了肠炎。”

三四郎问与次郎：“演出部门托你卖多少张票？”与次郎回答：“能卖多少就卖多少。”三四郎问：“卖得太多的话，会不会出现剧场座位不够的情况呢？”与次郎说：“有可能。”三四郎又追问：“那么票卖出之后，演出时不就麻烦了吗？”与次郎说：“不要紧，有的人是碍于情面买的，也有的人有事不能来，再加上有少数人可能患肠炎来不了。”一副不以为然的样子。

三四郎看与次郎卖票时，对于掏钱买票者自然是当场给票，但是，对那些没有付钱的学生，也给了他们票。小心谨慎的三四郎看到与次郎这样白给票，不禁有些担心，就问：“回头他们会补交票钱吗？”

与次郎回答：“当然不会了。与其精于算计地卖不了几张，莫如马马虎虎地多销售一些，从整体上来说更划算。”与次郎还将此举比作《泰晤士报》社在日本销售百科全书的模式。这样比较听起来颇有道理，但是三四郎心里总有些不踏实。因此，他还是提醒与次郎小心为上，当时与次郎的回答相当有意思。

“对方可是东京帝国大学的学生呀。”

“即便是大学生，像你一样对于钱毫无概念的人也很多呀。”

“哪里，只要不是有意不付钱，文艺协会方面也不会说三道四的。反正不管卖了多少票，到头来都是协会负债，这是明摆着的。”

三四郎为慎重起见，追问道：“这是你的想法还是协会的意思？”与次郎说：“当然是我的想法，要是协会的意见可就求之不得了。”

听与次郎一说，三四郎觉得似乎不去看这次演出的人，就是个大傻瓜。与次郎总是絮叨到让对方感觉不去看戏特别吃亏为止。与次郎这样做究竟是为了兜售戏票，还是因为真的推崇这次演出呢？或者只是为了激励自己，同时也激励他人，顺便为这场演出捧场，尽可能将社会上的气氛搞得更热烈一些呢？由于对这一点与次郎没有明晰地加以阐明，因此，三四郎宁肯让对方觉得自己很傻气，也没有被与次郎的游说感化。

与次郎首先讲述了协会会员刻苦排练的事。听他说，多数会员排练之后，演出前日都累得表演不了。然后介绍了舞台背景。那背景很不一般，据说是把东京的有为青年画家全部请来，让他们尽情发挥各自特长画成的。接着又谈到了服装，那些服装从头到脚都是按照古代装束缝制的。之后又谈到了剧本，这些剧本全都是新作，都非常好看。此外，还啰啰唆唆地说了好多。

与次郎说，他已经给广田先生和原口先生送去了请帖，并说服野野宫兄妹和里见兄妹买了头等座位的戏票，一切都很顺利。三四郎为了与次郎，高喊："祝演出完满成功！"

就在三四郎为演出喝彩的那天晚上，与次郎到三四郎的寄宿处来了。他和白天相比，简直判若两人。与次郎身子僵硬地坐在火盆边，不停地喊着"好冷好冷"。看他的脸色，不像是单纯因为冷的缘故。起初，他向火盆弯下腰伸出手烤火，但很快又把手揣进怀中。三四郎为了照亮与次郎的脸孔，把桌上的煤油灯从那头挪到这一头。然而，与次郎却沮丧地垂着脑袋，只将黑乎乎的硕大和尚头对着油灯，一直无精打采的。三四郎问他怎么了，他才抬起头来瞧着煤油灯，问了个与他的脸色完全无关的问题。

“这房子里还没有装电灯吗？”

“没有，听说不久就要装，油灯太暗了，不方便吧。”三四郎回答，而与次郎却仿佛突然忘掉了电灯的事似的说：

“小川君，出了一件大事。”

三四郎问他出了什么事，与次郎从怀里掏出揉得皱皱巴巴的报纸来，两张报纸是叠在一起的。与次郎揭开一张，将它折叠了一下，递给三四郎说：“你看看这儿。”他用指头点着那个地方。三四郎把脸凑近油灯，看见标题是“大学的文科”，大致内容如下：

> 大学的外国文学课一直由西洋人担任，学校管理者聘请外国教师担任所有的课程。但是，鉴于时势的进步和多数学生的要求，现在校方终于认可本国教师所开的课程也属于必修科目了。因此，据说从最近开始，正在物色适当的授课人选，最终决定聘用某氏，并将于近期公布。某氏乃近年奉命留学过海外的才子，当十分胜任这一职务。

“聘请的人不是广田先生呀。”三四郎扭头望着与次郎。与次郎的眼睛没有离开那张报纸。

“这是真的吗？”三四郎又问道。

“应该是真的吧。”与次郎歪着脑袋说，“我一直以为不会有什么问题的，结果还是失败了。不过，我听说此人也是多方运作呢。”

“可是，只凭这么一篇文章，还是传言呀，只有到了正式公布的时候才算数。”

“不，只是这篇文章当然无关紧要，因为涉及不到先生，可是……”

与次郎说着把另一张报纸重新折叠好，用手指指着标题，递到三四郎眼前。

这张报纸上也登着大致相同的报道。光是这些，不会给三四郎留下什么新的印象，但是读到后面，三四郎大吃一惊。文中把广田先生写成一个品德低下的人。“此人当了十年的国语教师，本是个默默无闻的平庸之辈，可是一听说大学要聘请本国教师讲授外国文学，便即刻悄然发起宣传活动，在学生中散布吹捧自己的文章。不仅如此，还指使其门生在小杂志上发表题为《伟大的黑暗》之类的论义。现已查明，这篇义章虽是以零余子的化名发表的，实际上是出入广田家的文科大学生小川三四郎的手笔”云云，最终出现了三四郎的名字。

三四郎惊讶地瞧着与次郎。与次郎从刚才起就一直盯着三四郎的脸，两人相对无言，良久，三四郎说道：

“这可如何是好！”他有些怨恨与次郎，与次郎却并不在意。

“你对这事怎么看？”

“什么怎么看？”

“我看一定是读者来稿，绝不是报社的采访稿。《文艺时评》上用六号铅字排版的这种投稿多得是。六号铅字的文章几乎都是充满恶意的。只要仔细一调查，谎言居多，有的明显就是捏造。要问人们为啥要干这种愚蠢之事，我告诉你，几乎都是为一己私利所驱动的。因此，我负责编辑六号铅字的稿件时，凡是居心叵测的都扔进纸篓里了。这篇报道恰恰属于这一类，它是对立派搞的鬼。”

“可是为什么不是你的名字，反倒登出我的名字呢？”

“就是啊——”与次郎沉吟片刻，解释说，“恐怕还是因为，你是本科生，我是选科生吧。”

但是三四郎觉得，这个解释根本说不通，依然百思不解。

“归根结底，我就不该用零余子这类龌龊的化名，堂堂正正地署名佐佐木与次郎就好了。实际上，那篇论文除了我佐佐木与次郎之外，没有人写得出来呀。”

与次郎显得一本正经的，被三四郎夺去了《伟大的黑暗》一文的著作权，反而令他受了委屈似的。三四郎简直无语了。

“你对先生说了没有？”

“这才是关键。《伟大的黑暗》的作者无论是你还是我，都无关紧要，然而事关先生人格的话，就不能不告诉他了。只要对他说：‘先生是品格高尚的人，完全与此事无关，恐怕是哪里搞错了。《伟大的黑暗》一文虽然在杂志上刊登出来，却是化名，定是先生的崇拜者写的，请您放宽心。’先生也许说一句‘是吗’就算完了。可是这回就行不通了。无论如何我得承担这个责任，如果事情办得顺利，我佯作不知，会感到愉快，但事情搞砸了，我仍保持沉默的话，就难为情了。首先，是我自己惹了祸，使得那样善良的人陷入麻烦，自己怎能坦然作壁上观呢？弄清是非曲直的事姑且不论，现在我只觉得对不住先生，愧疚万分！”

三四郎第一次感到与次郎是个值得钦佩的人。

“先生看到报纸了吗？”

“家里订的报上没有登，所以我也不知道。不过先生到了学校，会阅读各种报纸的。即使先生没有看到，也会有人告诉他的。”

“这么说先生已经知道了？”

“当然知道了。”

“他没有对你说什么吗？”

“没有。当然也没有好好交谈的时间，所以什么也没有说。前些时候，我一直为演出的事四处奔走，因此……啊啊，对那个演出，我也厌烦死了，真不想管那些事了。脸上擦了白粉演戏，有什么意思呢？”

“要是对先生说了，你准得挨骂。”

“一定会挨骂的，不过挨骂也没办法，太对不住先生了。都怪我惹是生非，给他添了麻烦。先生是个没有嗜好的人，不喝酒，烟也……”

与次郎说到这里停住了。先生的哲学化作烟雾由鼻孔喷出来的数量，日积月累，也是相当可观的。

“只有烟抽得比较狠，此外再没有其他嗜好，既不钓鱼，也不下棋，又没有天伦之乐，这是最不应该的。要是有个小孩子就好多了。先生的生活着实枯淡无趣啊！”

与次郎说罢，将两只胳膊交叉在胸前。

“本想偶尔给先生些宽慰，稍稍四处活动了一下，竟出了这种事。你也到先生那里去一趟吧。”

“不光要去一趟，我也多少负有责任，要去谢罪呀。”

“你没有必要谢罪。”

“那么就去解释一下吧。”

然后与次郎就回去了。三四郎躺在床上翻来覆去睡不着，他觉得还是在家乡更容易睡着。虚假的报道——广田先生——美祢子——来接美祢子的英俊男人，这种种刺激令他不能入眠。

直到半夜时分终于睡着了。第二天，三四郎像平日一样按时起床，但感觉很疲倦。在洗脸的地方遇到了文科的同学，彼此只是见过面的程度。互相打招呼时，三四郎推测他多半读了那篇报道。对方自然是有意避开谈论这件事，三四郎也没有试图做什么解释。

三四郎闻着热酱汤的香味时，又接到故乡母亲的来信，看上去照例写得很长。三四郎懒得换西装，便在外面套上一件羽织，把信揣在怀里出去了。大门外，因下了一层薄霜而闪闪烁烁。

来到大街上，三四郎看到的行人几乎全是学生。而且所有人都朝着相同的方向急匆匆地走去。寒冷的街道上弥漫着年轻人的青春活力。从学生中间，三四郎发现了身穿雪花呢外套的广田先生高高的身影。夹裹在年轻人行列中的先生，步子显然已经落伍了。同前后左右的人比起来，显得非常缓慢。先生的身影隐没在了校门里。校门内有一棵大松树，伸展开的树枝犹如一把巨伞，遮挡着校门。三四郎走到校门前时，先生的身影已经消失不见，迎面看到的只有松树和松树上方的钟楼。这座钟楼里的大钟常常走不准，要不就停摆。

三四郎瞅了一眼校门内，嘴里念了两遍“Hydriotaphia（瓮葬）”。这个词儿是三四郎学的外国语中最长最难记的词之一。他还不明白这个词是什么意思，一直打算请教广田先生。他曾问过与次郎，回答是“恐怕属于de te fabula之类吧”。但三四郎认为，这两个词语的意思差别很大。“de te fabula”很生动，而“Hydriotaphia”就连记住都不那么容易。他重复念了两遍这个词，脚步自然就放慢了。这个词的读音，就好像是古人特为广田先生使用而制作的似的。

三四郎走进学校后，仿佛感受到某种作为《伟大的黑暗》一文的作者，集众人注意力于自己一身的氛围。三四郎想到外面去，可是外面很冷，只得待在走廊上。他利用课间休息，掏出母亲的来信读起来。

“今年寒假你回来吧。”母亲这样下命令，就像当年在熊本上学时一样。因为在熊本时发生过这样的事：学校即将放假时，家里来了封“马上回来”的电报。三四郎以为是母亲病了，十万火急地奔回家去，母亲见了他欢喜万分，只差没有说“我没得病，一切都好”了。一问怎么回事，原来母亲左等右等，见儿子总是不回来，就去向稻荷神[①]求了个签。签上说，

---

① 日本神话中的谷物和食物神，主管丰收。传说它有时以男人形态出现，有时以女人形态出现，甚至会变化成蜘蛛等其他形态。它有两个随从，即白色的狐和狸猫。稻荷神社的鸟居是统一的红色，如果某些企业效益很好，会向神社敬献一座鸟居，因此稻荷神社的鸟居和其他神社不同，经常在门前排有一列鸟居，有大有小。最壮观的是伏见稻荷大社。

儿子已经离开熊本了。母亲十分担忧他途中遇到什么不测，所以打了电报。三四郎想起那件事，以为这回母亲又去拜佛求签了。但是信上没有提五谷神的事，只是在间隙处写了一句“三轮田的阿光姑娘也在等你回来”。接下来还写了“听说阿光姑娘从丰津的女学校辍学回了家；托阿光缝制的棉衣已经用小包裹给你寄去了；木匠角三在山里赌钱，输掉了九十八元”，并详细写了输钱的过程。三四郎觉得太啰唆，大致浏览了一下。说是有三个男人来家里，要买山里的地，角三就领他们到山上转了一圈儿，这工夫钱被偷了。角三回到家，对老婆说，不知什么时候被偷了钱。于是老婆就骂他：“你莫非被人家使了蒙汗药了？”角三说：“嗯，你这么一说，好像是闻到了什么气味。”但是村里人都说，角三是在赌博时被人骗走的。母亲还告诫他，乡下尚且如此，你在东京千万要当心啊……

三四郎卷起这封长信时，与次郎凑到他身旁，说：

“啊，是女人的来信呀。”比起昨晚，与次郎精神好了些，开起玩笑来了。

“什么呀，是母亲写来的。”三四郎悻悻地连同信封一起揣进怀里。

“不是里见小姐的信？”

“不是。”

“喂，里见小姐的事你听说了没有？”

“什么事？”三四郎反问道。就在这当，一个学生来找与次郎，说想买演出戏票的人正在楼下等着呢。与次郎立刻下楼去了。

与次郎就此不见了踪影，不管怎么找也找不到他。三四郎只得专心做好课堂笔记。下课以后，他遵照昨晚的约定，到广田先生家里去了。宅子里仍旧很安静，先生躺在餐室里睡觉。三四郎问阿婆："先生身子不适吗？"阿婆回答："应该不是，昨晚先生睡得迟，所以说是有点儿困，刚才一回来就睡了。"广田先生长长的身躯上盖着一条小被子。三四郎又低声问阿婆："先生为何睡得那么迟呢？"阿婆回答："哪里，先生总是很迟才睡，不过昨天晚上不是因为看书，而是和佐佐木先生谈了很久的话。"读书的时间被替换为和佐佐木谈话，并不能解释先生午睡的原因。但至少可以说明一点，与次郎昨晚把那件事情对先生讲了。三四郎想顺便打听一下与次郎挨了广田先生怎样的训斥，但想到阿婆不可能知道，而与次郎本人在学校时又逃之夭夭，无从了解。看与次郎今天心情这么好，想必是先生这关有惊无险地过去了。再者说，与次郎的心思到底不是三四郎能了解的，所以很难想象他们之间究竟发生过什么。

三四郎坐在长火盆前边，水壶发出刺刺的声音。阿婆很知趣地回女佣房间去了。三四郎盘腿而坐，双手拢在水壶上方烤火，等着先生起来。先生睡得很熟。三四郎的心情也变得平和了。他用指尖碰了碰水壶试试热度，然后倒了一杯开水，噗噗吹了吹，喝了起来。先生侧身向里躺着，好像是两三天之前理的发，头发很短，胡茬很浓密，鼻子也朝着里边，鼻孔咝咝作响，睡得很安稳。

三四郎拿出准备归还的《瓮葬》读起来。他逐字逐句慢慢地看着，怎么看也看不懂。书中写了一段在墓里扔花的事。其中有一句是“罗马人对蔷薇花颇为affect”。三四郎不懂affect是什么意思，猜测可以译作“喜欢”吧。还写着“希腊人常使用Amaranth[①]”。这个词义也不明白，但肯定是一种花的名字。接着再往下读，就完全不知所云了。他从书本上抬起头看了看先生，先生仍然在酣睡。三四郎不明白，先生为何要把这样难懂的书借给自己看呢？而且，为什么越是读不懂这样费解的书，越是引起自己的兴趣呢？最后他又想到广田先生毕竟是Hydriotabhia。

这时，广田先生忽然醒了，他抬起头看着三四郎问：

“什么时候来的？”三四郎劝先生再睡一会儿，因为他并不觉得无聊。

“不，我该起来了。”先生说罢就起来了，接着照例抽起了“哲学之烟”。在先生沉默的时候，烟雾就像木棒一般喷出来。

“谢谢您，这本书还给您。”

“好。看了吗？”

“看是看了，可是看不太懂，连书名的意思都不明白。”

“Hydriotapbia。”

“是什么意思呢？”

“我也不知道是什么意思，只知道好像是希腊语。”

三四郎没有勇气再往下问了。先生打了一个呵欠。

“真困啊，睡得好舒服，还做了一个有趣的梦哩。”

---

① 雁来红。别名老来少、三色苋、叶鸡冠等，原产印度。

先生说梦见了一个女人，三四郎以为他要讲讲那个梦，不料先生问他要不要去澡堂子，于是两人拎着手巾出了门。

从浴池里出来，两人踩着安放在木板房里的仪器测量身高。广田先生是五尺六寸，三四郎只有五尺四寸半。

“你有可能还长个儿呢。”广田先生对三四郎说。

“不会长了，三年来一直这么高。”

“是吗？”

三四郎感觉，先生把他当作小孩子看了。回到先生家后，先生说：

“如果没有要紧事，不妨聊一聊再走。”然后打开书斋的门，自己先走了进去。三四郎觉得自己也有义务为那件事给先生一个交代，就跟着进去了。

“佐佐木好像还没有回来吧？”

“他打过招呼说，今天要晚些回来。最近他好像一直为演出的事到处奔走，也不知他是喜欢帮助人，还是闲不住，总之一向是个没有头脑的人。”

“他很热情啊。”

“只是对于目的多少有些热情而已，无奈头脑过于简单，所以做不出什么像样的事来。乍一看，好像挺机灵的，简直机灵得过了头。到了最后，到底为了什么耍这些小聪明，连他自己都稀里糊涂了。不论怎么说他，也不知改过，只好随他去了。这个家伙，就是为了惹是生非生到这个世界上的啊。”

三四郎虽然觉得还可以为与次郎申辩几句，然而明摆着这么个失败的例子，他只好放弃了。便换了个话题。

“先生看到报纸上的报道了吗？”

“嗯，看了。”

“报道没有登出之前，先生完全不知情吗？”

“不知道。”

“您特别吃惊吧？”

“吃惊？当然不能说完全不吃惊，不过，我知道这世上的事莫不如此，所以并不像年轻人那样大惊小怪。”

“让您烦心了吧？”

“也不能说不烦心。不过像我这样久居人世的年长的人，不大会看了那样的报道就信以为真，所以也不像年轻人那样真的烦恼。与次郎絮絮叨叨地提出了好多无聊的善后办法，什么他报社里有个朋友，可以托朋友写文章说明真相啦，什么可以追查那篇稿子的出处追究其造谣的责任啦，什么可以在自己的杂志上予以彻底反驳啦等等。问题是，与其这般劳神费力，当初不做这种多余的事，岂不更好？”

“他所做的一切完全是为了先生，并没有恶意。”

“要是出于恶意那还了得？首先，为了我而开展活动，却不征求我的意见，自以为是地选择活动方式，自以为是地制定方针，这不等于从一开始就没把我当回事吗？一个被无视的人，真不知道还怎么保住自己的体面。”

三四郎无言以对。

“而且，居然还写出《伟大的黑暗》那样愚不可及的东西。我听说报纸上说是你写的，但实际上是佐佐木写的，是吧？”

“是的。”

“昨晚，佐佐木都坦白了。应该说给你添了麻烦。那种愚蠢的文章，也只有佐佐木写得出来。我也看了那篇文章，既无深度，也无品格，与救世军[①]的擂鼓无异。只能让人觉得是为了引起读者的反感而写的。从头到尾全是在故弄玄虚。稍有常识的人看了，就会做出有所企图而写文章的判断。这样的文章，也难怪人们会说是我授意自己的门生写的了。我读了那篇文章，就觉得报上的报道不是空穴来风了。”

广田先生说到这里没有再说话，照例从鼻孔里喷出烟雾。与次郎说过，从喷出什么样的烟雾，可以判断先生的心情：浓厚而很冲地迸发出来时，是哲学思考达到了最好状态之际；当缓慢而松散地飘出来时，说明此时心情平和，或是有可能受到先生嘲讽；当烟积蓄于鼻下，在胡须处徘徊不去的时候，则是陷入冥想或是诗兴大发。最可怕的烟圈盘桓在鼻孔前，一旦出现这样的烟圈，意味着你将受到严厉的训斥。因为是与次郎说的，三四郎当然并不相信。然而在今天这个日子，他还是用心观察了烟的形状。结果，并没有清晰地出现与次郎所说的那些式样，可又觉得每次喷出的烟，各种形状兼而有之。

由于三四郎惶恐地守候在广田先生身旁，迟迟不走，于是先生又开口了。

“已经过去的事，就不说它了。佐佐木昨晚也对自己所做

---

① 新教中从事传教与社会服务的国际性组织，成立于1865年，创始人为英国人威廉·布斯。1878年定名为救世军，并模仿军队的建制，他们主张爱穷人，在拯救他们灵魂的同时，还要满足他们身体的需要。所以救世军也致力于社会服务，从事各种慈善事业。1895年在日本设立支部。

的一切向我道了歉，所以他今天大概又像平时那样快活地连跑带颠了吧。不管我私下里如何责备他做事鲁莽，他还是不以为然地到处兜售戏票，真拿他没办法！咱们还是谈谈其他有趣的事吧。”

“嗯。”

“我刚才午睡的时候，做了一个有趣的梦。我竟意外地梦见了生平只见过一次面的女子，虽说这个梦就像小说里的故事一样，不过听我讲这个梦，你会觉得比报纸上的报道更愉快噢。”

“哎，是什么样的女子？”

“十二三岁的漂亮女子，脸上有颗黑痣。”

三四郎一听十二三岁，不觉有些失望。

“是什么时候见过她呢？”

“差不多二十年前。”

三四郎又吃一惊。

“您居然还认得出那个女子呀！”

“这是梦呀，梦当然是认得出的嘛。而且因为是个梦，所以越离奇越好。我好像是走在很大的森林中，穿着那件褪了色的夏季西装，戴着那顶旧帽子。当时我似乎在思考一个难题。一切宇宙法则都是不变的，而法则支配下的宇宙万物都必然发生变化。那么，这种法则必须是存在于物质之外的。醒来后一想，觉得这个问题十分无聊，但因为是在梦中，所以很专注地思考着这个问题。穿过一片树林时，突然遇见了那个女子。并不是擦肩而过，她是一动不动地站着的。仔细一看，她仍然是以前的模样，穿着以前那身衣裳，头发也是过去的发型，黑痣当然也在。就是说，和我二十年前看到的那个十二三岁的女子毫无二致。我对这女子说：‘你一点儿也没有变。’她对我说：‘你可是老多啦。’接着我又问她：‘你怎么一点儿没有变老呢？’她说：‘因为我最喜欢这个模样的那一年，喜欢穿这身衣裳的那个月，喜欢这种发型的那一天，所以就是这个样子。’我问：‘那是什么时候？’她说：‘二十年前初次见到你的时候。’我说：‘那么我为什么变得这样老？’连自己都觉得奇怪。女子告诉我：‘那是因为你总想要比那个时候变得更美。’这时我对她说：‘你是一幅画。’她对我说：‘你是一首诗。’”

“后来怎么样了？”三四郎问道。

“后来嘛，你就来了呀。”先生说。

“二十年前见到她的事不是梦，是真的见过吗？”

“因为真有这回事，才觉得有趣呀。”

“在哪里见过呢？”

先生的鼻孔又喷出了烟雾。他望着那烟雾沉默了一会儿，接着说道：

“颁布宪法那年是明治三十二年吧？当时文部大臣森有礼[1]被刺身亡，你不会记得的。今年你多大了？没错，这么说

① 森有礼（1847—1889）日本明治时期启蒙思想家、政治家、教育家。萨摩藩士之子。年轻时赴欧洲留学，明治维新后回国。1873年与福泽谕吉等人创建明六社，积极宣传西方启蒙思想。1885年任文部大臣。在任期间致力日本教育的改革。使日本教育发生了深刻变革，由封建主义教育向资本主义教育过渡。1889年2月11日宪法公布日，遭“国粹派”青年西野文太郎暗杀身死。

你那时还是个婴儿呢。当时我是高中学生。说是要去参加大臣的葬礼，大家都扛着枪去了。原以为要去墓地，其实不是墓地。体育教师把我们带到竹桥内去，让我们在路两旁列队站好。我们便站在路旁，目送大臣的灵柩。名义上是送葬，其实就是看热闹。那天天气很冷，我现在还记得呢。一动不动地站着，脚冻得生疼。旁边一个男子瞧着我的鼻子一个劲儿说：‘真红，真红。’不一会儿，送葬队伍过来了，非常长。在严寒中几辆马车和人力车从眼前肃穆地过去了，其中一个车子上就有刚才说的那个小姑娘。现在即使叫我回忆当时的场景，也模模糊糊地记不清了，唯独还记得这个女子。而这个女子的印象，也随着年纪增长，渐渐变淡了，如今很少想起这件事来。今天做梦之前，我几乎把她忘记了。不过，当时她给我留下了烙印在脑子里般滚烫的印象。真是奇妙！”

“从那以后，再没有见过她吗？”

“从未见过。”

“这么说，您根本不知道她是谁，是哪里人了？”

“当然不知道。”

“没有打听过吗？”

“没有。”

“先生因此……”说到这里，三四郎就急忙打住了。

“因此？”

“因此而不结婚的吗？”

先生笑了起来。

“我不是那么罗曼蒂克的人，我远比你更缺少情趣呢。”

“但是，要是她来见您，您会娶了她吧？”

“有可能吧……”先生思索了一下，“会娶了她的。”

三四郎露出同情的神色。这时，先生又说话了：

“如果说我为此而不得不过独身生活的话，就等于我是因为她而变成了一个残疾人。不过世界上确实有一生下来就无法结婚的不健全的人，也有因为其他种种情况而难于结婚的人。”

“这种妨碍结婚的情况，世上有很多吗？”

先生透过烟雾凝视着三四郎。

“哈姆雷特就不想结婚吧？哈姆雷特或许只有一个，但是和他相似的人有很多。”

“比方说有哪些人呢？”

“例如……”先生又沉默了，不停地喷着烟雾，“例如这里有一个人，父亲早逝，靠母亲一手拉扯大。这位母亲得了重病，气息奄奄，临终时对儿子说：‘我死了之后，你就去投靠某某吧。’要儿子务必去找那个既未见过面也不认识的人。儿子问为什么去找他，母亲概不回答，儿子一再追问，母亲才用微弱的声音说：‘某某是你的亲生父亲。’这不过是个故事，假如一个孩子有这样一位母亲，那么做儿子的，对于结婚不再憧憬也就不奇怪了吧。”

“这种人很少吧。”

“也许很少，毕竟是有的。”

“不过，先生的母亲不是那样的吧？”

先生哈哈大笑起来。

“你的母亲肯定还健在吧？”

“嗯。”

“你父亲呢？”

“死了。”

“我的母亲是在颁布宪法的第二年死的。”

12

演出是在比较寒冷之时举办的。眼看着就到年底了。再过不到二十天，人们将迎来新春。生活在城里的人，忙得不可开交。穷人开始发愁如何熬过这个年关。演出在这个时候举办，迎来的是所有悠闲的人、富裕的人，以及不知年关为何物的人。

来看演出的人很多，大多是青年男女。演出第一天，与次郎冲着三四郎高喊："大大的成功。"三四郎手中有一张第二天的票，与次郎叫他邀请广田先生也去看。三四郎问他，票不一样吧，与次郎说："当然不一样了，但是不叫着他去，他是绝不会独自去的，所以你得拉他一起去。"与次郎说明了缘由，三四郎就答应了。

傍晚去先生家一看，先生正在明亮的灯下翻阅一本大书。

"先生不去看节目吗？"三四郎问。广田先生只是微笑着，摇了摇头，表情就像个小孩子。然而在三四郎看来，这样才像个学者，不轻言而见深度。三四郎欠着身子，茫然无措。先生觉得拒绝了三四郎，有些过意不去。

“你要是去的话，咱们一起出去吧，我也和你一道去那边散散步。”

先生说罢，披着黑色披风出了门。先生好像把双手揣在怀里，看不清楚。天空低垂，没有一颗星星，是个寒冷的夜晚。

“大概会下雨。”

“下雨可就麻烦了。”

“进出就不方便了！日本的戏园子要脱鞋，天气好的时候也非常不方便。而且空间小，空气不流通，烟雾弥漫，叫人头疼——看客们竟然忍得了。”

“虽说是这样，总不能在外面演出呀。”

“祭祀乐舞一向是在露天进行的，天气寒冷时也是在外头。”

三四郎觉得争论不出结果，就没有搭腔。

“我认为在室外表演为好，我希望在不冷也不热的湛蓝的天空下，呼吸着清爽的空气，观看精彩的戏剧。只有在这样的环境里，才能表演出透明的空气般纯粹而朴实的戏剧。”

“先生做的梦，如果编成戏剧的话，就是这样的吧？”

“你知道希腊的戏剧吗？”

“不很了解，好像是在露天演的吧？”

“是露天，而且是大白天，观众的心情想必也特别好。座位都是天然石头，宏大壮观。最好能把与次郎这种人拉到那里去见识一下。”

先生又褒贬起了与次郎。那位与次郎此时此刻正在局促的会场里满场跑动，忙于应酬，扬扬自得呢，真有意思。三四郎想，如果不把先生拉去，先生是绝对不会去的。无论自己怎样费尽口舌劝他：“偶尔到这种地方去看看，对先生来说，不知有怎样的好处呢。”先生也听不进去的。而且先生肯定会叹息道：“真叫我为难啊！”所以三四郎更觉得有趣。

先生接着给三四郎详细地介绍了希腊剧场的构造。三四郎听先生解释了Theatron、Orchéstra、Skéhé、Proskénion[①]等词语的含义。先生还提到，据一个德国人说，雅典的剧场能容纳一万七千人，这还是小的，听说最大的能容纳五万人。入场券分象牙和铅制的两种，都像奖牌似的，正面有花纹或雕刻。先生甚至知道这种入场券的价格。他说，只演一天的短剧票价十二文，连演三天的长剧是三十五文。三四郎听了，钦佩得连声“是吗是吗”地感叹着，不知不觉间走到了演出会场前。

只见剧场外面灯火通明，观众络绎不绝。场面比与次郎所描述的还要热闹。

“怎么样先生，既然走到这里了，请进去吧。”

“不，我不进去。”

先生继续朝暗处走去了。

三四郎目送先生的背影时，看到坐车到戏园子入口的人，

---

① 这几个词来自希腊语，意思是“剧场”“管弦乐团席”“后台、舞台背景”和“舞台”。

连领取存鞋木牌都嫌耽误时间似的急急忙忙进入场内，自己也快步入了场，如同被人推着进去似的。

入口处站着四五个闲散的人，其中有个穿裙裤的男子收了他的票。三四郎越过这个人的肩膀看向场内，里面豁然开阔，灯光璀璨。三四郎只差没有手搭凉棚寻找了，最终被人领到了自己的座位上。他从窄小缝隙间挤进去，向四周环顾，观众五颜六色的衣裳令他目不暇接。不光因为他自己的眼睛在转动，还因为无数观众身上的色彩，也在宽敞的空间里兀自晃动不定。

舞台上已经开始演戏了。出场的人物都戴着冠，蹑着履。这时，一顶长轿抬了过来，有个人站在舞台正中截住了轿子。轿子一放下，就从里面出来一个人，此人拔出刀和挡住轿子的人互砍起来。三四郎看得一头雾水。虽然听与次郎给他讲过这出戏的梗概，但当时没有注意听，心想一看戏自然会明白，就哼哼哈哈地敷衍过去了。谁知现在全然看不懂。三四郎只记得与次郎讲过的大臣入鹿[①]这个名字，猜测着哪个人是入鹿，可是完全猜不出来。因此，他干脆把整个台上的人都看作是入鹿。于是，演员头上的冠、脚上的履、身上的窄袖和服，以及使用的语言，总觉得有了入鹿的感觉。说实在的，三四郎头脑里根本没有入鹿的明确概念。他虽然学过历史，但那是很早以前的事，历史人物入鹿也都忘记了。三四郎记得入鹿好像是推

① 苏我入鹿（约601—645），飞鸟时代权倾一时的朝臣，第三十五代皇极天皇时代，因朝政之争被杀。

古天皇时代的人，也可以说是钦明天皇时代的人，但绝不是应神天皇或圣武天皇时代的。三四郎只是抱有入鹿的感觉而已。他认为，看戏只要了解这些就足够了，只是望着中国式古装扮相的演员和舞台背景，故事情节一点儿也看不懂。不多久，这一幕就演完了。

这出戏进入尾声时，邻座的一个男子对他旁边的男子说："出场人物的说话声就像父子俩在六铺席大的房间里对话似的，太缺乏功力了。"旁边的那人听了，说："演员们表演得不够稳当，好像都晃晃悠悠的。"两个人能说出所有角色的名字。三四郎一直倾听着他俩的谈话。他们都穿得很讲究，多半是有头有脸的人物吧。不过，他俩的批评要是传到与次郎耳朵里，他定会加以反驳。这时，后面座席有人大声喝彩："好，好，太好啦！"两个男子回头望去，就此停止了谈话。这时，幕落了下来。

场内四处都有人离开了座位，从花道[①]到出口，人们进进出出，颇为热闹。三四郎欠起身，向四周观望了一圈儿，看不到那个应该来了的人。说心里话，在演出中他也一直四下搜寻，没有找到，于是心中暗想，等到幕间休息时或许容易找见吧。三四郎有些失望，只好把目光转向了舞台。

看来旁边那两个人见多识广，他们左顾右盼，不停地说出一些知名人士的名字，那里坐着谁谁，这里坐着某某。其中还

---

① 从舞台横穿观众席搭建的演员上下场的通道，有时也作为舞台的延长，在上面演戏。

有一两个人隔着很远跟他们打招呼。三四郎也借此机会见到了一些知名人士的妻子，其中也有新婚宴尔者。邻座的一个人也似乎很稀罕的样子，特意摘下眼镜揩拭之后再仔细端详，嘴里一边念叨着："果不其然，果不其然。"

这时，在舞台那一端与次郎小跑着从幕布前边穿过，到这一端来了。他跑到大约舞台的三分之二处停了下来，探着身子，一边瞧着观众席，一边说着什么。三四郎便以他为着眼点寻觅起来，从站在舞台边的与次郎一直往前看，在相隔五六米的地方，发现了美祢子的侧影。

坐在美祢子身旁的男子，背朝着三四郎。三四郎盼着那男子会因为什么转过脸来。也是巧了，那男子站了起来，看样子是盘腿坐累了。只见那男子坐在隔栏上，环顾起了场内。此时，三四郎清楚地看到了野野宫君宽阔的前额和大眼睛。野野宫君站起来的同时，三四郎又看到坐在美祢子身后的良子。三四郎想看真切，除了这三个人之外，还有没有其他一起来的人。然而从远处望去，只看见观众密密麻麻，要找同伴，整个观众席的人似乎都像是同伴，无从分辨。美祢子和与次郎时不时交谈两句，野野宫君也偶尔插话。

这时候，原口先生突然从幕布缝隙间出来，和与次郎并肩站着，不住地向观众席中探望，当然嘴也不会闲着的。野野宫君朝他示意般点了点头。于是，原口先生从后面拍了拍与次郎的后背，与次郎骨碌一个转身，钻进幕布之中，不知去了哪里。原口先生则下了舞台，从人缝中穿行而过，来到野野宫君身旁。野野宫君站起来，让原口先生过去。原口便一下子钻进人群，在美祢子和良子附近消失不见了。

比看演出还有兴致地观察着这几个人一举一动的三四郎，此时忽然羡慕起原口的行为来了。他根本想不到，竟可以用那样便捷的方法去接近别人，自己要不也效仿一下？可是，这效仿的念头已然挫败了实行的勇气，加上想去的地方早已满员了，再怎么钻也很难进去了。这个顾虑使他依然坐在原来的座位上，没有过去。

不久，帷幕拉开，《哈姆雷特》开始了。三四郎在广田先生家里曾经看到过西洋的某某名伶扮演的哈姆雷特的剧照。如今，出现在三四郎眼前的哈姆雷特，穿着和那照片上大致相同的服装。不仅是服装，连容貌也颇相似，二者的额头上都蹙着“八”字。

这个哈姆雷特，动作非常轻快敏捷，看着很舒展。在舞台上十分活跃，并左右着舞台气氛。与以“能乐”表演见长的入鹿那场戏比起来，意趣迥然不同。特别是有时候，有的场景，演员站在舞台中央，伸开双臂，或仰望天空的时候，精彩得叫人全神贯注，给观众以强烈的震撼。

不过，台词使用的是日语，是从西洋语翻译过来的日本语，语调抑扬顿挫而有节奏感，有的地方十分流畅，简直是滔滔不绝。文字也很优美，尽管如此，三四郎却不特别感动。他觉得，哈姆雷特的台词再稍微有些日本味儿就好了。当三四郎感觉他会说出“母亲，你这样做，怎么对得起父亲呢”时，他却突然引用了“阿波罗[1]”等词语，表演得若无其事的。虽说如此，此时母子二人都是快要哭出来的表情。当然，三四郎只是朦胧地感觉到这种矛盾，绝对没有勇气认为这样表演很差劲。

总之，当三四郎厌烦了哈姆雷特的时候，就朝美祢子那里看，当美祢子被人遮挡看不见的时候，他再去看哈姆雷特。

当演到哈姆雷特对奥菲利娅说“去修道院吧，去修道院吧”的时候，三四郎忽然想起了广田先生。广田先生说过：“像哈姆雷特那样的人能结婚吗？”——说的也是，阅读剧本时确实给人这种感觉。但是在戏里，三四郎又觉得结婚也未尝不可。细细想来，毕竟是因为“去修道院吧”这种说法欠妥，证据就是，被哈姆雷特要求到修道院去的奥菲利娅，一点儿也引不起观众的同情。

大幕又落下来了。美祢子和良子站起来，离开了座位，三四郎也跟着站起来。来到走廊一看，她俩站在走廊中央，正同一个男子谈话。那人从能够进出走廊的左侧座席入口处探出了半个身子。三四郎看到这个男子的侧影后，转身往回走，他没有返回座席，而是取出木屐，到外面去了。

外面是黑夜，三四郎走过被灯光照亮的地方，发现好像在下雨，风摇晃着树枝唰唰作响。三四郎匆匆赶回了寓所。

半夜下起雨来。三四郎躺在床上听着雨声，想起了“去修

---

① 在希腊神话中是人类的保护神、光明之神等。哈姆雷特深深爱着这位“拥有太阳神的毛发、天生的前额、阿波罗身躯”的父亲。

道院吧”这句台词，围绕着这句话浮想联翩。广田先生也还没睡吧？先生围绕着什么思绪绵绵呢？与次郎当然是不省人事地沉醉于“伟大的黑暗”之中了……

第二天，三四郎有点儿发热，头脑昏沉，就没有起床，午饭是坐在床上吃的。吃完了又睡了一觉，这回发了汗，感觉脑子不太清醒。这时，与次郎精神抖擞地进来了，说道：“昨夜没看到你，今天一早也没有去上课，担心你有什么事，我就来了。”三四郎表示感谢。

“没事，我昨晚去看戏了，真的去了。你从舞台出来，隔着老远同美祢子小姐说话，我都看见了。”

三四郎陷入了微微陶醉的感觉，他一开口就止不住地说起来。与次郎伸手按在三四郎的额头上。

“发烧了，必须要吃药，原来你感冒了呀！”

“剧场里太热了，又那么亮堂堂的，到了外边突然感觉又冷又黑，所以才着凉的。那个地方有问题。”

“有问题也没有办法呀。”

“就因为没有办法，才有问题的。”

三四郎的话逐渐变短了，当与次郎心不在焉地应付他时，三四郎竟然呼呼睡着了。过了一个来小时，他又睁开眼，看到与次郎，说：

“你在这里呀？”这回他又像平常那个三四郎了，与次郎问他感觉如何，他只回答头昏。

“是感冒吧？”

“是感冒吧。”

两人说了同样的话。过了一会儿三四郎问与次郎：

“喂，上回你不是问我，知不知道美祢子小姐的事吗？”

“美祢子小姐的事？在哪儿问的？”

“在学校。”

“在学校？什么时候？”

与次郎好像还没有回想起来，三四郎只得把当时的情况详细地说明了一下。

“不错，也许有过这回事。”与次郎说。三四郎心想，这人也太不着调了。与次郎显得有些难为情，努力回想着。终于他说道：

“可能是那个事吧？是不是谈到美祢子小姐出嫁的事呢？”

“已经定了吗？”

“听说是定了，我不太清楚。”

“是嫁给野野宫君吗？”

“不，不是野野宫君。”

“那么……”三四郎欲言又止。

“你知道吗？”

“不知道。”三四郎只说了这一句。于是，与次郎稍稍探过身来。

“我真是不大清楚，反正觉得事情挺奇怪的。得再过些日子，才能看出眉目。”

三四郎巴望与次郎赶紧把这件“怪事”告诉自己就得了，可是他不以为然，憋着不说出来，还自说自话，貌似百思不解。三四郎忍耐了片刻，终于焦躁起来，请求与次郎把有关美祢子的事都一五一十地讲出来。与次郎笑了起来，不知是为了安慰三四郎，还是别的意思，他竟然把话题扯开了：

“我说你真傻啊，居然思念那种女子。思念也没有用啊。第一，她和你差不多同岁吧？迷恋同年龄的男子，已经过时了，那是卖菜女阿七[1]时代的恋爱方式。”

三四郎一直闷声不响，他不太明白与次郎的意思。

“为什么这么说呢？你把二十岁的同龄男女放在一起看看吧。女的事事能干，男的总是被瞧不起。女子是不愿嫁给自己瞧不上的男人的。当然，那种认为自己是世界上最了不起的女子另当别论。倘若不愿嫁给自己瞧不起的男子，那就只有过独身生活，别无他法。不是常常听说这样的有钱人家的小姐吗？尽管嫁给了如意郎君，却看不起自己的丈夫。美祢子小姐比她们了不起得多。但是，她绝不会嫁给一个自己不尊敬的男人，所以想迎娶美祢子小姐的人，也必须明白这一点。在这个问题上，你也好，我也罢，都没有资格做她的丈夫啊！”

三四郎终于得以和与次郎同病相怜了，但他依然默不作声。

“不管是你还是我，都比那女子棒得多。别看咱们现在这样。但是没有五六年的时光，她是看不到咱们的了不起之处

---

① 江户本乡驹込的某菜店家的女儿。天和二年（1682）12月江户发生大火，她去円乘寺避难时，和寺里的小僧山田佐兵卫相恋，为再次见到佐兵卫而纵火，获罪被处以火刑。井原西鹤的“好色五代男”以及净琉璃和歌舞伎中都描写过这个题材。

的。话虽如此，她又不可能等五六年以后再找婆家。因此，你要想同那女子结婚，简直是风马牛不相及的事。”

与次郎把“风马牛不相及”这句惯用语用在了这种奇妙的地方，说完还独自笑了。

“其实，再过五六年后，咱们会遇到比她更好的女子噢。因为日本现在是女人过剩嘛。你就是靠感冒发烧这招，也是徒劳的——其实世界大得很，大可不必担心没有好女人。实际上，我也和各种各样的女子交往过。不过我发愁的是，女人太让人腻烦了，所以就谎称有事要去长崎出差。”

“你说什么呢？”

“说什么？同我交往的女人啊。”

三四郎吃了一惊。

“其实说是女人，却是老弟你从来不曾接触过的那类女人喔。我对她说，我为了做霉菌实验要到长崎出差，所以眼下不能交往，拒绝了她。可是她表示要买苹果到车站为我送行，搞得我很被动。”

三四郎越发吃惊了，追问道：

“后来怎么样了？”

“谁知道呢，大概是拿着苹果一直在车站等我吧。”

“够狠心的，你竟然干得出这么可恶的事。”

“明知这样做太缺德，那女子太可怜，可是没有别的办法。从一开始就一步步被命运左右到现在的，身不由己呀。其实，我很早就是医科大学的学生了。”

“你为什么编这样的谎言呢？”

“你哪里知道，我和她的事一句两句说不清楚。而且那女子生病的时候，求我给她治疗，搞得我特别难堪呢。”

三四郎忽然觉得好笑起来。

“当时我又是看她的舌苔，又是敲胸脯，给糊弄过去了。谁知她又问我：‘下回到医院去找你看病吧，行吗？’真叫人招架不了。”

三四郎终于笑出声来了。与次郎说：

“这种事也是常有的，总之，你不要担心没有女人啦。”

三四郎不明白与次郎在说什么，但是觉得挺快乐。

与次郎这才说起了有关美祢子的“怪事”来。据与次郎说，有人向良子求婚了，还有，美祢子也要谈婚论嫁了。光是这些也没什么，问题是听说良子要嫁的和美祢子要嫁的是同一个男子，所以觉得不可思议。

三四郎也有种被愚弄的感觉。不过良子的婚事确有其事，自己在旁边亲耳听到的。说不定是与次郎搞错了，误以为是美祢子要结婚了。但是，美祢子要结婚的消息也不会是空穴来风。三四郎很想知道真实的情况，就要求与次郎告诉他。与次郎答应得很痛快，对三四郎说：“我叫良子来探病，你可以亲口问问她。”三四郎觉得这个主意不错。

“为此，你必须吃了药，等着她来。”

“即使病好了，我也躺着等她来。”

两人笑着分了手。与次郎回家路上，替三四郎请了附近的医生。

到了晚上，医生来了。三四郎不记得自己请过医生来看病，开始时有些慌乱。诊过脉后，才意识到大概是与次郎替自己请的医生。医生很年轻，是个很恭谨的人。三四郎估计他是代替主治医生出诊的。五分钟之后，确诊为流行性感冒。医生叮嘱他："今晚服一剂药，尽量不要受风。"

翌日醒来，三四郎感觉脑袋轻松多了，躺着的时候，几乎和没有病的时候一样，只是一起来就觉得晕晕乎乎的。女佣进来嘟哝着，房间里空气很不新鲜。三四郎连饭也没吃，一直盯着天花板，有时迷迷糊糊地犯起困来。这显然是发烧加上疲乏引起的症状。三四郎也就顺其自然，睡一会儿醒一会儿，从中获得了某种随遇而安的快感。他觉得还是病症比较轻的缘故。

过了四五个小时后，他觉得有些无聊了，翻来覆去起来。外面天气很好，照在格子门上的光影慢慢地移动着，雀儿在鸣叫。三四郎想，今天与次郎也能来玩就好了。

这时，女佣打开隔扇，说有位女客来访。三四郎没有料到良子这样快就来看自己。不愧是与次郎，事情办得够神速。三四郎躺着没有起来，眼睛盯着拉开的隔扇。不一会儿，一个高挑的身影出现在隔扇入口。良子今天穿着紫色的裙裤，两脚站在檐廊上，好像犹豫着是否进来。三四郎支起上半身，说了声："请进吧！"

良子关好隔扇，坐在了枕头边。六铺席的房间里很凌乱，加上今天早晨没有打扫，愈加显得局促了。

"你就躺着吧。"良子对三四郎说。三四郎又把头落在了枕头上，心中很平静。

"你没觉得屋子里空气不好吗？"三四郎问。

“嗯，有一点儿。”她说，并没有露出觉得不好的表情，“是发烧吗？到底是什么病啊？医生来了吧。”

“医生昨晚来了，他说是流行性感冒。”

“今天一大早，佐佐木君来找我说：‘小川病了，请你去看看他吧。不知是什么病，好像病得不轻呢。’所以我和美祢子小姐听了都特别吃惊。”

与次郎又在吹牛皮了，说难听点儿，简直就是把良子给骗来的。三四郎为人厚道，觉得很过意不去。说了声“谢谢你”，就躺下了。良子从包裹里取出一小篮橘子。

“这是美祢子小姐嘱咐我买的。”良子直言相告。三四郎搞不清究竟是谁送的，他对良子道了谢。

“本来美祢子小姐也要来看望的，因为最近比较忙，所以叫我代她问候你……”

“她最近忙什么事呢？”

“是啊，忙着呢。”良子那又大又黑的眼睛望着躺在枕头上三四郎的脸。三四郎仰望着良子白皙的额头，想起初次在医院见到这女子时的情景来。此时的她仍旧显得慵懒而又快活。她把值得信赖的所有慰藉，都带到三四郎的枕边来了。

“我给你剥个橘子吃吧？”

良子从绿叶之间取出了一个橘子。口渴的病人狼吞虎咽地吃下了那甘甜醇香的汁液。

“好吃吧？这是美祢子小姐送给你的。”

“够了，不吃了。”

良子从袖口里掏出洁白的手帕擦着手。

“野野宫小姐，你的亲事后来怎么样了？”

“上次之后还没有来提亲的。”

“听说美祢子小姐也订婚了？”

“嗯，已经差不多了。”

“男方是什么人呀？”

“就是那个曾经想要娶我的人，呵呵呵，很奇怪吧？他是美祢子小姐哥哥的朋友。所以我最近还得和哥哥搬一次家。美祢子小姐一出嫁，我就不能再住她家了。”

“难道你不出嫁吗？”

“只要有中意的人，我就出嫁呀。”

良子说完，开心地笑起来。可见现在她还没有想嫁的人呢。

从那天开始，三四郎接连四天没有下床。第五天，他好歹去泡了个澡，照了下镜子，发觉面有死人之相，便索性去理了个发。第二天是星期日。

早饭后，三四郎添加了件衬衣，再穿上外套，以免冻着，出门到美祢子家里去了。美祢子不在家，只看到良子站在门口，正要下到脱鞋处穿鞋。她告诉三四郎：“我正要到哥哥那儿去。”三四郎就和良子一起走出了大门。

“病完全好了吗？”

“谢谢你，已经没事了……里见到哪儿去了？”

“里见哥哥吗？”

“不，是美祢子小姐。”

“美祢子小姐到教堂去了。”

三四郎还是头一回听说美祢子上教堂。他向良子打听了教堂的地址，便和她分了手。拐过三条街巷，便来到了教堂前边。三四郎是个与耶稣教完全无缘的人，还从未进过教堂。他站在教堂前，打量着这座建筑，读了宣教的告示板，在铁栅栏附近走来走去，有时走近教堂张望一下。三四郎决心要等到美祢子出来。

不久，听到了唱歌的声音，三四郎猜想这可能就是“赞美歌”吧。做礼拜是在紧闭着的高高窗户里，从歌声的音量听起来，人数相当多。美祢子的声音也在其中。三四郎侧耳聆听，歌声停了，一阵寒风吹过，三四郎竖起了外套的领子。天上出现了美祢子喜欢看的白云形状。

他曾经同美祢子一起仰望过碧蓝的秋空，地点是在广田先生家的二楼上。三四郎也曾在田野的小河边坐过，当时也不是自己孤单一人。迷途的羊，迷途的羊。云彩呈现出羊的形状。

教堂的大门忽然打开了，人们从里面走出来。人们从天国回归了浮世，美祢子是倒数第四个出来的。她穿着条纹和式大衣，低着头，从入口处的台阶走下来。看样子她有些冷，缩着肩膀，双臂抱在胸前，尽量减少同外界的接触。美祢子就这样对这一切都十分漠然地一直走到门外。这时，她仿佛才察觉到街头喧嚣似的抬起了头。于是，三四郎脱帽伫立的身影映入了她的眼帘。两个人在布道告示板前相互靠近了。

“你在这儿干什么呢？”

“刚才我到你家里去找你了。”

“是吗？那去我家吧。”

美祢子转过身迈开了脚步，她依旧穿着低齿木屐。三四郎故意倚靠在教堂的围墙上。

“能在这里见到你就行了，我一直在等你出来呢。”

“你应该进来的，外头很冷吧？”

“很冷啊。”

“感冒好了吗？不小心点儿，还会复发的。看你脸色好像还是不太好啊。”

三四郎没有回答，从外套的内兜里掏出一个白色纸包来。

“这里面是还你的钱，借了这么久，非常感谢。一直惦着要还给你的，却拖到今天。”

美祢子瞅了一眼三四郎的脸，没有推辞，接过了那个纸包。不过她拿在手里看着，并没有收起来。三四郎也望着那纸包，一时间两人相对无言。

过了一会儿，美祢子说：“你不是手头紧张吗？”

“不了，一直想还你的，所以前些日子就让家里寄来了，请务必收下。”

“是吗？那我就收下了。”

美祢子把纸包揣进怀中，当那只手从呢子大衣里掏出来时，捏着一块洁白的手帕。她将手帕举到鼻前，望着三四郎，也许是在闻那块手帕。然后，她突然伸出手，将手帕递到三四郎的眼前，一股浓郁的香气扑面而来。

“这是Heliotrope。”女子轻轻地说。

三四郎不由得脸向后躲。Heliotrope牌的香水瓶子，四丁目的黄昏，迷途的羊，迷途的羊，明媚的太阳高高挂在天空。

“听说你要结婚了？”

美祢子把洁白的手帕塞进袖口。

“你知道了？”她说着眯起双眼皮，瞧着三四郎的脸。这是一种想置三四郎于远处，又非常担忧他离得太远的眼神。然而，只有那对眉毛平静如常。三四郎的舌头紧贴着上颌。

美祢子久久地凝视着三四郎，然后轻轻叹息了一声，轻得几乎听不见。过了一会儿，她抬起纤细的手搭在浓眉上方，说：

“我知我有过，自觉常在罪中。”[①]

她的声音低得简直听不清楚，但三四郎听得很清楚。三四郎和美祢子就这样分了手。三四郎回到寓所，看到了母亲打来的电报，拆开一看，写的是：“何时回来？”

---

① 基督教《旧约全书》诗篇，第五十一篇第三节。

13

原口先生的肖像画完成了。丹青会把这幅画挂在一个展室的正面，并在它前面摆了把长椅子，既为了让人休息，也为了观画，还为了休息兼观画。丹青会给那些在这幅大作前流连忘返的众多参观者提供了方便，是一种特别的待遇。有人说，这是因为这幅画特别出色；也有人说，因为是引人注目的题材；有少数人说，其实是因为画了那个女人。一两个会员辩解，只是因为这幅画特别大的缘故。这幅画的确很大，嵌镶在足有五寸多宽的金边镜框里，就变得格外巨大了。

原口先生曾经在展览会开幕的前一天来检查过一次。他坐在椅子上，叼着烟斗，久久地凝视着画作。然后，突然站起来，仔细地巡视了场内一圈，又回到长椅上，悠然抽起了第二袋烟。

从开幕那天起，这幅题为《森林之女》的肖像画前面就总是聚着很多人。那把特意安放的长椅反倒成了摆设，只有看画看累了的人，才为了看画而坐下休息。而且有的观众，还一边休息，一边品评着《森林之女》。

画展第二天，美祢子在她丈夫的陪伴下来了。原口先生给他们做介绍。当来到《森林之女》前的时候，原口看着他俩问：

“怎么样？”

“很好。”丈夫说道，透过眼镜一直盯着画面。

“这种用团扇遮面的站姿很美。专家就是出手不凡啊，竟然敏锐地注意到这个细节。面部的明暗度也恰到好处，阴影和光照的层次分明——仅仅是脸部就有着非常有趣的变化。”

“哪里，这全都是美祢子小姐的喜好，并非我的功劳。”

“非常感谢！”美祢子向原口致谢。

“我也要感谢你呢。”原口也向美祢子致谢。

做丈夫的听到原口说是妻子的功劳，相当高兴。三个人中最恭敬地表示感谢的还是这位丈夫。

开幕后的头一个星期六下午，来了一伙人——广田先生、野野宫君、与次郎和三四郎。四个人也不去看其他展品，先进了《森林之女》的展室。与次郎说：“就是那个，就是那个。”只见画前围着很多人。三四郎在门口踌躇了一下，野野宫君坦然地走了进去。

三四郎从众人后面只是瞅了几眼就退了出来，坐在长椅上等着其他人看完。

“简直是一幅巨大的优秀画作啊！”与次郎说。

“听说他想叫佐佐木买下来呢。”广田先生说。

“与其我买……”与次郎说了半截，一看三四郎表情阴沉地倚靠在长椅上，便没说下去。

“着色也相当精美别致，的确是一幅不可多得的佳作。”野野宫君评道。

“追求精致得有些过了头，难怪他自己坦言，不能够像咚咚敲鼓声那样作画呢。”广田先生品评说。

“是什么样的呀，咚咚的鼓声那样的画？”

“就是像鼓声那种笨拙而意趣盎然的画。”

两个人笑了。他们的点评只着眼于技巧，与次郎发表了不同的看法：

“只要给里见小姐画像，不管是谁画，也画不出笨拙的感觉来啊。”

野野宫君想在目录上作标记，伸手去内口袋里摸铅笔，铅笔没找到，掏出一张铅印的明信片。这是美祢子举行婚礼的请帖。婚礼已经举行过了，野野宫君和广田先生一起穿着礼服出席了。三四郎返回东京那天，看到这张请帖摆在寓所的桌子上，日期已过。

野野宫君把请帖撕得粉碎，扔在地板上。然后，他和广田先生品评起其他画作来。与次郎走到三四郎身旁：

“觉得怎么样啊，《森林之女》？”

“《森林之女》这个名字不好。”

“那你说叫什么好呢？”

三四郎没有回答，只是反复念叨着：

“迷途的羊，迷途的羊……”